沈阳文化丛书

初国卿 主编

茶酒至味

李轻松
李浅浅
著

沈阳出版发行集团
沈阳出版社

图书在版编目（CIP）数据

巷陌至味 / 李轻松，李浅浅著．-- 沈阳：沈阳出版社，2024.4
（沈阳文化丛书 / 初国卿主编）
ISBN 978-7-5716-3687-6

Ⅰ．①巷… Ⅱ．①李… ②李… Ⅲ．①散文集－中国－当代 Ⅳ．①I267

中国国家版本馆 CIP 数据核字（2023）第 216484 号

出版发行：沈阳出版发行集团|沈阳出版社
（地址：沈阳市沈河区南翰林路10号 邮编：110011）
网　　址：http：//www.sycbs.com
印　　刷：辽宁泰阳广告彩色印刷有限公司
幅面尺寸：170mm × 240mm
印　　张：16
字　　数：210千字
出版时间：2024年4月第1版
印刷时间：2024年4月第1次印刷
选题策划：张　闯
出版统筹：张　闯　赵长伟
责任编辑：鲁莎莎　邵彤彤
封面设计：杨　雪
版式设计：润泽文化
封底篆刻：孙熙春
责任校对：籍　莉
责任监印：杨　旭
法律顾问：张宝兰

书　　号：ISBN 978-7-5716-3687-6
定　　价：138.00元

联系电话：024-24112447
E - mail：sy24112447@163.com

瀋陽文化叢書

总序

文化是一个国家、一个民族的灵魂。党的十八大以来，习近平总书记深刻把握新时代历史方位，以坚定的文化自觉、宏阔的历史视野、深远的战略考量，创造性提出了一系列新思想新观点新论断，形成了习近平文化思想。中共沈阳市委深入学习贯彻习近平文化思想，扎实推进文化强市建设，加快打造区域文化创意中心，沈阳市展现出独有的文化风貌和文化魅力。

沈阳是闻名遐迩的历史文化名城，拥有11万年的人类活动史，7200多年的人类生活史，2300余年的建城史，勤劳、勇敢、智慧的沈阳人民创造了璀璨夺目的历史文化，斯文在兹，底蕴深厚。沈阳是一座英雄城市，在中国共产党领导下，沈阳英雄儿女为了国家独立、民族解放、人民幸福不屈不挠、奋起抗争，谱写了可歌可泣的壮丽诗篇。新中国成立后，沈阳人民担当奉献、开拓创新，积极投身社会主义革命、建设和改革的宏伟事业，创造了共和国历史上数百个“第一”。沈阳作为辽宁“抗日战争起始地、解放战争转折地、新中国国歌素材地、抗美援朝出征地、共和国工业奠基地、雷锋精神发祥地”重要承载地而名载史册。新时代以来，在以习近平同志为核心的党中央坚强领导下，沈阳聚焦建设国家中心城市、在辽宁打造新时代“六地”中当好排头兵，顽强拼搏、砥砺前行，全面振兴其时已至、其势已成、其兴可待。

2022年9月，中共沈阳市委决定编纂“沈阳文化丛书”（以下简称“丛书”），旨在探求历史源流，提炼文化精髓，彰显城市魅力，赓续城市文脉。沈阳市政协荣膺此任，市政协党组高度重视，组织编委会成员深入学习习近平文化思想，弘扬社会主义核心价值观，严把意识形态关，认真研究丛书内容、结构、体例等。参编人员辛勤工作，钩沉史料，斟酌推敲，精心打磨，倾力为读者提供内容翔实、鲜活生动的高质量文化丛书。

丛书共10卷，采取文化散文体例，撷取精粹，探幽穷赜，全方位、多角度描绘沈阳历史与现实、艺术与人文、民俗与风貌，深入挖掘丰富内涵和时代价值，彰显了沈阳海纳百川、开拓进取的城市品格。其中，《名城沧桑》萃取沈阳先人筚路蓝缕、上下求索的文化记忆，记录城市变迁，张扬人文风骨；《峥嵘岁月》以凝重的笔触书写烽火硝烟的年代和英勇抗争的传奇，为英雄立传，为信念放歌；《名家风流》记述沈阳历史上重要人物、重要事件，尽展名士风范，彰显爱国情怀；《铁流百年》实录沈阳百年工业文明的铿锵步履，赞美沈阳人民主人翁的秉性、勇立潮头的天性、精工细作的品性，弘扬劳模精神、工匠精神；《山水形胜》描绘沈阳山川多娇、钟灵毓秀，触摸山水灵性，品味城市意蕴；《沈水文韵》赏鉴地域文学史、艺术史之精品力作，汲取文本精华，滋养城市文心；《建筑风华》让历史吟咏凝固的音乐，展现多元气象，熔铸城市性情；《市列珠玑》敷陈沈阳都市商业史、市井民俗史，呈现生活场景，尽显城市繁华；《巷陌至味》氤氲人情味、烟火气，记述围炉煮酒的饮食文化，盛邀四季客来；《物华天宝》讲述名物藏珍和民族瑰宝的前世今生，展现雍容气度，见证文化辉煌。相信这部丛书能够更好地以文化人，以文育人，传承文化基因，坚定文化自信，给奔跑的沈阳以智慧和力量，奋力谱写中国式现代化沈阳新篇章。

丛书编纂得到了省委宣传部、省委党史研究室、市委宣传部和沈阳出版社等省市部门、单位的热情帮助和鼎力支持，丛书编委会表示衷心的感谢和诚挚的敬意！丛书的出版是沈阳文化建设的一件大事。我们要认真学习贯彻落实习近平文化思想，坚定文化自信，坚持守正创新，在新的历史起点上更好担负起新的文化使命，推进文化繁荣，建设文化强市，续写无愧于先贤、无愧于时代、无愧于后世的文化新篇。

文章千古事，得失寸心知。尽管编委会做出了很大努力，但由于时间和水平所限，丛书不免有缺点和不足，敬请指正。

沈阳市政协主席

2024 年 4 月

引 言

烟火深处是乡愁

但凡有人聚居的地方，就有烟火气。它是我们与生活交集、与一地交集、与生命交集的证明。身在其中的人，每天都浸润着这熟悉的味道，就像刻在生命里的基因一样，那种老家的味道、妈妈的味道，让你的眼神、举手投足、身上的气息都不可避免地留下过往的痕迹。当离家在外的游子再一次触碰到熟悉的水饺、鸡架、烤串、大冷面、烧卖……那些深埋在味蕾深处的暗香，便以一种深情的抚慰，在记忆中弥漫开来，在舌尖上蔓延，使得一个人的心灵，瞬间有了恬然的释放，有了饱胀的依托，有了圆满的归宿。

“烟火气”来源于古汉语，其本义指“烧煮食物的气味”。凡人内心中的烟火气便是飘香的食物、团团围坐的家人、可亲的灯火。这是普通人眼里最温馨的画面。所以，每年春节，人们无论身在何处，都要历尽千辛万苦赶回家中，只为听见妈妈那一声呼唤、只为与家人痛饮那一杯酒、只为闻一闻那久违了的家的味道。这最温暖的画面，是中国人珍存于心中最美好的向往，其中的烟火气也因此生机盎然、充满活力。正如汪曾祺在《人间滋味》里写道："看看生鸡活鸭、新鲜水灵的瓜菜、彤红的辣椒，热热闹闹，挨挨挤挤，让人感到一种生之乐趣。"

这乐趣来自一年四季美食的安抚。中国的饮食文化源远流长，素有烹饪王国之称。中国的美食博大精深，各省有各自的特色，源于当地的生活习惯、社会结构、气候特点、地理环境，更是因为这种差异性，才有了饮食文化的百花齐放。东北地区夏季温暖短暂，冬季寒冷且漫长，独特的气候环境造就了东北人粗犷豪放的性格，表现在饮食上就有了"大碗喝酒，大块吃肉"的英雄豪情，有了"酸菜猪肉炖粉条，可劲儿造"的淋漓畅快，有了"小鸡炖蘑菇"的活色生香，有了东北乱炖的无拘无束，那咕嘟咕嘟的炖菜声，和踩在雪地上发出的嘎吱嘎吱声，是那么和谐优美，那韵律荡气回肠，令人神清气爽，流连忘返。

"沈水之阳，我心向往"，这里不仅有世界文化遗产一宫两陵享誉中外，也有太清宫、新乐遗址、实胜寺、清初四塔四寺等多处名胜古迹，为这座历史文化名城积淀了深厚底蕴。天柱排青、辉山映雪、浑河晚渡、塔湾夕照等众多美景，让这里的人们在秀美风光的滋养下诗意地栖居。美景自然离不开美食，美食自然离不开烟火气。

一方水土，一方风味。无论时代如何变迁，属于东北人骨子里的豪爽大气会一直伴随左右，伴随美食的滋养享受人生的美妙乐趣。历数种种美食，都是沈城人美好生活的缩影，并与城市的历史紧密贴合。从新乐人生活的时代开始，沈城的美食发展轨迹便在这部书的梳理中慢慢复原，值得我们细细地品味，深深地眷念。

这本书将带领读者走遍沈阳的大街小巷，遍访街边小店小摊，那些独特的味觉体验，勾引出散落在记忆里的桩桩往事，并以散文的笔法，进行美食溯源、展示民俗历史的内涵、体味沈城味道背后的故事，进而将个体的感受融入一座城的美食百味之中，陌生而新鲜，舒适而熨帖……

生活里的惊喜，一大部分来自美食的体验。从流连于菜市场选择食材、回到厨房精心烹制，到最终端上桌成为一道菜，色、香、味俱全，这里有火候的把握、有颜色的调配、有味道的浸染，不仅融入了对美食的理解与审美，还饱含着对家人、对世上万物、对生活的热爱。齿间留香，回味无穷。其实我们爱的不仅仅是食物本身，还有与我们一同分享的人，共同的品质追求，共同的体悟与珍惜，而独特的感受、难忘的经历值得一生记取。这是在现实与理想之间建立起来的信念，是在日常与美之间创造出来的艺术，岂能辜负？

“人间烟火味，最抚凡人心”，中华美食文化博大精深，而每一城每一地都贡献了属于自己的灿烂的美食文化。探寻与记叙、品尝与回味，只为开启对一座城市味道的追寻、对一些美食的体味之旅。作为一个普通食客，努力捕捉沈阳饮食文化中的“亮点”，没有高高在上的腔调，而是以谦卑的姿态，躬身向每一种食物致敬，向一座城市的前世今生、人文内涵与美食文化致敬，更向寻常巷陌的烟火气致敬。挖掘每一种食物的故事，讲述它的来龙去脉，体味它的美，追寻一座城的美食脉络及民俗发源，是对美食与技法的人文传承和最高礼赞。如此万千滋味，如此朴素心愿，岂能辜负？

目录

千年滋味 一时新

一位女性的塑像，矗立在沈阳市皇姑区黄河北大街上，她有着坚定的眼神和从容的面容，每天站在那车水马龙的街旁，用穿越几千年的目光温情地注视着这座城市和生活在这里的人们，那母性的光辉闪耀着不灭的光芒。每

| 满汉全席 |

每走过这里，我都禁不住放慢脚步，心里涌上一股温柔的暖流。我们的先祖，有着坚毅的性格、宽厚的胸怀、生存的智慧，那不屈的姿态便是他们迎着历史的风雨，展现出的坚忍不拔的精神品格。

我在享受美食时不禁会想，这片土地是什么时候升起了第一缕炊烟，煮熟了第一锅米饭？我们的先人是如何拥有了这生活的智慧，创造了这人间奇迹呢？正是因为有了第一次，我们才可以在几千年后的今天，吃上一碗热气腾腾的米饭和一个散发着麦香的馒头。

龙山路北侧、新开河以北的高台地上，有一处新石器时代母系氏族聚落遗址——新乐遗址。这里存在着上、中、下三层文化堆积。上层文化以素面陶器鬲、甗为代表，主要展示了新乐人用来烹饪、盛装食物的器皿。其中，用来蒸食的工具甗最具有代表性。这种器具就像今天的大蒸锅，分为上下两部分。上半部分是甑，底部有许多小孔，就像笼屉一般；下半部分是鬲（大锅），用来煮水。可见，沈城人传统的蒸食文化由来已久。

7000多年前，在这片神奇的土地上，沈阳的先祖新乐人在此繁衍生息。他们以野果、野菜、动物的血肉果腹。如果说，火的使用是人类生存的一次飞跃，那么用火来烹煮食物，使之变熟，则是人类又一次文明的进步。可以想象，当食物经过蒸煮散发出第一缕清香、口舌尽享第一锅米饭的滋味时，那是怎样的情景？新乐人的味蕾被彻底激活了，好像浑身的细胞都被打开，生命展现了与美好味道相遇时刹那间的精彩。香喷喷的黍米饭，打开了先人们的味蕾，让身心有了前所未有的享受。从此，新乐人告别了“茹毛饮血”的古老饮食方式，开沈阳人饮食文化之先河。

站在新乐遗址博物馆里，面对还原了当时新乐人的生活场景，我不禁为这远古的生活气息所感染。男人们、女人们和孩子们聚集在火堆旁，其中一位男子蹲在地上，左手按着磨石，右手拿着刚磨好的石器，似乎在观察石器是否足够锋利。男子的右侧，一位女子身旁放着陶罐，右手捧着陶碗。在这位女子身后，她的女伴在石头上磨黍米，准备放入身旁的斜口器中预备去皮。斜口器正是下层文化的代表，不仅可以用来脱除黍米皮，也可以用来撮取火种。不知道黍米饭是否是新乐人的主食，但可以被认定为沈阳人饮食文化的开端，凝结着先人的生活智慧，是他们勤劳和汗水的见证，更是文明的象征。其中的点睛之物便是“黍”。黍米饭的出现，不仅直接改变了人们的饮食结构，使得动物血肉的生猛味道有了谷物的芳香浸润，而且使味蕾有了全新的体验。黍米饭搭配动物血肉，中和了人们身上的戾气、燥气，使人们变得温和、清爽，使人们的身体有了自然和谐的全新状态。

当历史的车轮从青铜时代、秦汉时期一直驶向辽代，沈阳地区的经济、文化得到了空前发展，城乡相望的繁荣局面已经出现，在其饮食文化中可见一斑。据张思萌在《辽代饮食文化》中记载，辽代的饮食主要分为主食、副食和饮品三类。主食有肉类、渔产类和面食。辽阔的草原、森林以及山地丘陵里，生长着数不清的野生动物，而河流湖泊则给契丹人捧出了大量的鱼类。他们学会了以粟、黍、菽、稷、麦为主食，如果说肉类食物让他们骨骼高大、体魄健硕，那么对谷物持续的热爱让他们面目温润、神清气爽。他们开始制作馒头、包子、麻花和煎饼等多种面食，自创多种食用方法及制作方法，为辽代饮食注入更多的文化元素，也为后世留下宝贵的饮食文化瑰宝。

早在辽代就有了吃冻梨的习惯。从一块冰碴儿中慢慢地冰冻出一个梨来，使原有的滋味增加了酸爽之感，是解腻的最好食物。而沿袭腌肉的制作方法，腌渍水果制成蜜饯，则可以长期储存。

金国的建立使得骁勇善战的女真人在白山黑水、沃野千里的东北纵横驰骋，此时人们的口味也在不断地融合。不断增多的农作物种类，丰富了人们的主食种类，如炒米、粥、馒头以及米饭等应运而生。女真人烹饪肉食的方式主要有三种，即炒、烹、生拌，烹饪方式比较粗糙。而对动物不同部位，他们的烹饪方式也大不相同，例如胸脯肉被用来煮制，大腿肉被用来熏制，剩余的肉会被和蔬菜拌在一起生吃。

东北人如此地热爱吃生菜，与北方民族传统的游牧生产方式有关，也与生活的环境有关。加上东北土壤肥沃、蔬菜生长周期较长、光照充分，口感好，营养丰富，原汁原味的蔬菜瓜果种类繁多。女真人以腌制和冷冻的方法来储存绿色食品，这不仅传承了契丹人的饮食方式，而且在潜移默化中把属于这一方水土的根留存下来，印刻在这片土地上人们的骨血里，留住的是无尽的乡愁。

在食材的烹饪方式上，女真人一般以蒸、煮、煎、拌为主。比如针对鱼头、粟类，可以直接蒸、煮。有时女真人会将蔬菜与面粉混合后一同蒸食，例如蒸榆钱儿。他们会在榆钱儿最适宜食用的季节将其摘下，用面粉包裹并加入一系列调味用品后，将其蒸食。另外，女真人也喜欢在蔬菜中加入一些调味品后煮熟食用。

很多人谈涮羊肉，自然就会想到元朝，对它的来历也津津乐道。相传忽必烈带领军队横扫四方，打仗间歇，舟车劳顿，想念家乡时就会特别想吃炖羊肉。于是他吩咐下去，要做炖羊肉汤以解思乡之苦，不想伙夫刚刚将羊肉切割好，还没等炖就遭到敌军偷袭营地，眼看着好端端的羊肉就要被浪费，伙夫急中生智，想到一个特别简便且省时的吃法：将切好的羊肉片直接放进水中煮，在滚开的水里烫一下即捞出，烫后的羊肉又嫩又香，蘸上调料即可食用。在千变万化的行军打仗间隙，这种吃法可谓是一大发明，简单方便，不仅口感独特，还保存了营养，忽必烈吃后连连称赞。

元曲《百花亭·玉壶春》中道：“早晨起来七件事，柴米油盐酱醋茶。”这句耳熟能详的谚语道尽了平民百姓琐碎的生活日常，也倾尽了人们对生活的感悟和热爱。现代人用“琴棋书画诗酒花”与之相配，把日子过出诗意来。这样的内心感受源于食物给予舌尖上的满足，又远在舌尖之上，成为一种独有的文化现象，深植在人们的理念之中。平常百姓的日子，总是从开门七件事中开始。

明代是外来食材大量出现的时期，在这一时期，中国人餐桌上的美食开始丰富多彩起来，番茄、辣椒、南瓜、地瓜（甘薯）、玉米、大蒜等都是在明代传入中国，尤其是辣椒的传入，彻底改变了一些地域的饮食习惯，创造了灿烂的川菜与湘菜，对中国传统饮食来说具有划时代意义。进入明清时期，人们的饮食结构发生了翻天覆地的变化。蔬菜的种植技术得到飞速发展，而人工饲养的畜禽则成为肉食的主要来源。

7000 多年前新乐人的黍米饭，开启了从生到熟、从动物到植物的饮食进化之旅。而今当我们享受美食带来的唇齿生香、身心愉悦之时，我们更加崇敬那一碗热气腾腾的米饭，感恩那大地上生出来的“黍”，感恩那生生不息的烟火，感恩这片土地上新乐人的生存智慧……

三春六楼 如梦华

清末民初，如果你徜徉在奉天街头，就会发现，民间市肆酒楼层出不穷，酒楼里灯红酒绿，来往的人摩肩接踵，形成了“三春”“六楼”的繁盛景象。所谓“三春”即为明湖春、洞庭春和鹿鸣春。据史料记载，1936 年沈阳市登记注册的餐馆、饭店就达 600 余家，同时有“三春”“六楼”之说，足见当时沈阳餐饮业的繁荣。沈阳市现存 50 年以上历史的老字号企业有 50 多家，大多始建于清末或民国期间。

明湖春始创于 1919 年，给沈阳的餐饮业带来了春天。作为沈城“年龄”最大、资历最老的餐饮名店，明湖春名不虚传，不仅在菜品上包罗万象、独树一帜，在饮食文化底蕴上更是根基深厚。

在中街皮行胡同，当蒙古人吉谦皆创办的明湖春饭店露出它的真面目时，那两栋二层楼、使用面积近两千平方米的饭店，那豪华的修饰，那精美的菜品，着实令人惊艳。想必吉谦皆为酒楼起个动听且有意蕴的名字，肯定是下了一番功夫的。“春”字是有讲究的，出于《诗经》中“酒”的意思，唐代诗人杜甫在《拨闷》中写道“闻道云安麴米春，才倾一盏即醺人”。“明湖”取自大明湖，大明湖位于山东济南，彰显它的鲁菜特色。北方菜系的代表即为山东菜，它的烹饪技术和文化含量可谓源远流长。

中国汉族四大菜系（也是八大菜系）中唯一一个自发型菜系就是鲁菜，其注重精细、中和、健康的审美取向，以“蒸、煮、烤、酿、煎、炒、熬、烹、炸、腊、盐、豉、醋、酱、酒、蜜、椒”为基础烹调技法。口味以咸鲜为主，以“爆”见长，注重用汤。部分沈阳人来自山东，可以说鲁菜的口味就是他们世代相传的口味，更可以唤起乡愁，所以吉谦皆以大明湖为背景、以山东风味为主打，这说明吉谦皆对餐饮文化有自己深刻的理解，那就是人的情感与菜品的融合，也预示着鲁菜正式在沈阳开花结果、繁荣发展起来。

明湖春“名厨荟萃，烹艺绝伦”，当时以京菜馆得馨楼名厨王庆棠最为著名，可谓一代名厨技压群雄。他精通鲁菜、京菜，尤以制汤见长，煎炒烹炸、扒熥熘焖技法高深，其精细的刀工、鲜美的味道、别致的造型，都令人叹为观止。因明湖春距张学良家仅半里之远，张家的堂会宴、寿宴、喜宴都是由明湖春派名厨烹制。其中最负盛名的“扒熊掌、清蒸松花江大白鱼、清汤鱼翅、葱烧海参、熥大虾、清蒸甲鱼”等名菜极具高档风范，广受人们的青睐。因此，明湖春凭借着正宗的鲁菜风味、位于黄金地段中街、出入均为富甲绅商和达官贵人，开业便在东北名声大噪，一时声名远播。创办明湖春大获成功，更加激发了吉谦皆的创业宏志，他相继又创办了“鹿鸣春”“洞庭春”，便是所谓的“奉天三春”。

明湖春为辽宁区域的餐饮文化先驱，成就了20世纪二三十年代沈阳饮食文化市场的鼎盛繁荣时期。可以想象，当年在小河沿的中秋节荷花灯会上，赵尔巽公馆的隔壁开设的明湖春给沈阳带来了怎样的餐饮盛况？因为餐饮外作业发达，当时甚至出现了与之配套的酒席用品租赁行业，沈阳餐饮服务行业的发达程度可见一斑。

“唱戏靠腔，厨子靠汤”，明湖春的长处是守正创新，不断融合，使之立于不败之地。明湖春的词条上是这样阐释的：它将鲁菜与淮扬菜融合，将长江三鲜中的河豚和鲥鱼搬上了沈阳人的餐桌。河豚加上东北传统酸菜火锅，堪称一绝。它创新发展“沈阳味道”的宫廷、官府、市肆、家常四大菜系，研创出了喜寿宴、冬令滋补宴、全鹿宴等沈阳地域特色宴席，将人们对沈阳地方菜的简单粗糙印象一扫而光，成为精致、高端、优雅的代名词。

一座城有着它的来龙去脉，一脉饮食文化也有它的前世今生。随着历史的变迁，“三春”同样经历了时光的淘洗，在时代大潮中起伏跌宕。新中国成立后的 1952 年，明湖春饭店在公私合营后歇业，暂时退出了历史舞台。直到 2002 年，明湖春在经过半个世纪的蛰伏后，重新迎来属于它的春天。重新开业的明湖春，在继承传统的基础上勇于创新，一批独具特色的时尚菜惊艳亮相，彩虹冰山脆鳝、清汤大碗翅、香煎鲥鱼、金锅河豚酸菜、水煮双鲜等“三低”养生菜品，使明湖春如沐春风，生意火爆，宾客满盈。2010 年明湖春被中国商务部批准为“中华老字号”。

明湖春熏鸡

洞庭春原来坐落在怀远门里路北，是继明湖春后的又一春。一经开业，洞庭春就名声大噪，一时商贾如云、权贵进出，成为当时十分著名的饭店之一。可惜那个时代风云变幻，致使饭店的传承一度中断。1951 年，洞庭春重新开张，更名为勺园饭店。直到 2004 年 8 月，著名辽菜烹饪大师李春祥再建洞庭春，位于南八马路的金辉食府，才标志着辽菜“三春”彻底复出。燕鲍之类是其招牌菜，价格适中,其他菜肴也都在中档价位,色香味俱佳,其经典菜品为四珍一羹和四绝菜。

而大名鼎鼎的鹿鸣春则有专篇介绍。

如果说一脉相承的“三春”立于时代潮头，为沈阳相当长的一段餐饮文化历史贡献了精彩片段，那么“六楼”也以其悠远的底蕴，为沈阳增添了厚重的韵味。当时的六楼，指的是万兴楼、德馨楼、饮和楼、福山楼、商埠楼和东兴楼。其中万兴楼创立于清光绪四年（1878），开店最早。

光绪四年（1878），德胜门（今大南门）内路东的万兴楼饭庄开业，以经营京菜为主，可执城中餐饮业牛耳。缪润绂撰《沈阳百咏》中有一首竹枝词，专咏他家“内城酒肆尝遍，方晓此处唯佳”的情形：“翩翩裘马少年游，高敞璃筵讲应酬。笑指青旗寻酒肆，晚餐多上万兴楼。”道尽万兴楼的繁华景象。那时，凡是饭店无论大小，都要挂幌，相当于如今的霓虹招牌。而挂幌的多少彰显店面规格的大小排场，也用于装饰门脸。可以想象，八个大红幌挂在万兴楼前，那是何等的气派，能够到此一吃，那绝对是见过世面的佐证，也是身份的象征。

光绪末年，经营京菜的德馨楼在福胜门（今大北门）开业，它的兴旺靠的是名厨庄殿臣、王庆棠掌灶，两位名厨可谓餐饮业的一代大师。庄殿臣被称为“庄麻子”，擅长“两爆”和“贴”“塌”“熗”“扒”等讲究火功的菜品，制扒菜“大翻勺”是他的拿手绝活儿，那简直就是杂技范儿。据说，他在“大翻勺”时，锅里的菜带着四溅的火星以及油盐酱醋等料汁腾空翻转——一锅菜有汁有液有红有绿,忽地一下从他头顶翻过去,引起一片惊呼,再看他优美转身，一锅菜又稳稳当当、汤是汤水是水肉是肉菜是菜地落进他的大勺里。来点这道菜的人，其实已不只想尝尝味道饱饱口福，还想大饱这空中飞菜的绝技带来的眼福。他的侄子王庆棠，也是他手把手教出来的。而王庆棠的徒弟徐子明，便是后来辽宁“五大名厨”之一，人称“小佛爷”。可见，那时德馨楼是名厨辈出，代有传人。

当时，还有一家餐馆名曰饮和楼，距皇宫不远，早期经营御府菜，即清王府饮食的外延。如果行走在当时沈阳的街道，你会惊讶地发现，店铺如林之中，并没有正宗的满族饭店。这在当时的龙兴之地、满族聚集之地简直是不可思议。但这是满人的规矩，满人因遵循祖制不做买卖。当时沈阳城内有名的回族饭店，如大南门里的庆仙楼、中街的恩德园和二酉轩，口碑甚好。当时的二酉轩，最有名的便是全羊席，该店计有 128 道菜。据《奉天通志》载："金人旧俗……贵人享重客，间兼皮以进，曰全羊。所记食法，与今不同。岂全羊之食，沿金遗俗而变通者欤！"可见，食全羊为满族固有风俗，后来经回族厨师不断改良演变，继而成为沈阳历史中一道不可或缺的餐饮风景。

当年北京有全聚德、杭州有楼外楼，沈阳的"三春六楼七饭店"同样声名远播。七饭店即新德馨饭店、中央饭店、宫记饭店、宫乐饭店、龙海川饭店、丽华饭店、沈阳大饭店。还有七十二饭店之说，但这只是个虚数，是夸张之词，形容饭店多的意思。总之，单从这些写不完的饭店名称中，足见当时沈阳餐饮的鼎盛景象，该是何等的辉煌！但沈阳的这些老字号并不为更多人所知，深藏于历史的褶皱之中，或飘零于时代的洪流之中，能够传承下来的为数不多。

遥想当年，每当夜幕降临，人们远远地望去，大大小小的饭幌在晚风中晃动，温馨的灯火牵引着人们的脚步，空气中弥漫着酒香，而熟悉的食物味道会刺激着味蕾，多少觥筹交错，诉说着逝水流年、沧海桑田。而今，往日繁华都隐没在历史烟云之中，消失于世事流水之间，唯有留下来的饮食文化精髓依然浸润着沈城的人们，那不是一场梦，而是生生不息、一脉相承的文化源流，滋养着我们的味蕾，抚慰着我们的心灵……

满汉全席 宫廷宴

世间宴席，满汉全席应是顶流的存在。它集中华饮食之大全，以开放包容又独具匠心的特色，成为世界饮食文化最灿烂的篇章。顾名思义，满汉全席原是清代宫廷中举办宴会时满人和汉人合作的一种全席。满汉全席体现的就是一个“全”字，地上长的、天空飞的、水里游的，无所不包，无所不有。而这个“全”字则彰显了其包容与融合的特性。

满汉全席菜品一般至少 108 种（北方菜 54 道、南方菜 54 道），分三天吃完。满汉全席菜式有咸有甜，有荤有素，取材丰富，用料讲究，山珍海味一应俱全，彰显了中华烹饪技艺的博大精深、饮食文化的源远流长，令人叹为观止。也正因此，这样一席集满族与汉族菜点之精髓的中华盛宴，已经抵达中华菜系文化的最高境界。它是菜，也是文化；是品位，也是享受；是物质，更是灵魂。

满汉全席是最具有仪式感的菜点，一场大席，穷尽了对中华礼仪的想象，饱含着中国人对天地万物的景仰、对饮食的一种信念。入席前，先上两对香，备好茶水和手碟；台面上有四鲜果、四干果、四看果和四蜜饯；入席后先上冷盘，然后上热炒菜、大菜，最后上甜菜。满汉全席，分为六宴，均以清宫著名大宴命名。从选材开始，选名馔、择时鲜、寻山珍、集海味，犹如一场盛大的演出即将启幕。全席有冷荤热肴计 196 品出场，点心茶食计 124 品亮相，计肴馔 320 品。席间所用全套粉彩万寿餐具精美绝伦，配以银器，典雅富丽。此外，环境的衬托也必不可少，席间专请名师演奏，乐曲飘飘，人吃到酣处，便觉飘然欲仙，物我两忘，好像不在人间……

据资料记载，满汉全席的名称来源有以下几种说法。其中之一是说它来源于一段相声。20 世纪 20 年代，在北京和天津献艺的相声演员万人迷编了一段“贯口”，罗列大量菜名，名为“报菜名”，颇受听众欢迎。到了 30 年代，北京的相声演员依然青睐这段“贯口”，“报菜名”就这样流传下来，传来传去竟被讹称为满汉全席。第二种说法是“满汉全席”系官场筵席，始于清代，然正史阙如，仅一些笔记文集有录，名曰：“满汉席”“满汉大菜”。第三种说法是清朝历史上并不存在满汉全席，而是在新中国成立后一家饭店将前人丰富的餐饮文化整理并包装的结果。无论正史野史，还是清宫内务府有关文献，都找不到满汉全席的踪迹。满汉全席最初出现在乾隆年间李斗所著的《扬州画舫录》中，文中记载：“上买卖街前后寺观，皆为大厨房，以备六司百官食饮。”其中提到的扬州“大厨房”为“六司百官”所办的宴席就是后代流传的满汉全席。有人从文字资料中分析，认为“满汉全席其实并非源于宫廷，而是江南的官场菜，满汉全席应源于扬州”。此种满汉全席集宫廷满席与汉席之精华于一席，是关于满汉全席最早的记载。

还有一说，据《老北京的风土人情》一书所载：“1959 年十年大庆，为了向全世界展现中国传统饮食文化，商业部调集了全国各菜系名厨，充实‘仿膳饭庄’的技术力量，还组织专人发掘整理出九百余种菜谱，并在此基础上进行创新，使‘仿膳饭庄’成为集中华饮食之大全的超级饭庄。”可以说，这是一次重要的创新与整理，其呈现出来的成果，形成了“满汉全席”。

满汉全席以东北菜、山东菜、北京菜、江浙菜为主。满汉全席中的珍品，大部分是黑龙江地区特产（或出产）以及其他珍奇原料等。后来闽粤等地的菜肴也依次出现在巨型宴席之上。北方菜54道：满族菜12道，北京菜12道，山东菜30道。南方菜54道：江浙菜30道，闽菜12道，广东菜12道。

清入关前，据《满文老档》记载："贝勒们设宴时，尚不设桌案，都席地而坐。"菜肴也是极其简单，火锅配以炖肉，猪肉、牛羊肉加以兽肉，大家围坐在一起，烟熏火燎，吃得豪情万丈。清入关后，在满汉融合过程中，人们的饮食发生了天翻地覆的变化。他们快速地吸取汉文化精华，当然包括饮食文化，在保留满族传统饮食习惯的基础上，吸取了北方菜（鲁菜）和中原南方菜（主要是苏浙菜）的特色，建立了较为丰富的、令人耳目一新的宫廷饮食体系。六部九卿中，专设光禄寺卿，专司大内筵席和国家大典时宴会事宜。

满汉全席有六种宴席：

蒙古亲藩宴：此宴是清朝皇帝为招待与皇室联姻的蒙古亲族所设的御宴。

廷臣宴：此宴于每年上元后一日即正月十六日举行，是时由皇帝亲点大学士，九卿中有功勋者参加。

万寿宴：万寿宴是清朝帝王的寿诞宴，也是内廷的大宴之一。后妃王公，文武百官，无不以进寿献寿礼为荣。

史上最著名的一场万寿宴当属光绪二十年十月初十日慈禧六十大寿。这场寿宴准备了一年有余，正在紧锣密鼓筹备之中，甲午海战爆发，慈禧只好取消了众多庆典活动，只在宁寿宫中举办寿宴。即使在内忧外患中，寿日前月余，筵宴还是提前开始。仅江西烧造的绘有"万寿无疆"字样和吉祥喜庆图案的各种釉彩碗、碟、盘等瓷器，就达29170余件。整个庆典耗费白银近1000万两，在那个千疮百孔、风雨飘摇的时代，令人瞠目结舌。

| 千叟宴 |

千叟宴：始于康熙、盛于乾隆时期，是清宫中规模最大、与宴者最多的盛大御宴。康熙五十二年（1713）在阳春园第一次举行千人大宴，康熙即席赋《千叟宴诗》描写当时盛况："百里山川积素妍，古稀白发会琼筵。还须尚齿勿尊爵，且向长眉拜瑞年。"

九白宴：康熙初定蒙古外萨克等四部落时，这些部落为表示投诚忠心，每年以"九白"为贡，即白骆驼一匹、白马八匹，以这九只白牲口为信。蒙古部落献贡后，皇帝设御宴招待使臣，谓之九白宴。

节令宴：节令宴系指清宫内廷按固定的年节时令而设的筵宴。如元日宴、春耕宴、端午宴、乞巧宴、中秋宴、重阳宴、冬至宴、除夕宴等，皆按节次定规，循例而行。

满汉全席体现满汉一家亲、民族大融合的理念，是交流也是开放，是分享也是融合。在食材、配料、烹饪、品类、环境、仪式上，满汉全席堪称中华饮食文化的巅峰。因此，后人将满汉全席称为中华民族上下五千年的饮食大总结。全席食毕，尽可领略中华烹饪之博大精深，探寻饮食文化的底蕴。

辽菜的前世今生

20 世纪 80 年代，辽菜作为地方菜系异军突起，成为一种现象级的存在。它把白山黑水的万般滋味尽情挥洒出来，精湛考究的宫廷菜、名贵珍味的王

| 熘肉段：正宗辽菜 |

府菜、雅俗共赏的市井菜、乡土醇厚的民间菜，都在兼收并蓄的辽菜中得到融合，饱含着丰富深厚的文化内涵，打破了沈阳人大碗喝酒、大块吃肉的粗犷形象，颠覆了菜品便是乱炖的简单粗暴的惯性认知，重新赋予辽菜美食新概念。

作为沈阳人，我们能从熘肉段、地三鲜、小鸡炖蘑菇这些熟悉的菜肴中，体验辽菜带给我们的乡愁，感知逝水流年在舌尖上的欢愉，品味家乡味道和人生百味。

众所周知，中国有八大菜系，即鲁菜、川菜、粤菜、苏菜、闽菜、浙菜、湘菜、徽菜。而辽菜作为地方菜系，凭借其独特的风味和特点，俨然成为中国的一个新菜系。它是集辽宁地区的民族特点、地域习惯、饮食风俗、烹饪技法于一体创建的一种地方菜系。

辽菜历史悠久，是辽宁的政治、历史、地理、民族、文化、风俗、资源及经济发展等因素的产物。清朝宫廷菜、王（官）府菜、市井菜、民俗菜、民族菜和海鲜构成辽菜的基本框架。

作为多民族聚居的辽宁，灿烂的民族文化和源远流长的饮食文化相互辉映。据考证，辽菜有3000余年的历史。辽阳出土的东汉一号墓的庖厨壁画证明，东汉时期辽阳一带的烹饪技艺已有相当水平。

到20世纪初，辽菜汲取宫廷菜、京菜、鲁菜的传统烹饪技艺精华，融合满族、汉族、朝鲜族、蒙古族等不同民族的风味，形成菜品丰富、造型考究、鲜香浓郁的辽菜。以沈阳明春湖、洞庭春、鹿鸣春、香雪饭店、南轩酒家、聚宾楼，大连群英楼、海味馆，锦州五芳斋饭店，营口小楼饭店，辽阳福来园等为代表的餐饮名店构成辽菜最初的流派框架和市场体系。

新中国成立以来，老一辈各怀绝技的国家级烹饪大师唐克明、王甫亭、徐子明等将拿手名菜发扬光大，从20世纪50年代开始分别掌勺于勺园饭店、鹿鸣春饭店、南轩酒家、香雪饭店、聚宾楼等辽宁著名饭店，一代代名厨，对辽菜的进一步发展壮大起到了重要作用。

1983年，中国首届烹饪名师大赛举办，来自各大菜系的名厨齐聚一堂，各显身手。而来自沈阳的名厨刘敬贤以兰花熊掌、游龙戏凤、红梅鱼肚、凤腿鲜鲍四款菜令人拍案叫绝，惊艳四座，一举夺冠。他用一鸣惊人的娴熟技艺为东北菜正名，使之堂而皇之地登上大雅之堂，使辽菜的社会知名度与美誉度有了大幅度提升。

辽菜的横空出世与成功逆袭，源于辽菜传承人在继承传统的同时打破门派束缚，吸收全国菜系的精华，提倡“以厨德服人、以厨技赢人”，取长补短，博采众长，才使新派辽菜势不可挡地崛起。

辽菜分为民间菜、市井菜、王府菜、宫廷菜四大类。民间菜原料易得，技法简单，多以炒、炖为主，是最接地气的一个菜系，特色是乡土味浓郁，在民间广为流传，为大众喜闻乐见，如四大炖；市井菜是辽菜的主体，适合大众消费，以锅包肉、熘肉段、扒白菜等为上品，原料中有种类繁多的畜禽肉蛋和时蔬菌薯；王府菜是辽宁高档菜的重要组成部分，代表菜有高级名贵的王府鸭、王府八宝酱、王府砂锅、王府鹿尾，色香味形俱佳；宫廷菜主要指满汉全席，融合了宫廷菜肴与地方风味、满族与汉族菜品特色，全席菜品丰盛，取材精细，荤素搭配，制作精良，在无与伦比的饕餮盛宴中，八珍玉食琳琅满目，山珍海味应有尽有，凤髓龙肝五味俱全，炙凤烹龙其味无穷，称得上中华菜系文化的瑰宝。

辽菜的出现，描绘了一座城市的饮食版图，是舌尖上的美学呈现和乡愁记忆。领略辽菜的博大精深，进而探索一城一地的饮食文化渊源，尽享世间万物带给我们的美味。

辽菜口味因气候而形成，因一年中气温偏低时较多，故以咸与鲜为主，以甜与酸为辅。制作时比较酥烂，明油晶莹，亮芡鲜明。海鲜品讲究原汁原味，清鲜脆嫩。生活在这里的人们喜热食，这也是抵抗寒冷的方式之一。因此辽菜尤以炖、烧、扒、熘见长。炖分为清炖、混炖、侉炖、隔水炖。扒以180度大翻勺为长，原菜形不乱不散，两面受热均匀，入盘后形美色艳，具有“嫩而不生、透而不老、烂而不柴，或外脆里嫩、外酥内烂等特征”，辽菜火候的运用达到炉火纯青的地步。辽菜在选料上秉承广而精的原则，特别注重地方特产食材的选用，在众多辽菜菜谱中，山珍野味是制作菜肴的最佳选择。

辽宁四季分明，热量资源较为丰富。充分的光照，四季的馈赠，为各种动植物（包括水产）的生息、繁衍，提供了优越的自然条件，从而也丰富了辽宁的饮食文化。辽宁盛产珍贵的刺参、对虾、紫鲍、扇贝、螃蟹及各种名贵的鱼类、藻类。辽河、浑河、太子河、凌河和鸭绿江等河流盛产鳜鱼、鲤鱼、银鱼、比目鱼、细鳞鱼、甲鱼等。山区还有猴头蘑、蕨菜、大叶芹、山楂、板栗等山菜山果。辽河平原地区适宜种植五谷、蔬菜，饲养六畜。上述或名贵或普通的绿色烹饪原料，是辽菜品质的基本保障。

辽菜的主要特征是醇厚香浓。鲜咸味、香辣味、五香味、甜咸味、甜酸味、茄汁味、酸辣味、甜香味等口味的菜肴风味多样。人们品尝辽菜，以滋味入口，比如锅包肉、白菜猪肉炖粉条、白肉血肠、熘肝尖、熘腰花、老边饺子、马家烧卖、杨家吊炉饼、李连贵熏肉大饼、回头这十大名菜，样样味道浓郁，回味无穷。

辽菜中以全羊席最为著名，它是继满汉全席后的宫廷大宴之一。所谓全羊席是指用整只羊的各个不同部位，烹制出各种不同品名的不同菜肴来，整羊从头到脚，每一处都是一道菜，最绝的是菜名不露一个“羊”字。如以羊耳朵入馔，称作“迎风扇”。一桌全羊席至少有44道菜。据记载：“菜肴有稀有干，有冷有热，有咸有甜，能满足多样口感。”

此外，辽菜还以烹饪海鲜见长。结合本地口味，辽菜海鲜愈见咸鲜，原汁原味，以蒸、爆、炒、烧、扒、熘、炸、煸、拌、清汤等为烹饪技法，北派海鲜的精髓在此浓缩，为喜食海鲜的人所推崇。

人们喜欢品尝辽菜，汉族人喜浓香，满族人喜酥烂，蒙古族人喜厚味，回族人喜鲜嫩，朝鲜族人喜辛辣，辽菜兼顾了各族人的口味。辽菜的传统品种制作没有雕琢装饰，就像一位天生丽质的女子，有种朴实的美感。一提起辽菜，人们首先想到的是油大、口味重、简单，比如农家杀猪菜、锅包肉和熘肉段等大众菜。实际上，辽菜涵盖的范围特别广，精细菜色才是辽菜的精髓。

辽菜继承了宫廷菜和官府菜的特点。游龙戏凤，是老派辽菜的代表之一，是用辽宁特产刺参和野生鹌鹑，加入秘制高汤烹制而成。将海参与鹌鹑奇妙地组合在一起，又鲜又嫩，烂而不柴。再比如辽菜中的一只鸡就有 20 多种做法，比较有名的一道菜叫芙蓉鸡片。这道菜用一年生小鸡，鸡蓉选用鸡胸脯肉，以蛋清搅拌，将油烧到二三成热时，勺舀鸡泥入油中，鸡泥会像芙蓉花一样，漂浮在油面上，即成纯白色的芙蓉鸡片，可谓巧夺天工。

辽菜餐馆众多，除了鹿鸣春外，还有春祥辽菜馆。这家餐馆坐落在一个胡同里，自带院子，一派大隐隐于市的风格。招牌菜有黑豆腐，外酥里嫩，润滑细嫩；蛋黄焗大虾，颜色金黄，真材实料；清炖狮子头，肉嫩不硬，口感细腻；鲍鱼茄子，鱼与茄子完美结合；熘肉段，采用传统手法，外酥里嫩。而葱爆海参则是这家餐馆的当家菜，大可一饱口福。

还有一家百富源·海鲜辽菜馆，主打白菜蜇头、牛油果蔬菜沙拉、古法炖有机鱼头、黑椒牛肉粒、熘虾段、石锅海胆豆腐、朝阳小米烩辽参等。

“山珍海味取料广，火锅白肉美名扬。炖烧扒熘各有别，芥末葱蒜多辛香。咸甜分明油酱重，焦酥脆嫩质滑爽。明油亮芡外观美，荤素相宜耐品尝。”这首小诗把辽菜的色香味描写得淋漓尽致。辽菜被人误解得太久，不精细、缺乏文化的时代应该成为过去。随着时间的流逝，辽菜的风味特色必将慢慢地深入人心，被更多的人所接受、所喜爱，成为中国传统饮食文化中不可或缺的经典，代代相传。

我有嘉宾 鹿鸣春

1929年的奉天（今沈阳）商埠地（即南市场，今和平区十一纬路40号），一座名为鹿鸣春的饭店盛大开业，老板居然请来了少帅张学良和他的夫人于

| 鹿鸣春 |

凤至。人们不禁要问，这家饭店到底是什么来头，连大名鼎鼎的张学良夫妇都来捧场？不必说这幢资本家左叙伦的小楼有多气派，“鹿鸣春”三个字如何流光溢彩，饭店的位置也算得上沈阳金融商贸中心——位于花旗银行和汇丰银行中间，单说饭店老板王星垣时年34岁，采取集资、实行股份制开办这家饭店，如此的豪情万丈，如此的意气风发，足以让当时的人们赞叹。

那么，让我们盘点一下那天少帅夫妇都吃了哪几样菜。主菜有：清汤燕窝、蟹肉鱼翅、鳝鱼海参、红扒熊掌、什锦鱼肚、红烧家鲫鱼、㸆大虾、拔丝山芋（地瓜），还配有吉林鹿肉山蘑（为于凤至家乡菜）。这些菜肴皆为菜中极品，让少帅赞不绝口。而绍兴花雕老酒绵软细腻，为这场盛宴增色不少。离席时，张学良为饭店题写“店要随势，菜要精烹，人要和善”十二个字。这题词饱含着少帅对鹿鸣春的祝愿，只有这样，才能像吉顺丝房、老天合那样长盛红火。

鹿鸣春饭店的名称，是由洞庭春的老板吉谦皆起的。吉谦皆当时是洞庭春的老板，也是位青年才子。长于诗词、书法的他，能从《诗经》里提炼出店名，而且还如此的意蕴深厚、灵动飘逸，足见他诗词功底的深厚。吉谦皆说：“前有二春，不如再添一春。三春争艳，浓郁芳菲，岂不甚好？”王星垣一听，当即表示赞同。接着，吉谦皆说：“就叫‘鹿鸣春’吧！”他又解释道：“我国古代《诗经·小雅·鹿鸣》中有‘呦呦鹿鸣，食野之苹。我有嘉宾，鼓瑟吹笙’。春在《诗经》中有酒之意，用鹿鸣来表现佳肴灵动、生动活泼、笙瑟和鸣的宴会盛况，再恰当不过。”吉谦皆建议在店堂内挂上《诗经·小雅·鹿鸣》诗文匾，预示店名的出处。

一只卧鹿，俏皮可爱，富有灵性，卧鹿中“鹿鸣春”三个字生动无比。当年著名爱国人士杜重远为新饭店开张专门烧制餐具，而且“全部赠送”以表祝贺。鱼盘的盘中及盘底图案均为卧鹿，盘面书有福、禄、寿三字，盘边为红沿。其他用具如花盆以松、竹、梅岁寒三友为图案，花瓶以竹、梅为图案，卫生器具痰盂也均带有卧鹿图案，共计近八千件，落款为肇新窑业公司监制。后经王星垣与股东们协商决定，为报答杜重远的一片真情，特回赠杜先生股票 10 股（1000 元现洋），杜重远就这样成为鹿鸣春的股东之一。

鹿鸣春的牌子在几年内越叫越响，与当时市内的两家高级饭店洞庭春和明湖春齐名，进而形成“三春”鼎立之势，领一代风骚，成为沈阳乃至东北的大酒肆。鹿鸣春经营的山珍海味，具有自己的独特风味，引得一些大商人、达官贵人纷至沓来，喝酒行令，店内一片繁华景象。庆贺荣升、发财，或办红白喜事，一场接一场筵席聚聚散散，鹿鸣春成了人们心目中的排面，代表着操办人的财力与实力。而楼梯回马廊处悬挂着“别有洞天”匾额，大气雄浑，也为鹿鸣春提升了身价，使之成为社会政要、商界名流的会聚之地。

鹿鸣春饭店的 1 号包房，演绎了无数场悬疑剧情。这里临街，坐在窗前，可以随时观察窗外的市井喧嚣，进退自如。一间包房内，中共地下党组织在这里接头、谋划、运筹，揭开了一幕幕抗日斗争的重头戏。所谓越是危险的地方越是安全，中共地下党选择这里作为秘密活动站，就是看中了这里的人员复杂、商贾云集，可以掩人耳目。后来，多少影视戏剧把 1 号包房作为秘密联络站拍摄地，演绎出荡气回肠的抗日大戏。光凭这一点，就足证鹿鸣春的作用无可替代。

一个好的名字就是一个门面，鹿鸣呦呦，春色正好，八方客来。

鹿鸣春是辽菜的发祥地，又是辽菜的代表，建店之初，名盖辽沈，是那个时代辽菜辉煌的代表，素有“辽沈无双味，天下第一春”的美誉。鹿鸣春的菜点品种多如繁星，用料又都是东北独有，做工精雕细琢，同时讲究季节与时令。鹿鸣春常用的烹调方法有 30 多种，尤以炖、烧、熘、扒见长。菜肴特点是：“香鲜酥烂，口感醇浓，原汁原味，清鲜脆嫩，造型优美。拿手菜点以烹制燕、翅、鲍、参‘四大天王’等海鲜品名震天下。”

让我们细数一下鹿鸣春的经典菜品吧！豆腐宴、绣球燕窝、扒通天鱼翅、游龙戏凤、葱烧辽参、㸆大虾、熘虾段、砂锅鼋鱼、铁锅烤蛋、扒三白……这些菜的主要食材是山珍海味，其中以葱烧辽参最负盛名，汤汁完全浸入海参，咸口香滑，伴着浓郁的葱香，比较符合北方人的口味。熘虾段皮焦里嫩，虾肉细腻鲜香。

有些菜，不仅上得厅堂台面，也能深入寻常百姓心中。比如鹿鸣春香鸡，外表朴实无华，在上桌前已然经历了十几道工序，每一道工序都像一出戏，从一个运眼、一个运手开始，才有最后的惊艳亮相、满堂喝彩。从腌渍、酱制、两次投入药料、两次上色，全程一丝不苟地制作下来，才有端上桌那一瞬间的精彩，才有香鸡入口那一刹那的嫩滑，才有整个身心都被香气浸润的舒畅……再说凤尾西芹，栩栩如生的造型，鲜明生动，简直就是一件艺术品。

从 2008 年 1 月重新开业到现在，新生的鹿鸣春依然在原址，装修豪华，典雅高档，文化含量十足。沈延毅先生书写的店名牌匾，遒劲有力。杨仁恺先生书写的对联“紫气东来鸿燕舞，名贤毕至会鹿鸣”，光彩夺目。店内不可或缺的是仿古代竹简式的《诗经·小雅·鹿鸣》和大型绘画“百鹿鸣春”图，为其增添了文化含量。而每间包房都经过精心布置，单从名称上，均取自古典诗词和历代名家、名诗、名句中的精华，各不相同，令人眼前一亮。辽沈书画界名师大家为鹿鸣春挥毫泼墨，其创作的诗词书画作品灵动飘逸，内涵深厚，为饭店增色不少。

当然，鹿鸣春经营的各式菜品才是核心，是灵魂。这里的每一道菜都成为经典，也成为每个沈阳人心目中难忘的滋味。

四绝菜之绝

一座老店，坐落在沈阳最古老的商业街——中街东面，门口一幅巨幅牌匾引人注目，左侧书写“四绝菜倾倒东北张少帅”，右侧书写“宝发园名扬省城上百年”，在正中的“中华老字号”印下，牌匾上端端正正地写着“宝发园名菜馆”，字迹刚劲有力，彰显“四绝菜”的出品地——宝发园名菜馆的百年风采。

沈阳市宝发园名菜馆创办于清宣统元年（1909）。百年历史，百年风华。宝发园的起家有个故事，这个故事与千千万个出门闯荡、希望创业成功者许有相同之处。当年，河北省宁河县北塘村有一家姓国的农户，家有国钧璋和国钧瑞哥儿俩，因家乡兵荒马乱，连年闹灾，便闯了关东，来到盛京城外落脚谋生。沈阳的小东门外，店铺林立，是外来百姓的一个落脚点。国钧璋、国钧瑞两兄弟千辛万苦开了一家小饭铺，起名叫宝发园——聚宝发财是他们内心的理想。

万事开头难。他们想在众多饭铺中突围并不容易，只能勉强糊口而已。哥儿俩为此彻夜难眠，思量着如何能让生意红火起来。经过反复琢磨，他们认为得研究当地百姓口味、喜好，才能被大家接受。于是，他们决心根据东

| 四绝菜 |

北人的口味，以猪肝、猪腰、瘦猪肉和鸡蛋等为食材，做出最大众、最普遍、最符合百姓口味的菜品。

经过无数次的改进、无数次的失败，两兄弟终于练就了四样拿手菜，即熘肝尖、熘腰花、熘黄菜、煎丸子。这四样菜都是普普通通的家常菜，东北人逢年过节，都会将这四样菜端上桌，虽不是最高端的菜，却也拿得出手。他们把四样菜做到极致：熘肝尖滑嫩，熘腰花脆嫩，熘黄菜软嫩，煎丸子焦嫩，主打就一个字“嫩”，嫩到什么程度呢？入口即化，香糯如绵，食客只要吃上一口，就会深深记下了这味道，再吃别家的，就再难以下咽了。

四样菜中的三样都出自猪的身上，国钧璋、国钧瑞严把食材关。熘肝尖、熘腰花，所用的猪肝和猪腰子，专取当天屠宰的新鲜猪下杂，绝不含糊。在烹饪技法上，将脏器清洗干净，将腥味彻底清除，不用挂糊和上浆来掩盖食材本味，只用葱姜爆锅，香味出来后，再以旺火熘炒，熟后淋上少许明油即可，从而保持新鲜猪肝、猪腰子的原汁原味。

熘黄菜，也称水熘黄菜，黄菜的主料是鸡蛋，也是普通食材。黄菜的形状介于鸡蛋羹与豆花儿之间，这是宝发园的独家绝技。黄菜鲜亮亮、黄灿灿、亮晶晶，上面淋洒由鲜虾仁儿、鲜豌豆、鲜胡萝卜及鲜蘑菇小丁儿制成的卤汁儿，比鸡蛋羹清淡，比豆花儿入味，入了口，舌尖上微颤、口齿上留香，稠厚香嫩，老少皆爱。

煎丸子，这是东北民间过年必做的一道菜，无论穷富，辛苦了一年，家家户户总要做丸子犒劳一下家人，不过基本上都是炸丸子。宝发园经过创新，从油炸改成了油煎。这一炸一煎，效果天差地别。他们选用新鲜的猪肉，三分肥、七分瘦，剁成末儿，调好馅，文火煎炸，丸子大小均匀，个个如鸽蛋一般，少油、色鲜、焦嫩，很快成为沈城百姓最爱。

这四道菜风靡沈城是有道理的，不仅讲究造型，选材严格，刀工精细，造型优美，火候恰到好处，重点在于价格亲民。宝发园的菜品价位一直保持适中，沈城百姓以普通价位享受到顶流美味，一时四绝菜大受欢迎，深受百姓青睐。

当然，一些达官贵人也经常光顾宝发园。而这四样菜最终被命名为“四绝菜”，还有一段故事。

1927 年初春的一天早晨，一位 20 多岁、身穿白色西服的年轻人来宝发园就餐，点了熘腰花、熘肝尖、熘黄菜、煎丸子四样菜。宝发园掌勺的大师傅就是掌柜的，将菜做好后端上桌。年轻人品尝之后赞扬这四样菜色、形、味、刀工、火候俱佳，以后可以称之为“四绝”，说完留下 10 块银圆微笑而去。原来那年轻人不是别人，正是大名鼎鼎的少帅张学良。从此，宝发园的四绝名菜一时名声大振，吸引国内外游客慕名而来。

“绝”，是极致，是没退路，是与众不同，是最高境界。几道家常菜，却让宝发园做绝了，做成了这类菜的天花板，实属不易。新中国成立后，宝发园店址几经变迁，1982 年后坐落在大东区小什字街天源巷 1 号。同时，四绝菜经历了几代厨师的传承和烹制发展至今，在保持原有品质的基础上，作为宝发园第 4 代掌门人的邹德昌，为迎合人们的口味，尤其是人们对健康的要求，不断地调整挖掘，下苦功夫，使四绝菜被国内外广大顾客所喜爱所推崇。

1980 年，沈阳市政府正式命名宝发园的熘腰花、熘肝尖、煎丸子和熘黄菜为“四绝名菜”，四绝菜连续五届荣获沈阳市“名优风味美食”称号。凭借百年历史和独特工艺，1988 年，四绝菜被沈阳市人民政府评为第五届“风味（名牌）食品”；2006 年，沈阳市宝发园名菜馆被商务部授予首批“中华老字号”称号；2007 年，东关四绝菜传统烹饪技艺，被认定为市级非物质文化遗产。

在美食多样化的今天，拥有百年历史的老字号，如何在激烈的竞争中仍然保持四绝菜的传统技艺？就是一个字：绝。这是对食材、工序、技法、品质的最高标准，单一个刀工，比如熘肝尖要切成柳叶片，薄厚均匀，就需要漫长的三年时间才能成就。而“绝”字不仅是针对菜品，还针对人品，百年老字号能够长盛不衰、永葆青春，在于人的信念，坚忍、勤奋、创新，两个“绝”字合为一体，才有今天以至未来的宝发园。

老边饺子的百年风华

位于中街的老边饺子馆可以说占尽天时地利人和，人气很旺，装修古朴大方。当年侯宝林先生吃过老边饺子后，对老边饺子赞不绝口，还亲笔题词：“老边饺子，天下第一。”

走进老边饺子馆，环境优雅舒适，古朴典雅的招牌和对联，大气中带着一丝传统的韵味。木质的桌椅，温暖的灯光，总能让人放下所有的疲惫，尽

| 老边饺子 |

享美味带来的幸福感。

老边饺子的创始人边福当年从河北逃到沈阳，最先落脚在小津桥。从小津桥到北市场，再到全沈阳城，边福开了多家店铺，凭借煸馅这拿手绝活得到人们的认可和赞誉。经历风风雨雨，老边饺子馆至今已经有 100 多年的历史。

老边饺子馆之所以能一直发展，关键是勇于创新，从未止步不前。边福的儿子边得贵子承父业，继续在煸馅上“做文章”。经过一番钻研，边德贵将普通的煸馅改为汤煸馅，吃起来口感更加香浓，汁液更加饱满。这种汤煸馅制作工艺的研发，初步形成老边饺子“皮薄馅大、鲜香味美、松散易嚼、浓郁醇厚”的独特风味。从此，老边饺子一炮打响，成为众人皆知的美食。

这个汤煸馅的绝招儿，使老边饺子能够在激烈的竞争中立于不败之地，同时也被边家视为传家宝。在历史上老边饺子的掌门人，为了保密都是将绝活传子不传妻、传男不传女，每天闭店后等伙计走光才亲自配馅。

1940 年，与北京天桥、南京夫子庙、上海城隍庙齐名的杂巴地北市场，在商业鼎盛时期，迎来老边饺子的迁入。这对老边饺子的店主来说，是一次重大的决定，充分占据地利。当时北市场有巨大的市场号召力，天南地北的人员往来，用现在的话说就是名人效应、流量巨大，老边饺子一下子声名远扬，一跃成为东北名店。而具有如此远见的就是边家第三代传人边霖。

后来，老边饺子经过公私合营，在特殊时期歇业，直到改革开放后重新挂起金字牌匾，边霖重新成为掌门人。老字号恢复了，边霖继续研发创新产品，在煸馅的种类上有所突破。这时的老边饺子已经发展到 26 种馅，由水产、肉类、蔬菜调制，改进了圆笼上桌，增添了高档的酒锅饺子，使老边饺子的传统风味更添新彩。

老边饺子之所以久负盛名，主要是选料讲究、制作精细、造型别致、口味鲜醇，其独到之处是调馅和制皮。

100 多年来，老边饺子一直采用独特的煸馅工艺，一丝不苟地保持着独特的风味，每一道工序，都做得丝丝入扣。煸馅要先在锅内煸炒肉丁，先放入肥肉丁下锅煸炒，等把肥肉丁中的油炒出来后，再将瘦肉丁放入锅中继续煸炒，肉馅煸炒至灰色后，加入事先熬好的高汤，大火熬一刻钟，让煸炒后的肉馅充分吸收高汤中的精华，重归软嫩。20 分钟后，加入精盐、花椒粉、白糖，小火继续煨 10 分钟后，将肉馅盛出晾凉，使汤汁凝固，这样当饺子熟后，汤汁会充分释放在馅里，咬上一口，汁液会立即刺激味蕾，得到香浓鲜美的味觉体验，让人赞不绝口。

除了煸馅，老边饺子在制皮上也有绝招儿，就是加入适量的猪油开水烫面，这样和出的面、擀出的饺剂子柔软筋道透明，品相好看。擀饺子皮和包饺子都是采用人工制作，使整个制作过程充满温度和温情。擀饺子皮的老师傅，没有几十年的历练绝没有这等功夫，且看他两手并用，左右开弓，饺子皮纷纷被抛出，令人眼花缭乱，那真是一种视觉享受。据说擀饺子皮的老师傅每分钟能擀 100 多张饺子皮，真是神速，想必其经过多年苦练，才能达到出神入化、随心所欲的境界。

饺子馅的调配也是有讲究的，与时令相关。比如初春选用韭菜、大虾配馅，韭菜馅是经过了肉汁和虾汁浸透的，肉、虾、菜三味合一，清香飘溢；盛夏选用角瓜、冬瓜、芹菜配馅，可以解腻；深秋选用油椒、芸豆、黄瓜、甘蓝配馅，清爽可口；寒冬选用喜油的大白菜配馅，松散鲜香。此外还有银耳馅、香菇馅、虾仁馅、鱼肉馅、黄瓜馅、红果馅、山楂馅。此处还有具有沈阳特色的酸菜馅饺子，爽口不腻，沈阳人就爱这口。至于肥瘦肉的用量一般是春夏多用瘦肉，秋冬多用肥肉，与菜的比例或三七、或四六，这样配比精确的饺子馅，荤素搭配，营养健康，口感极佳。

别具一格的老边饺子宴，是老边饺子馆的当家门面，不仅使人大饱口福，还是一场视觉盛宴。蒸、烙、煮、炸十八般武艺俱全，各种形状的饺子让人大开眼界，几十个品种的饺子数不胜数，可谓把饺子做到了极致。

冰花煎饺是老边饺子的主打特色之一。做法是将饺子铺在平底锅里，使锅中的热油和玉米淀粉完美结合，再用大火收汁：北方冬季窗上的冰花图案完美呈现，令人感叹鬼斧神工之妙。将饺子煎好后，薄薄的底面形成冰花状网格纹路，竟如画笔描绘，神奇之极，这种活灵活现的“冰花”饺子令人不忍下口。这种菜肴已经超出饮食的概念，达到了艺术的境界。煎饺里面是韭菜、鸡蛋和虾仁，口感丰富，咬下去便有鲜香浓郁的汤汁在口腔里迸发出来。细细品味，既有煎饺的焦香，又能保持馅料原有的汁水。

此外还有御龙锅煮小饺，小饺之小，玲珑可爱，采用一两面精制而成，共 25 个。古香古色的御龙锅，被这上下翻滚的小饺子搅动着，如龙搅水，看之惊艳。而珍妃宴的食材是各种山珍野味，其带来的口感需要食者用心体会，总会给人意想不到的惊喜。

“老边饺子有独特之处，要保持下去。”这是邓小平同志 1964 年到沈阳视察时品尝过边霖包的饺子后，给出的评价与鼓励。

一家饺子店，风华越百年。老边饺子馆从小门店发展成为沈阳餐饮业不可或缺的重要组成部分，源于始终如一的坚持，源于每代传人不间断的传承和创新。

百年沧桑 马家烧卖

烧卖（俗作烧麦）是中国北方特有的一种加馅蒸熟的面食品。因烧卖其形似麦梢上绽开的白花，故在清代乾隆年间诗人柳东人曾用“稍麦馄饨列满

| 马家烧卖 |

盘”的诗句，来称赞烧卖之美。

在沈阳中街商业区小北门里，有一家沈阳历史上成立时间最早的回民餐馆——马家烧卖，历经两百多年的演变发展，成为驰名中外的特级回民饭店。

马家烧卖的历史可以追溯到清嘉庆元年（1796）。那时，回民马春每天推车到小西门里边包边卖。由于他做的烧卖配方独特、选料精细，吸引了不少顾客，因而马春逐渐小有名气。道光八年（1828），马春的儿子马广元继承父业，在小西城门拦马墙处开店，挂上了“马家烧卖馆”的招牌，名气日振。同治七年（1868），“马烧卖”选料严格，精工细做，造型美观，口感柔韧筋道，馅嫩多汁，无渣易嚼，咸鲜适口，在不断创新的基础上，具有独特风味、别具一格的烧卖美食声名远播。“马烧卖”的大名不胫而走，香飘沈城内外，一时间，社会名流雅士纷至沓来，争相品尝这美味佳肴，马家烧卖的生意越来越兴隆。

两百多年来，马家烧卖坚持做良心烧卖，用匠心和技艺精心打造，同时不断适应时代发展的需求，不断适应人们的口味变化。但无论变与不变，都要遵循食物本身的品质，都要保持曾经的初心。老字号如果丢掉了魂魄和良心，很快就会被人淘汰，所以马家烧卖深谙经营之道。从用一辆独轮车起家到发展成如今的规模，马家烧卖始终保持着那个老味道。老味道就是一想起便袭上心头的滋味，老味道便是某年某月某日一个温暖的镜头：面皮透亮、馅料鲜香的烧卖，头上有一顶花蕊，即将绽放的样子……

要问沈阳人，为什么得意这口？极有可能得到这样的回答：干净。能够配得上这二字的店家不多。所谓干净，一是指料的纯正，马家烧卖选用的牛肉都是取自牛的后腿肉，脂肪含量少，口感软嫩；二是指不添加任何调料，没有各式添加剂，吃得放心；三是指店家心地纯净，没有歪门邪道。一家店能够配得上如此的评价，应该是极高的口碑了。

观看师傅们包烧卖，肯定是种享受。只见师傅们将调好的牛肉馅放在面皮中央，五指翻飞，灵巧异常，眼花缭乱间那面皮已聚在一起，被放进笼屉，再经一按一捏，顷刻间，开口的烧卖就做好了。待到出锅，热腾腾的蒸汽中，亮晶晶、笑盈盈、水灵灵的牡丹花似的烧卖就活生生地绽放了……

马家烧卖的传人，有自己的独门绝技："用开水烫面，柔软筋道；用大米粉做补面，松散不粘；选用牛的三叉、紫盖、腰窝油等三个部位做馅，鲜嫩醇香。制馅要求严格，须将牛肉剔净筋膜，然后剁碎；用清水浸喂，加调料拌匀不搅，呈稀疏状，拢包时不留大缨，形如木鱼，成熟后皮面晶亮，柔软筋道，馅心松散，醇香味好。其外形犹如朵朵含苞待放的牡丹，令人望而生涎。"

一个品牌创建不易，守住更难。老字号从创建开始，不断地推陈出新，才是老字号生存下去的途径。虽然传统的马家烧卖只做牛肉馅，但所幸的是，马家烧卖的一代代传人们并没有裹足不前，而是不断地推出新品：玉米面羊肉馅、韭菜虾仁翠玉馅、角瓜鸡蛋木耳双素馅、牛肉青椒馅……这些特色创新品种，并没有改变传统牛肉馅的老口味。

一口烧卖、一口羊汤是标配。店里的羊汤清淡鲜灵，都是经过时间的淘洗，才有了味道的浸润。一碗羊汤端上，奶白色的汤面上，漂浮着几点香菜，倒点胡椒粉，如果愿意，再加上一勺辣椒油，喝下去贴心暖肺，舒服至极。

一种品牌靠的是味道，更靠的是诚信和良心。马家烧卖虽然获得过多种荣誉，被中国内贸部评定为"中国名点"，但其价格却实惠亲民，不同层次的消费者都能在这里找到属于自己的消费空间，找到归属感和幸福感。

马家烧卖如同绽放在味蕾上的一朵花，无论走到哪里，它的芳香都会温暖游子的心，唤起人们对家乡的温暖记忆。

沈阳肉夹馍

——李连贵熏肉大饼

熏肉大饼作为一道主副兼容的美食，在沈阳可谓家喻户晓。这道名吃的特点是熏肉肥而不腻，瘦而不柴，熏香浓，色泽红；大饼色黄清香，里软外酥。

相传，河北人李连贵在清道光年间逃荒到吉林四平梨树小城，开了一家经营吊炉大饼和熏肉的小饭馆“兴盛厚”肉铺，兼营熟肉、懒饼、叉火勺。李连贵求教于老中医得祖传煮肉秘方，选用八九味中药加入煮肉汤中，煮出来的熏肉不仅香气浓郁，还有药用效果。煮肉的汤油加面粉和调料调成软酥，抹在饼里起酥，层层分离，便于夹肉而食。熏肉讲的是火候，是色泽，是口感，而李连贵熏肉大饼完美呈现出这样的熏肉。熏肉色泽棕红、皮肉紧实，肉质不腻不柴，味道沁人心脾；大饼外表金黄，层次分明，外焦里软。若是以饼夹肉，回锅再烙，则肉香入饼，回味无穷。因而一时食客如云，李连贵熏肉大饼从此声名鹊起，其后李连贵大饼、蛋花汤也随之出名。

1937 年，李连贵一家迁居四平市道东北市场。1940 年李连贵病故，其子李尧继承父业，专营熏肉大饼，门两侧悬挂“李连贵熏肉”“大饼稀粥铺”，以示祖传。李尧坚持改良创新，调整煮肉的辅料配方，以丁香、紫蔻、肉蔻、砂仁、肉桂五味中药为主要香料，辅以花椒、八角、干姜等，制出的熏肉，

李连贵熏肉大饼

不仅色泽愈加棕红，肉味更加纯正，而且食之不腻、不柴，咀嚼有余味。用肉汤油调制肉酥，成饼更加金黄，七层分明，焦嫩相间，不硬不粘。用熏肉末、鸡蛋等制成的蛋花汤，亦是口味独特。

1950 年，李尧之子李春生继承祖业，背着一坛老汤勇闯沈阳，可以说，这是李春生的眼光与胸怀所致，他看中了沈阳工业发达、交通方便、人口众多的便利条件。从此，李连贵熏肉大饼就在沈阳扎下了根，一直到今天枝繁叶茂。

为了保持李家熏肉大饼的传统特色，李春生在制作和选料上颇费了一番心思。选用猪肉时，必须选取前槽至肋间不肥不瘦、肥瘦相间且带皮的新鲜猪肉。先用清水加碱把肉洗干净，然后放入清水浸泡 6—10 小时，去血污腥臊，再切块入锅炖煮。如果是夏秋季节，还加放茴香，使香味更加浓郁。将老汤倒入，旺火烧开后以微火慢炖，待肉块熟透后捞出，沥净油，晾于熏锅中，加红糖熏制而成。这个过程需要时间的煎熬，更需要耐心的等待，才能煮出好肉，熏出好味。

把肉汤、食盐和调料加入面粉中，和成面团烙熟。面团金黄、焦嫩、起酥，口感细腻，肉香满满。

李连贵的熏肉秘方一直带有神秘色彩，煮出了好肉，也熬出了好汤，生意兴隆的诀窍也在于此。质量的保证首先在于食材。譬如，李连贵熏肉的来源都是自己宰的猪，外肉不得入内，以防病猪和劣质肉流入，甚至精细到肉上不能有一根猪毛，否则会影响食客的感观，进而影响店铺的声誉。

其次，保证质量还要坚持守正创新。两百多年来，李家传人把名誉看得极其重要，对选材的要求也十分严格。就肉的选择来说，不用老猪，也不用小猪，肥瘦总要适宜；就宰猪来说，做到一根毛也不带，必须干净；就煮肉来说，把握的是火候，坚持的是软烂适中，不腻、不柴；就配料来说，经过多年实践探索，终于选中五种中草药料，带有强烈香味；就做饼来说，合酥、用水各求适度，烙饼和熏肉的过程同样精细到每个细节。

肉与饼的灵魂说到底还是那锅汤。是汤赋予了肉的精髓，也是汤激发了面的味道。一锅老汤，越熬越有感觉，汤中肉，越煮滋味越足。煮肉和面，随季节不同而增减，选用药膳配方，使食客能在夏季解暑消食、在冬季温胃散寒。

你可以随意在沈阳李连贵熏肉大饼店选择一个心仪的位置，安静地坐下来，点上几张饼和一盘熏肉，把浓香四溢的肉夹进金黄酥香的饼里，再加上绿色的葱丝、微甜的面酱，慢慢地享用。此刻，饼的酥香、肉的熏香、葱的清香，交融在一起，咬上一口，满嘴留香。再来碗绿豆粥或小米粥，那是人间最有烟火气的幸福，这感受会长久地留在你的心里，历久弥新……

软嫩香滑的新民血肠

在沈阳，每逢过年，家家户户都要吃一道炖菜，那就是鼎鼎有名的东北杀猪菜。酸菜白肉血肠完美搭配，缺一不可，而好的血肠会成就这道菜。提起东北血肠，最有名气的当属新民血肠，新民血肠已经有上百年历史。

一些民族都有吃血肠的习惯，比如藏族牧民喜欢吃羊血肠，蒙古族居民喜欢用羊血配白面和葱花制作血肠，纳西族、朝鲜族、傣族、维吾尔族的血肠都做得不错，东北满族和锡伯族制作的血肠选用的是猪血。最初，血肠是用来祭祀祖先神灵的，慢慢演变为东北地区家常菜，而沈阳人深得其精髓所在。

先要准备肠。这是件苦差事，一般都是由杀猪匠来做，最好选用猪小肠，加盐，反复地揉搓，翻来覆去地洗，直到去除内脏的气味。再用线扎紧小肠一端，把新鲜猪血、盐、花椒面搅匀后从另一端灌入肠中，再扎紧这一端，将灌好的血肠放入锅中，用大火煮。捞出切片，直接蘸调料即可。血肠与酸菜白肉同炖，味道更加鲜美，且营养丰富，是深受人们喜爱的一道传统美食。近年来，随着社会不断发展，人们在其他季节也可以随时吃到血肠。

血肠是杀猪菜的“灵魂”食材，如果缺少了血肠，那么这道菜便索然无

| 新民血肠 |

味。新民血肠制作工艺起源于后金天命六年（1621），名为“血灌肠”，已有 400 余年的历史了。起初，努尔哈赤军营里的一个小灶厨最先灌制血肠，到民国时期新民人段玉琢父亲段连贵传承了“血灌肠”手工工艺，成立了一个“血灌肠”小手工作坊。20 世纪 40 年代，段玉琢把血肠带到沈阳，受到百姓追捧。慢慢地，灌血肠在沈阳流行起来，于是“新民血肠”就叫开了。

新民血肠全部要手工制作，采用新鲜的肠、新鲜的血，煮熟之后切片，码在盘子里，像一朵朵花一样漂亮，撒上葱末、香菜末，淋上老汤，然后放入蒸锅加热。将大蒜切末后加入酱油，做成蒜酱泥，蘸血肠用，此为蒜酱泥蘸血肠。

还有一种做法是酸菜白肉血肠。将血肠放进杀猪菜里炖，当咕咚咕咚的声音响起时，血肠的香味便随着酸菜的味道飘散出来，刺激着人们的嗅觉。当血肠与酸菜、白肉的味道融合在一起时，酸菜才变得有味，血肠也嫩嫩的，吃上一口，香到骨子里，而释放了血肠味道的酸菜汤才好喝，令人回味无穷。

煎血肠另有风味。将血肠切片，放入煎锅里煎熟，使两面酥脆，再夹出装盘，即可食用。

新民血肠的加工方式分为以下几个环节：选肠与浸泡、熬高汤（4小时）、运血过滤、调制调料、灌肠、煮肠。

首先是选肠与浸泡。一般选小肠，最好是明肠，就是猪小肠与猪大肠之间那段，很短，只有一尺半长，因量少而显得珍贵。泡肠这道工序很重要，如果泡不到位，收拾不干净，会影响血肠的口感。所以要将肠在水中浸泡几个小时，直到外皮变得洁白才可以使用。原则上，什么肠都可以制成血肠，但是口感却千差万别。

然后是熬高汤。高汤要用大骨来熬，才能熬出好汤，汤的香味飘得满屋子都是。高汤是用来兑血的，起到稀释血液并增加血的浓香的作用。

之后运血也很重要。猪血必须是新鲜的血，一般不能超过1小时，而且要经过多重过滤，直到将血里的杂质、猪毛和泡沫全部滤净，除掉血腥味，才能兑高汤。

接下来调制调料，这直接影响血肠的口感。虽然都是做血肠，但每家做出来的味道都不尽相同，这就关系到调料里的秘方放置的顺序，对于葱、姜、花椒粉的放置是有顺序的，不易吃味的先放，易吃味的后放。

再之后是灌肠环节。这是一个纯手工操作过程，灌肠时必须搅和一下、灌一下，因为调料与添加物会漂浮在表面，只有搅匀了才能灌制。

最后是煮肠。煮肠的时候，不能用开水。判断血肠是否煮熟，可以用利器轻扎肠体，以不冒血不变形为熟。这样做出来的血肠才鲜嫩似蛋羹，肠衣有嚼头，软嫩香醇。

猪血有很高的营养价值，堪称人体污物的“清道夫”。猪血的含铁量较高，容易被人体吸收，处于发育阶段的儿童以及孕妇、哺乳期妇女最为需要。而新民血肠长盛不衰，也是沈阳人的口福之一。

形不散神不散的张久礼烧鸡

20世纪80年代，沈阳的大街小巷都能见到拎着张久礼烧鸡，蹬着“二八单杠”，喜气洋洋地往家奔去的身影，人还没等进屋，翘首以盼的孩子们就闻着味儿跑了出来，喜笑颜开地簇拥着那个人或者说簇拥着那只烧鸡回到家，一家人围坐在一起吃鸡，你一个鸡大腿，他一个鸡翅膀，吃得心花怒放，吃完了还意犹未尽地吮吮手指。烧鸡里的那种香真是香入骨髓，至今回想起来，依然觉得那是世间最好吃的烧鸡。

这是沈阳人对那个年

代烙印最深的画面，要多温馨就有多温馨！

中国有四大名鸡：德州扒鸡、道口烧鸡、沟帮子熏鸡，还有一种鸡被食客们争论不休，有人说非张久礼烧鸡莫属。在沈阳人眼里，这是传统名吃，更是一代人味蕾的记忆。

改革开放初期，人们的生活水平有了明显提高，沈阳人的餐桌上能看到烧鸡的身影了。张久礼烧鸡作为招牌名吃，更是风靡一时。谁家来个客，桌上要有烧鸡；姑爷登老丈人的家门，要吃烧鸡；逢年过节送个礼，必送烧鸡；至于办婚礼、办寿宴，烧鸡更是必不可少，毫无争议地成为沈阳人眼里的硬菜。一时间，张久礼烧鸡迅速风靡沈城，一跃成为沈阳市首屈一指的风味名品。

在那个年代，吃烧鸡对于普通家庭来说是件大事，谁家平白无故能买只鸡吃，那是特别让人羡慕的事。别说吃，只要能闻闻那香味，都能乐呵好几天。那时人们买张久礼烧鸡都是骑着自行车去，到了地方，赶紧排到长龙般的队伍后面，巴望着能快点轮到自己，生怕烧鸡卖光了白排一场。终于轮到自己了，一般都会挑个小一点儿的烧鸡，为的是省点儿钱。有时半大小子买烧鸡，多半会在回来的路上，偷偷地抠下一块肉，不过瘾再掰下一只鸡翅膀，待到回家免不了要挨老妈的一顿揍。

说起张久礼烧鸡，还有有趣的故事。吃百家饭长大的山东莱州人张久礼，16 岁在青岛当学徒，凭借韧劲和细心练就了制作烧鸡的本事。20 世纪 80 年代初，张久礼来到沈阳安家，重操旧业，带着几名亲戚，在一块废弃的工地上搭起三间简易房，就这样，一个临时的小作坊诞生了。

作坊虽小，但管理很严。对每一道工序的管理，张久礼丝毫不放松。从活鸡到成品鸡，七道工序一道不能差，从生鸡养殖溯源、烹饪工艺控制、产品检验控制等全过程把关。因为配料足、鸡煮得香烂入味，烧鸡的香味直透骨头，看起来就有食欲，且肉虽烂，但形不散，鸡身完整。要做到这些，必然要费工费力费钱。对此，张久礼有句话朴实却真诚：“做生意就是要讲信誉，不能财迷心窍当奸商。”

形不散，是张久礼追求的外在，而神不散才是他追求的内在，内外兼修，方得长久。这是老先生用一生的时间，不仅认认真真地做好一件事，还认认真真地做人，诠释自己对美食的全部理解：美食不单单是一种食物，美食浸透着人品的力量、情感的故事，当人与美食形成共情共通时，才能立于不败之地。

当然，一种美食的流行，需传承古法，博取众家之长，还要符合地域特色、饮食习惯、气候因素、民俗特点，不一而足，才终能得到制胜法宝。张久礼烧鸡，满足的不仅是北方人的口味，比如熟烂、口感轻重适中、香气浓郁这些需求，还有对新鲜、美味、健康食物的期盼。

每一个品牌的建立，都需要自己的独门绝技。张久礼烧鸡秉承传统制作原则，只加中草药，不加添加剂，中草药只限天然的砂仁、肉蔻等，增加烧鸡的滋补功效，这样既不损失营养成分，还能吃到原汁原味的烧鸡。除此之外，还需要技艺的加持。在多年的探索实践中，张久礼烧鸡在火候把握上见真功夫，不软不硬，老人嚼得动，孩子吃得香，鸡肉软嫩酥烂，口味鲜且不咸，一切都恰到好处。为了严格保证烧鸡的风味正宗，张久礼烧鸡店的配方一直未变，凭借精选的生鸡、传统的秘方、严谨的工艺，创造出肉鲜味美、肥而不腻、软嫩酥烂、烂而不散以及口味咸鲜适中且极具地方特色的烧鸡，并确立了张九礼烧鸡美味、健康的良好品牌声誉。

良心，是一个企业安身立命的根本。食品卫生是否过关、质量能否有保障，直接关系到百姓的认可、市场的选择。张久礼常挂在嘴边的两句话：一句是“干净，对得起人家！”另一句是“手艺人，必须把活儿干好！”朴素的话语彰显良心品质。

张久礼要求别人做到的，自己必须率先垂范。他每天上班都要换上雪白的衣帽，干净利落，一尘不染。干净的环境、干净的食材、干净的衣着就是产品的生命线，而拥有干净的心灵，不仅是做人的根本，还是做事业的根本。所以张久礼烧鸡店一直坚守着张久礼早年立下的规矩：自己不吃的东西绝对不要卖给别人。他的传承人们始终牢记这句话，其实就是将心比心，严格坚持每一道工序，实行产销一条龙原则，不为便利搞批发，不为谋利丢信誉，不为小利失大义。多年来，张久礼烧鸡没有像一些企业那样，一旦火了就疯狂地开疆拓土，加盟连锁，最后企业版图扩大了，但产品质量下降，导致企业失信。所以不管卖得多快，他们也绝不无序增产、绝不卖过期产品，宁可少赚钱也不多做，才能多年来一直保持产品的口碑，让沈城人买得安心、吃得放心。

经过多年深耕，通过把好两道关，张久礼烧鸡已经成为沈阳熟食行业里的“老字号”。第一关是食材关。无一例外，张久礼烧鸡拥有自己的养鸡基地，封闭管理，严把鸡的品种、养殖周期、防疫措施关，让食材从根本上就有质量保证。第二关是制作关。他们秉承张久礼的理念，赢在烧制细节上。上岗人员必须有五年以上学徒经历才能担当烧鸡制作重任，就是所谓的慢工出细活儿。

烧鸡的美味，浸透了当年沈阳人的味蕾，成为一代人温暖的记忆。所幸的是，它没有隐没于岁月深处，反而像一坛老酒，越来越散发出醇厚的芳香。经过多年沉淀，老字号的号召力，让张久礼烧鸡这个品牌历久弥新，依然响亮。恍惚间，张久礼老先生手拄拐棍，身着呢子大衣，和宾客打着招呼；他戴着洁白的帽子，穿着洁白的衣服，干净利索地出现在烧制车间。这些身影，仿佛昨日，音容不改，风采依然！为这份口福，沈阳人应该肃然起敬，为一个本土的老字号，也为一个人的情怀！

老四季 那个味儿

“纵有花间一壶酒，好吃不过一碗面。”说起吃面，对于沈阳人来说，“老四季”是绕不开的选择。一碗鸡汤面再配上香浓的鸡架，就是沈阳人熟悉的味道。

沈阳的面，多得数不胜数。从街头巷尾胡同里的四季面条、三姐手擀面、小两口手擀面、老钟家麻辣面、许家抻面、四季大肉面、老四季鸡汤抻面、人人鸡架抻面、老王四季抻面、谭姐手擀面、擀面娃等都是本地人喜食的面条，到逸良面馆、沪上阳

春面、焖肉面、巴蜀的麻辣面，以及青海的牛肉抻面、臊子面等，令人眼花缭乱。但沈阳人对家乡的味道——老四季却情有独钟，它那纯而浓的汤、咸与淡的面、白而透亮的色泽，都那么合我们的胃口。单单是老四季的灵魂鸡架，再搭配正宗的涪陵榨菜，直让吃面的人吃到灵魂出窍，不知身在何处。

说起老四季，不得不提到它的创始人张秉荣。她从一家国企退休后开了一家面馆，1988 年 7 月开张，店面是自家临街的 15 平方米的小平房，主要经营鸡架和抻面。

抻面有一细、二细、龙须、三角、四棱、韭叶、中条、宽条、皮带 9 种各异的形态，面香汤浓味鲜，真可谓“冬暖夏凉兰香面，春华秋实神州汤”。

随着老四季的火爆，四季面条也如雨后春笋般遍布沈城。四季面条和老四季不同，主要是汤面的选择性更多，主要以大肉面、牛肉面和辣面最为出名。最受欢迎的还属那几片肥瘦相间的酱肉，酱肉味道偏咸，口感软嫩，越嚼越香。

能化干戈为玉帛，能让沈阳街头那饥肠辘辘的灵魂不再徘徊，能让吃面喝汤的人禁不住回忆起过往，唯有老四季。所以沈阳人对于老四季抻面的喜欢，已经达到无以复加的程度。老四季一般遵从极简原则，朴实无华，就像家一样，是草根饮食文化的代表。坐在里面的可能是邻家的大叔，也可能是写字间的白领。大叔们开始海阔天空地谈天说地时，写字间的白领也不觉得掉价丢份儿。用一位东北作家的话说，那是沈阳人的肯德基，是沈阳人的“深夜食堂”。

“一碗面、一个鸡架、一瓶老雪”，这是地道的沈阳人点餐的标配。先说说面，一碗鸡汤熬到了奶白，面条是你亲眼看着老师傅现场抻出来的。纯手工的、带着温度的、有人情味的面条，口感就是不一样。当它们从师傅的手里纷纷落入锅中，浸在浓浓的鸡汤里面，每一根面条都被鲜香浸润。最后在上面撒上细碎的香菜和榨菜，齐活儿了！你可以放开了吃，也可以细嚼慢咽。总之，一碗老四季会三百六十度无死角地满足你的味蕾，难怪被幽默的沈阳人称为“心灵鸡汤”。

再说说鸡架，有人说没有一只鸡能活着走出沈阳，也许并不是夸张。沈阳人把鸡架作为灵魂小吃，与老四季擦出了火花，因此它能火出圈儿也并不意外。比起鸡翅、鸡腿，鸡架是瘦了点儿，但鸡架里饱含着人生哲理。几个粗枝大叶的老爷们儿围坐在一起，谈着人生故事时，就像在鸡架里找到一丝游离的肉，那么感慨、那么珍惜……老四季的鸡架属于烀鸡架，烀的鸡架更入味，尽量保留原汁原味，再以高汤煨熟，一出锅鼻子里就会飘满浓郁的香味，还可以根据自己的口味拌上辣椒和香菜。

而老雪是另一标配。白日吃面又鸡架，怎么能不纵情而欢呢？而老雪包含着人生况味，有劲儿，喝着喝着，便在高谈阔论中闪出了泪花。

如果你来沈阳，沈阳的朋友没带你去那些高大上的、有排面的饭店，而是领着你去了一个皱巴巴的小面馆或街边摊儿，也许你看着不太入眼，心里还有些许的别扭，但你千万不要觉得沈阳的朋友不够意思，相反，这说明他对你是掏心掏肺了，实打实地不把你当外人了。一碗老四季代表的就是最亲的情、最近的心。一面、一架、一老雪，总共才十多元，经济又实惠，亲民又亲胃，就是那个味儿。

远在异乡的沈阳人，回到沈阳的第一件事就是奔向老四季抻面馆，吃上一碗热气腾腾的抻面，再啃个鸡架，喝上一瓶老雪，和不认识的隔壁桌的食客也能唠得热热乎乎，直到酒酣耳热，才心满意足地回家去。对于沈阳人来说，老四季抻面已经不只是一顿饭，而是乡愁一般的存在。有位沈阳人总结得很精辟，他说沈阳的老四季，其精髓并不在于那 5 元一碗的面，也不在于油腻腻的鸡架和湿漉漉的桌子以及随处可见的啤酒瓶子。老四季神奇到可以让各个阶层的人在一家馆子里吃饭。老四季代表着一种城市精神，这种城市精神包含的内容在于闹哄哄的面馆气氛，在于中午就汇集了开名车的大哥或开出租车的的哥的各色车辆，在于光着膀子围坐在一起聊天的老爷们儿的老雪瓶子，在于老头老太太携带孙儿安静地啃鸡架吃面条，在于公司白领们所点的榨菜白醋香菜拼盘……总之，这热气腾腾的市井烟火气，会让你忘掉这个北方城市的寒冷和生活的单调，让自己鲜活起来，恢复久违的活力。来老四季吃面，不仅能填饱你的肚子，还能找到专属于你自己的闲适的灵魂。

经历 30 多年岁月的变迁，老四季一直在沈阳人的世界中。这些熟悉的滋味是融进岁月深处的，并在那里扎下根，渐渐地成为离不开的亲人或者老友。尽管随着岁月变迁，我们也许品尝不出曾经的味道，但那一口抻面里留下的，是岁月过往中带给我们的深情和忧伤。

时光在悄悄流逝，但熟悉的风味已经深入到沈阳人的血液与骨髓里，那便是沈阳的烟火人间。

一丝清凉 大冷面

西塔大冷面是沈阳的一家朝鲜族特色面馆，始创于 20 世纪 50 年代，是首批 36 家“沈阳老字号”之一。西塔大冷面以辣见长，一菜多味，咸、酸、辣、甜分明，少油汁鲜，色艳味浓，富于营养。基本特征是讲究火候，醇厚

| 西塔大冷面店 |

香浓，原汁原味，朴素实惠。

辽宁的面是极其丰富的，本溪抻面、抚顺麻辣拌面、大连芸豆蚬子面、葫芦岛大虾面、朝阳凌源剥面、锦州鸡蛋手抻面、铁岭打卤面、辽阳铁锅焖面、阜新拨面、营口海鲜面、鞍山热面、鞍山酸汤子等，在沈阳都有店铺。但西塔大冷面却独树一帜，它的面筋道，有嚼头；它的汤酸甜、凉爽；它的配菜香辣、丰富，已经成为西塔乃至沈阳的标志性小吃。

在沈阳城中心区靠西的地方，有一条被称为朝鲜风情一条街的西塔街。西塔街因毗邻清初四塔中的西塔而得名，迄今已经有百余年的发展历史。自 20 世纪 20 年代开始，当地渐有一些靠打草绳、卖朝鲜咸菜和当装运工为生的朝鲜移民聚集居住，随后街区不断发展壮大，曾一度布满朝鲜特色的下窖式平房。

如今的西塔街高楼大厦鳞次栉比，是沈阳最大的朝鲜族经济、文化中心，到处都是朝鲜文字的牌匾、招贴，还有很多经营朝鲜风味美食的商铺。慕名而来者络绎不绝，其中一个重要的目的地就是朝鲜百货大楼对面的西塔大冷面店。

西塔大冷面店始创于 1952 年，本来叫朝鲜族食堂，主要经营朝鲜风味的辣酱狗肉和大碗冷面。因为店址位于西塔街上，沈阳市民便习惯地称之为西塔大冷面。久而久之，该店顺应民意，干脆将店名改为西塔大冷面。

传统上，西塔大冷面是一种具有朝鲜族特色风味的咸味冷面，区别于甜口冷面，主料为面粉和淀粉，面条在沸水中现挤现压，口感柔韧、筋道，有韧劲又不会嚼不动，不坨不黏糊，以此避免普通冷面的缺点。经典吃食必有它的精心和精致之处，每个细节都需要用心调制。比如用纯净水熬煮牛肉汤，熬出来的汤才更加入味香醇，而牛肉汤的清与浊是检验汤头是否正宗的秘籍之一。吃的时候，捞起冷面放进铜碗中，配上冷面汤、专用辣椒粉，再佐以辣白菜、狗肉、香肠、咸鸭蛋、黄瓜、鸡蛋、牛肉、芝麻、松子、苹果或西瓜切片。冷面吃起来刚中有柔，冷面汤喝着冰凉爽口。在烈日炎炎的夏日来上一碗，暑气即刻被消解，身心变得无比清爽和舒坦。

一碗绝佳的西塔大冷面具有“汤汁清爽、鲜咸适中、入口清爽、面条筋道、面色黄亮”5个特点。难怪无论春夏秋冬，西塔大冷面店前总是门庭若市、车水马龙。你若是想到店现吃，不一定立刻就有位置。尤其是在夏秋旺季，当你颇费一番周折后挤进冷面店，那依稀犹存的昔日“大食堂”氛围扑面而来。黑压压的人群中人声鼎沸，恍惚间那里有你熟悉的身影。当你扯着嗓子也未必能喊来服务员，点餐时还需要自己换票、端面。就算如此，仍有沈阳人专门穿越大半个沈城来此“一爽为快”，成为夏日里大家恨不得一天吃三顿的爽口美食，而外地客人也是慕名而来尝个新鲜，可见西塔大冷面早已名声在外。

| 爽口美食：西塔大冷面 |

西塔大冷面已经是地地道道的沈阳美食打卡地。无论是上了年纪的老人，还是青春亮丽的年轻人，就得意那一口，冰凉爽口，一下子凉到了心里。除了味道，这家店的另一个特色就是气氛，没有人会制止你的大嗓门，也没有人在意你的吃相是否雅观，你尽可以放开了吃，吃到心满意足。这里有摇着扇子一瓶啤酒喝一下午的退休大爷，有吹牛吹得上接天下接地的中年人，有故作深沉其实只为打卡的俊男靓女。无论你是白领还是小资，是阳春白雪还是下里巴人，只要来到西塔大冷面都成为地道的吃货，一筷头冷面入口，一口冷面汤下肚，生活的烟火气渐渐弥散开来，身心也在美食的作用下舒展，到达最舒适的状态，生活的压力苦恼全都烟消云散，只剩下一个字“爽”！

这是一家经营了六七十年的老店，承载了几代人对于一种食物的眷恋和追忆，这里面有着人生况味。每到饭口，你总会看到两层楼的人在吃冷面、喝老雪，外面等候的人不紧不慢、不急不躁。有人说，能让急性子的沈阳人这样耐心等待的，大概只有西塔大冷面了吧。从某种程度上来讲，西塔大冷面已经不只是一家饭店，而是沈阳的一个符号，是一代又一代沈阳人心里的记忆。

能把西塔大冷面演绎得美味绝伦，绝对是美食者的福分与偏得。

每一座城市，都会有标志性的传承味道。对于老味道，吃更像一种情怀，夹杂着更多或美好或难忘的记忆片段。清凉、筋道、咸甜口，一碗冷面把沈阳的夏天浸润得如此清凉，它诠释了饮食的精髓，寄托着一段故事、一段情感，更是对过往的追忆。也许，一份美食、一种情怀就能串联起一座城市的历史，渐渐成为这座城市的饮食文化，成为内在的气质和丰厚的底蕴，同美丽的风景一样散发迷人的气息。

地上龙味

——魏家驴肉馆

魏家驴肉馆在沈阳非常有名，几乎是家喻户晓。它不在繁华的地段，甚至不在城区，而是在偏远的沈北新区孟家台村西，毗邻七星山公园，生意却火得一塌糊涂，饭店门口的道边，停着的车辆有几百米长，只为最爱的那一口——驴肉。据说没预约可能进不来，总是一座难求。这家馆里的驴肉卖得也快，你若来晚了，对不起，卖没了。

瞧这阵势，就能看出这魏家驴肉有一股魔力，吸引着四面八方的人们，争相赶来品尝这舌尖上的美味。俗话说，天上龙肉，地上驴肉，那天上的肉谁也没吃过，可这地上的肉，人们是实实在在地尝到了，那就是个过瘾。

魏家驴肉馆周边环境非常美丽，有辽河七星国家湿地公园景观地带，有碧波荡漾的石佛寺水库，有万亩花香四溢的荷花景区，有腰长河村一望无际的千亩稻田。还有大名鼎鼎的稻梦空间吸引了无数游客。游客们看完美景，如果没品尝到美食，总是有些遗憾的。所以看完荷花、赏完稻田画，再吃一顿魏家驴肉，美景和美食相融合，这场相遇才是完美的。

魏家驴肉馆的掌门人叫魏庆宏，1994 年，魏庆宏在自家十平方米左右的砖瓦房开办魏家驴肉小饭店，此后扩建三次，至 2015 年扩建到占地四百

魏家驴肉

平方米左右规模。店内装修独具匠心，内设单间雅座，环境幽雅洁净。主要菜品有红烧驴肉、驴排、驴板肠、驴肉签子、驴肉馅饺子、糖醋驴肉、纸包驴肉、水煮驴肉、菠菜驴肝，可谓驴肉大全。

餐桌上的红烧驴肉肉质鲜香细嫩，色泽酱红，软烂糯口，咸鲜味浓，嚼劲十足，独特的酱汁口味令人回味无穷，是正宗的锡伯族风味。酱驴排炖得特别烂，不用费力啃，不用上手撕，只需轻轻一咬，整个排骨肉就剥离入口了。

驴板肠的特点是麻、辣、咸、嫩，肥而不腻，绵软香嫩，营养丰富。“驴板肠”是驴八珍之首，不仅是充饥的美味，而且具有治病功能。《本草纲目》曾记载，驴肠性平，味甘，具有补气血、益脏腑等功效，是补气养血、养心安神的调养佳品。因而，在民间有“宁舍孩子娘，不舍驴板肠”的趣说。

魏家村这一带是锡伯族聚居地，因此灌肠不叫灌肠，叫驴肉签子，其制作方法如同灌制粉肠，往肠衣里灌进驴肉馅及诸多秘方配料。驴肉签子是他家的一大特色，食客必点菜之一。

好吃不如饺子，而驴肉馅饺子则是饺子中的极品。饺子皮薄馅大，尤以水芹和圆葱相辅为佳，一口咬下去，满满的清香，鲜美多汁，汁香四溢。驴肉馅经过浸、拌，自带圆葱与芹菜的味道，蒸煮之后会更香。最重要的一点是，吃了驴肉馅饺子不会觉得腻。饺子所选用的面粉是全麦的，健康又营养。

魏家驴肉馆除了经营特色驴肉菜品，兼烹饪猪肉类和豆制品菜肴。东北风味的各式家常菜，有本地的代表：锅包肉、鱼香肉丝、砂锅豆腐、尖椒干豆腐、蒜香鲈鱼、油炸沙丁鱼、炒河虾、熘鱼段、小白菜、风味茄子，等等。

对于这些家常菜，魏家驴肉馆做得也是一丝不苟，菜味醇正，菜量大，吃过之后，你会觉得这一趟没白跑，尝到了人间至味。于是，吃得满足的人们就会传扬出去，经过口口相传，来的人越来越多。

魏家驴肉馆之所以长盛不衰，驴肉的品质是关键。食材是美味的基础，魏家驴肉馆所用的驴均为自然放养，不吃饲料不吃添加剂，这样的驴肉绿色有机，肉质鲜嫩，口感极好。而且魏家驴肉馆坚持每天用现宰驴肉，保证新鲜。品质得到保障，才能站稳脚跟，并赢得口碑和赞誉。

一个品牌能够建立起来，需要一个漫长的过程，同时口碑就是最好的广告，一传十、十传百，小店就这样火起来，20 多年不改初心，成为令人念念不忘的家乡味道。一种食物的烙印不仅仅在舌尖上，也会成为一个人内心里的眷恋，成为割舍不掉的乡情。说到底，在人间烟火的最深处，是浓得化不开的乡愁。

大院美食记

大院美食，代表着特色与传承，也是身份的象征。自古以来，东北商业并不发达，没有像山西大院那样的遗存，但这并不影响沈阳人对大院的向往。于是，沈阳的各种大院美食登场亮相了。它们无一不展现东北风俗，希望唤起人们心里潜藏已久的关于大院的想象：曾经生活在一个屋檐下，那大红大绿、大声大嗓、大酒大肉的豪情。确切地说，沈阳人怀念的应该是那种大杂院，人们不分你我，一家做点儿好吃的，大家分享，一人有难众人帮……

东北大院位于黄河北大街，店内装修风格采取典型的东北风，热闹喜庆。包房也带着东北味道，每个细节都彰显着独特的东北风。比如 20 世纪 60 年代的茶杯，斑驳掉漆，年代感十足。如果你带着远道而来的朋友来到东北大院，院门前的大轿子一抬、锣鼓一响，红红火火的气氛，满满的民俗风，令你和朋友突然之间有了穿越感，不知身在何地。

东北大院里的东北菜有大拉皮、熘肉段、菠萝咕咾肉、韭菜合子、雪绵豆沙、老式锅包肉、熘肝尖、小锅熥豆腐、铁锅三道鳞、招牌大公鸡、杀猪菜等。

他家的熘肉段与锅包肉同样好，二者在东北菜中的地位也几乎相当。据说，如果你是沈阳厨师，这两样菜都是必杀技。熘肉段外面焦香酥脆，里面肉块紧致软嫩，胡萝卜、青椒、洋葱等配菜也给这道菜加了不少分。

杀猪菜是大院美食的必备菜，酸菜炖到软烂，充分与血肠、冻豆腐融为一体，上面再铺上一层大片的五花肉，肥而不腻，酸菜汤喝起来也是格外鲜美。招牌大公鸡肉质鲜美，软烂脱骨，超级入味，土豆又大又面，都是小时候的味道。铁锅三道鳞继承了铁锅炖的传统，柴火入味；大院拉皮酸甜地道；韭菜合子有虾仁鲜味。

范家大院位于沈河区，虽然大院菜主打的都是东北菜，却与别家略有不同。范家大院的主题是山野乡风，以农家菜为特色，绿色有机，粗菜细做，价格亲民，因而店里打出了久违的特色农家菜品牌。

看看范家的招牌菜，是不是觉得有些亲切？干煸茶树菇、干锅有机菜花、玉米饼、红烧黄花鱼、野菜馅饺子、老式锅包肉、干炸小河虾、菜团子、排骨山药汤、萝卜蛎黄汤、熘肉段、香辣虾、毛血旺。

野菜馅饺子融进各种时令野菜的精华，鲜香可口，风味独特，蘸上香醋、蒜泥、韭菜花等自己喜欢的调料，咬上一口，顿觉绿草如茵、花香扑鼻。干炸小河虾是一款营养丰富的补钙佳肴，一上桌就受到食客的追捧，只因色泽金黄、外酥里嫩，一咬沙沙响，回味悠长。干锅有机菜花因为锅底铺着不断烧制的洋葱，香气慢慢浸润在菜花上，原有的咸香又增加了微辣的口感，使人举箸忘言，欲罢不能。

那家老院子源自故宫西侧的那家馆，以经营白肉血肠闻名，据说前身是原小河沿魁星楼附近的吉兴饭店，经营东北民间菜中的满族特色菜，如酸菜白肉血肠、老式锅包肉、四喜丸子、小鸡炖蘑菇等。大厨的烹饪技术很地道，集合了扒、焖、酱、烧、炖、炒、蒸、熘等烹饪技艺。

传说清同治年间，皇太极的亲娘舅叶赫那拉氏阿什达尔罕后裔（属正白旗的一支）那吉有辞去朝廷官职，到今天沈阳市风景秀丽的小河沿魁星楼前开设了吉兴园饭馆。后来饭馆又迁至大东门里，并扩大了店面。那家根据东北民间及满族人逢年过节杀猪吃白肉血肠的习俗，在原有熘肝尖、熘三样等菜肴的基础上增添了白肉血肠这一品种，并不断加以改进提高。逐渐地，吉兴园的白肉血肠声名远扬，受到了远近顾客的一致赞誉。

民国初年，那吉有的大儿子那文贵继承父业开始经营吉兴园。那文贵将吉兴园扩建为一栋二层楼房，并更名为那家馆，正式挂起了那家馆的金字牌匾。抗日战争结束后，那家馆从沈阳迁到了北京的皮裤胡同。新中国成立后，在人民政府的大力支持下，那氏后人又重新在沈阳开办起了那家馆。特别是1979年以后，不但重新挂起了那家馆的金字牌匾，而且恢复了传统的制作方法，使越来越多的顾客能够品尝到白肉血肠这一正宗的满族风味佳肴。

一进那家老院子，大铁锅摆在那里，里面是热气腾腾的杀猪菜，氛围感十足。那些穿着红袄绿裤的“家里人”就招呼你为大舅、大舅妈，然后喊：“你家来客了！”瞬间拉近彼此的距离，好像不是来做客的，而是回到家了。

家里有大炕，被服务员热情地让上炕头，炕上还有杂物笸箩，笸箩里面装着免费的旱烟和卷烟纸，可以自己卷烟抽。这种旱烟很有劲儿，在乡下被称为“蛤蟆癞”。当你抓起一小撮烟末放在卷烟纸上，认真地卷好，然后轻轻拧掉顶端处被捏细了的卷纸，那分悠闲的心情便被卷了起来，丢在热炕头上的家长里短中。

坐定后，打开菜谱，上面的很多硬菜都是不能忽略的。干煸茶树菇、蛋黄炸南瓜、姥家嘎巴锅、老式锅包肉、熏酱拼盘、柴骨肉白菜粉、沈阳大拉皮、老妈大拌菜、荞麦驴肉蒸饺、手工大花卷、大铁锅炖鱼、香炸小酥肉、年猪烩菜、干锅鸭头、大公鸡炖蘑菇……一个比一个诱人。锅包肉外酥里嫩，野生胖头鱼口感鲜嫩，茄子就是小时候的味道。生卤虾、熏酱拼盘、海胆豆腐，也各有回味。

那家老院子的每个包房，讲述的都是一个年代久远的故事，好像穿越到

那家老院子里的酸菜白肉血肠

了过去，不禁回忆起过往旧事，眼睛湿润润的，心里热辣辣的。

如果你点了类似小鸡炖蘑菇、杀猪菜、酸菜白肉血肠等沈阳人眼里的硬菜，上菜时，就会看到戴着红头巾、穿着小花褂的服务员抬着大花轿来了，还有服务员在旁边敲锣打鼓，让人有种受宠若惊的感觉。夹起一块鸡肉，香味扑鼻，味道鲜美，源自大山深处的蘑菇香气浓郁，有“一日食此菇，三月不食肉”的感慨。滑溜溜、肉乎乎的粉条点缀其间，柔软细腻，晶莹剔透，吸足了汤中的精华，吃一口回味悠长。最有特点的是上菜用的盆边沿已经掉漆了，这是小时候经常见到类似的情形，原汁原味的乡村生活尽收眼底，让人平添几分美好回忆。

在那家老院子，吃的也许不是饭，而是民俗、是情怀。让厨师成为演员，让菜品自己说话。可以说，那家老院子把沈阳人的表演型人格推向了极致。

王家大院（善邻路店）位于大东区，是著名餐饮人王洪海创立的品牌餐饮连锁店，走的是博物馆路线。复古的装修、幽雅的环境、怀旧的风格，将食客带入一种沉浸式体验中。店内既不失东北民俗传统文化，又凸显现代博物馆气质。在餐厅的每个地方都有一些复古的摆设，仿佛走进一个时光隧道，感受一种古朴的光芒。院内根雕艺术展览，有各国各时代的相机以及沈阳本土的工业历史展览等，使美食文化与博物馆融为一体。在这样的餐厅一边就餐一边享受历史文化带来的熏陶，能够获得一种全新的就餐感受。

地地道道的东北菜馆，菜色多样且口感醇正，令人回味无穷。特色美食有老式锅包肉、鱼头泡饼、大盘鱼、红柳枝烤肉、脱脂猪蹄、煎酸菜、渔家小豆腐、南瓜面饺子、大黄米肘子、满族煎血肠、卤核桃、麻辣豆腐、鱼头泡饼等。经济实惠，菜品精，非常接地气，“人有情，菜有味，酒有劲”，让美食嵌入历史，让情感沉浸其中，这是王家大院带给我们的个性化体验。

对于沈阳人来说，大院是个神秘所在。它符合东北人那种扎堆、不分你我、互通有无的习惯，兼具院子成一统的私密性。一个大院就是一个群体、一种审美，不只是建筑，还有风俗、人情，更包括美食。沈阳的大院美食古朴醇厚，文化内涵丰富，虽未见得豪华，却不失档次，是沈阳传统地域美食文化的一种现代化表达。

龙吐天浆 酒中三味

悠悠一脉龙潭水，所酿白酒醇厚，酒香荡气回肠。龙潭水的清爽甘洌源于得天独厚的环境和自然条件，老井老水是老沈阳人无法忘怀的老味道。

“老龙口”曾经排在中国名酒之列，1992年位居全国酒产量第二名。沈阳人都知道老龙口酒厂有三宝——古井、窖池和工艺，颇得酒客赞誉，有“关东第一窖”之美誉。老龙口酒厂历史悠久，创建于清康熙元年（1662），至今已有360多年历史。

关于老龙口这个名字的来历，有多种说法，其中之一是，老龙口白酒多贡奉清朝廷，曾为康熙、乾隆、嘉庆、道光四帝10次东巡盛京御用贡酒，称为“朝廷贡酒”。清朝征战时期，老龙口曾作为清兵的壮行酒、出征酒，当时流传“飞觞曾鼓八旗勇”之说。因烧锅地处清朝龙兴之地的“龙城之口”，因而御封得名“老龙口”。

传说中的老龙口是这样来的。康熙元年（1662），山西客商孟子敬来盛京城看望舅舅，见盛京城市面繁华，便买下小东门外的一块空地，兴建一家酿酒作坊。在其作坊院内有一口深井，可是井水又苦又涩，不适于酿酒，而“水是酒的血脉”，孟子敬不觉犯起难来。说来也巧，这时一位受过他恩惠

| 老龙口酒厂 |

的敖公子来访，说他祖辈都会看风水，于是他们一同来到作坊门前。敖公子说："这里东临天柱山，乃长白山之尾脉。长白山是大清皇室的发祥地，就用'万隆泉'作字号吧。另外此处是盛京城东边口，乃龙口也，就用'老龙口'作牌号！"他们又来到那口深井前，敖公子煞有介事地看了看，说道："这明明是口甜水井嘛，待我舀碗水给你们尝尝！"说完纵身跃入井中。忽闻井中一声巨响，接着一股水柱喷涌而出，直冲云霄，渐渐化作一朵白云，云端立着敖公子，飘飘洒洒地向西北而去。这时，从空中飘下一条缎带，上面写着"东海三太子，辽河小龙王，感恩脱劫难，报以万隆泉"。见到此物，孟子敬才悟出：敖太子乃龙种也；万隆，乃万龙也。此万隆泉有"龙吐天浆"之意。从此，苦水井变成了甜水井，人称"龙潭水"。

似乎每种名酒都与传说故事相关，老龙口酒也不例外。古井自古有龙潭水的美誉，好水好粮经踩曲发酵等一系列工序之后，老龙口浓香出锅，自带回味。闻一闻，酒香扑鼻；品一品，余味无穷。好的酒自有好水酿造，好的水可遇而不可求。

老龙口百年来坚持在原址采用原井水，保留原有窖池，在原本酒海的基础上酿造、贮存，到现在还能保持其最初的口感。而酒厂在博物馆里，博物馆是座酒厂，原有的厂房、井、技法等都成为人们的记忆，这也是老龙口酒厂奉献给沈城人民的又一酒文化遗产。

如今，老龙口酒厂已经是国家级旅游景区，“酒文化博物馆”珍藏文物300多件。除了百年酒海、古石磨、早期酒器酒具（陶酒瓷器、青铜酒器、锡酒器）等，还有清光绪年间记载的老龙口历史真迹资料、已故著名书法家沈延毅的“龙吐天浆”的墨宝、20世纪30年代的“高粱酒老商标”等13件国家三级文物。另外，还有老龙口不同时期的老产品、商标、证书及古代酿酒的各式器具和酿酒所需的各种原料等。

东北人热情好客，不管是吉林、辽宁还是黑龙江，好客的传统是那么的统一。有朋自远方来要接风，得喝酒；朋友要外出，要饯行，得喝酒；老朋友相聚叙旧，得喝酒；结交了新朋友，有缘分，得喝酒。

外地人来沈阳，不喝一杯老龙口，就是没有真正来过。好友相聚，闲言少叙，一瓶老龙口摆在桌面，无论是雕花龙，还是青花龙，都让人感受这座城市的文化底蕴，在主人的热情洋溢间尽兴挥洒，在客人的优雅品鉴间潜滋暗长。一杯老龙口下肚，洗去一路风尘，带来无比轻松和惬意。在这座历史文化名城，龙的图腾在这座城市有更多的意味和更深的根基，让人隐隐感到它的气度不凡。

举起装有香飘四溢的老龙口的酒杯，每个人的心头都充盈着相聚后的喜悦。肚子里有底，话匣子也打开了。而更多的人对沈阳的认知，是从舌尖上开始的，是从老龙口开始的。酒酣耳热微醺，便有了更深层次的话题，从儿女教育到衣食住行，都在推杯换盏中有了各抒己见的愉悦和倾诉后的快慰。酒逢知己千杯少，举起酒杯，自觉不自觉地进入畅饮阶段。感情深，一口闷；

感情浅，舔一舔。东北人性情豪爽是出了名的，哪能在酒量上输人，最有诚意的是连干三杯："话不多说，都在酒里呢，我干了，大家随意！"也有不胜酒力或者开车不能喝的用水代酒，被人戏称为"水军"。"水军"们自然也不差，频频举杯，唠得挺明白："只要感情有，喝啥都是酒！"谁有多少量就喝多少量，没人劝酒也没人打酒官司，这也是酒桌文化进步的体现。

酒过三巡，菜过五味，每个人都在各取所需中有了醉意，这个醉是陶醉的意思。这时大家喝的已不是酒，而是一种文化，是对城市的一种认知和归属感，它只属于城市所特有，是独一无二的，使每个人都拥有各自的独特体验，并在体验中升华，包括对旅行的理解和思考、对生活的感悟和热爱。

如果是和知心朋友对饮，两个人可以从早上喝到傍晚，再从傍晚喝到天明，不管说了多少话，中心要义就是哥们儿之间的友情。情义无价，回忆也好，怀旧也罢，说过了的可以再说一遍，东北方言管这叫车轱辘话，谁也不会表示厌烦，相反会觉得彼此的情谊又加深了一层。酒后吐真言，它能让人敞开心扉，没有隔阂和芥蒂。

一个人的酒量大多是与自己的心情有关，逢喜事高兴时喝，像李白在诗中所言："兰陵美酒郁金香，玉碗盛来琥珀光。""人生得意须尽欢，莫使金樽空对月。"有愁事解闷时喝酒，诗仙李白写尽了其中滋味："花间一壶酒，独酌无相亲。举杯邀明月，对影成三人。"也有"抽刀断水水更流，举杯消愁愁更愁"这些耳熟能详的诗句。更多的时候，人们向往平淡从容的生活，三杯两盏淡酒无疑是生活的佐料，用小酒怡情来形容是最恰当不过了，也符合人们当时的心境。

喝酒的境界分有三杯：第一杯是苦的，苦若黄连；第二杯是甜的，甜如爱情；第三杯是淡的，淡如清风。这三种境界也是人生的必由之路，有苦才会有甜，尝过了甘苦之后，才能有明月窗前的闲适。凡此种种，人生的诸多况味都能在一杯酒里，得到圆满的归宿。

雪花啤酒 冰爽激情

啤酒，是一种让人欲罢不能的饮品，也让人迷恋狂放。炎炎夏日，酷热难耐，当大口冰凉的啤酒随口流进胃里，人的豪情也就渗透进毛孔，在放浪形骸中浑然忘我，那分豪饮的痛快被一种叫雪花的啤酒体现得酣畅淋漓，给人们带来极大的幸福感。提起雪花啤酒，很多沈阳人都很熟悉，就像熟悉自己的左右手。在沈城，雪花是沈阳酒文化的象征，也是沈阳这座东北城市的最佳代言品。

沈阳人之所以喜欢华润雪花，大抵跟多年前老雪花啤酒赋予的怀旧情感相关。20 世纪五六十年代出生的沈阳人对雪花啤酒有着极特殊的感情，沈阳啤酒厂是有 50 多年历史的全国最大的啤酒厂，当年生产的“大绿棒子”承载着他们对啤酒的所有情感，并被他们冠以“老雪”的称谓。雪花啤酒不但是一个老品牌，而且像是一位老朋友，在岁月更迭中，不舍情怀，历久弥新。

老雪，学名雪花纯生，俗名“夺命 12 度”“闷倒驴”“忘情水”。老雪，是沈阳人的经典体验，绿瓶包装。此包装的老雪只有在沈阳能买到，在外地只能买到听装的。

土生土长的沈阳人，一般都会有去附近小卖店换购老雪的经历。当时的

| 老雪花啤酒 |

小卖店只供应老雪，而且需要用空酒瓶来兑换。当年，并不时尚的“大绿棒子”就这样在街头巷尾被人们传来传去，传进的是喜悦，传出的是友情。叮叮当当的回响，在人们的记忆深处留下不可磨灭的印记。1973—1974年间，只有在春节时每户凭票供应三瓶老雪。虽然只有三瓶啤酒，不过在当时却是过年时或招待客人时才舍得喝上一口的稀罕物。

进入市场经济时代，有着很深群众基础的老雪便成了餐桌上的标配。在沈阳，老雪是衡量喝酒的人酒量标尺的存在，能喝几瓶老雪就代表着这个人的酒量。那些踩着箱套子喝老雪的都是牛人，别看老雪的酒精度数并不高，但后劲儿足，如果你是初次喝，很容易喝多。

老雪之所以容易“上头”，主要跟它的酿造工艺有关。老雪在酿造过程中产生含量较高的杂醇油，这里面的成分会使人出现头晕、头痛的症状。老雪的酒精度在 4 度至 5 度，虽不算很高，但是比市场中同类产品仍高一些。还有，一瓶老雪的容量约为 600 毫升，大容量也是导致喝老雪的人容易上头的原因。

对于老雪，一些网友以沈阳人独有的幽默向世人展示其作为“闷倒驴”的魅力。有网友写道：“老雪，基本上可以算作是酒局中的‘硬通货’，用它来衡量一个人的酒量特别有说服力和公信力。”俗话说，沈阳老雪配烧烤，外地来人全干倒。跟酒店老板唠嗑儿，他们总会这么讲：“一般招待外宾，说的是不咋熟的外宾，我们都不上老雪。因为老雪的酒劲儿太大，指定‘上头’，容易将外宾撂倒。”所以老雪是灵魂酒，有网友如此形容：“喝完 1—2 瓶，基本上就开始唠点‘灵魂嗑儿’；喝完 3—5 瓶，酒量一般的基本就丧失灵魂了。”

沈阳人喝啤酒对于啤酒的品质并不是太挑剔，最吸引人的是啤酒的清凉和酒劲儿，因此在沈阳的烧烤店里很难见到一些所谓的精酿啤酒，基本上是国内生产的啤酒，老雪便以价廉物美、劲儿压群雄的实力广泛“驻扎”在沈阳各个烧烤店、小饭店、路边摊。所以，你经常会在路过此地时，听见“来一箱老雪，100 串羊肉串”的豪迈的点菜声。

酒菜备齐，之后进入正题，边喝边唠，给酒桌上的人们带来无穷乐趣——“闷倒驴”配上鸡骨架。从华灯初上喝到月上柳梢，越喝越入佳境，老雪成为沈城人的灵魂酒。有些漂泊在外地的人，回来第一件事就是“吹”瓶老雪，外加冰爽香醇的“勇闯天涯”，再有纯生、淡爽，一一粉墨登场。在这种情怀的感召下，华润雪花渐渐成为沈阳城的一个符号，成为本地人的一种情结，成为城市底蕴中不可或缺的一部分。

德氏冰点 口碑之王

在冷饮行业有这样一句箴言：“全国看东北，东北看沈阳，沈阳看德氏。”作为一家本土品牌，德氏不仅走向了全国，还走向了世界。德氏作为东北冷饮市场强势品牌，是国内冷饮行业三大领军品牌之一，先后出口美国、新加坡、韩国、马来西亚等海外市场。2021 年，德氏联名沈阳故宫推出文创冰激凌，掀起全国文创冰激凌热潮，并出口国际市场，产品同时远销美国、澳大利亚、加拿大、新加坡、韩国、马来西亚、南非等海外市场。

德氏创始人王德刚从承包小河沿冰果店开始走上创业之路，以新开发的白娃雪糕为起点，很快以大方块的造型、清新的口感、绵长的回味、五颜六色的包装上市。没有钱打广告，他就动用几十台“倒骑驴”，每台都装上麦克风，一路上小喇叭“轰炸”，一水儿的“长龙阵”，成为沈阳一道亮丽的风景。这款雪糕很快就成为盛极一时的爆款雪糕。

王德刚最后将“德氏”二字确定为企业之名，是表达中国人注重品德，德才兼备，德在才先。巧合的是，“德”字，也藏在他和兄弟的名字之中。从此，他的产品有了灵魂。

20 世纪 80 年代末，小人儿雪糕有胳膊有腿儿，形象生动可爱，打破了以往人们对雪糕的呆板印象，改变了人们对冷饮只是大方块的传统认知。而德氏冷饮的标志性产品，每一款都成为爆品，如德氏冰奶、小人儿雪糕、一个鸡蛋、一杯拌、大奶砖、神马菠萝、大冰荔……

提起德氏，沈阳人津津乐道，它们成为许多沈阳人家庭冰柜里的必备品。寒冬腊月里，来根“拔拔凉”，也是沈阳人的乐趣之一。

从当年的白娃雪糕起家，到如今拥有德氏、格兰朵、华义、奶葩、大奶砖、黑啤酒、一个鸡蛋、奥莓、黄小松等多个自有知名品牌，再到故宫文创等一系列新产品的问世，沈阳德氏将自己打造成了“冷饮巨人”，展现了沈城深厚的历史底蕴和新鲜活力。

德氏大奶砖被誉为不太甜的冰激凌，是德氏冷饮的经典之作，是沈阳人念念不忘的雪糕。打开包装，里面有个塑料盒子，大奶砖就装在其中。这样避免奶砖一旦融化就会粘在包装袋上，影响观感。大奶砖符合沈阳人喜欢“大”的特点，软冰激凌质感，不那么甜，可以吃完一块再来一块。

充满年代感的巧克力冰激凌，外包装上写着“30年前的德氏大奶砖”，许多沈阳人只要看到它，就得再吃一回，品尝一下还有没有30年前的味道。品尝完大奶砖之后，一些人将脆筒冰激凌也要吃上。

回想起20世纪90年代后，沈阳街头突然冒出无数流动冰激凌售卖摊儿，几种口味，不同颜色，一压一筒，简单便宜。但比起德氏爆筒来，还是逊色不少。东北雪糕界脆筒类产品的佼佼者还得看德氏。德氏在每一款产品上都体现其匠心，从包装袋的设计到颜色质地都很精细。巧克力脆皮与纯鲜牛奶融合，配上酥脆的鸡蛋筒，三者完美无缺地呈现出层次丰富的口感。

德氏黑椰壳奶茶雪糕，纯黑色包装，显得神秘无比。它的特点是，不仅有一股椰香味，还能体会嚼到黑糖珍珠时的惊喜。而德氏炭烧酸奶雪糕，则是硬硬的老冰棍，像老冰棍这样的产品一直处于调整与更新中。有人就喜欢这怀旧的口感、这满口酸奶的味道。它会令人想起当年在沈阳街头，买到一瓶酸奶，插进吸管慢慢吸吮的时光。

德氏在专注于产品更新换代的同时，还把目光投向文创产品的开发与推广。最富现代气息的冷饮企业与最古老的故宫碰撞，促使德氏故宫文创系列产品不断热销。德氏将产品的外延伸向历史的深度，并让游客通过文创冰激凌来感受故宫的历史风貌、人文底蕴。

当熙熙攘攘的人群中飘来一丝清凉，有人顺着凉意望去，便会发现那是冰激凌带来的夏日感受。文创冰激凌以沈阳故宫大政殿、凤凰楼、乾隆御笔亲题匾额“紫气东来”及八旗小将形象为原型，精妙展示出八旗护宫的故宫特色。大政殿厚乳焦糖冰激凌造型独特，口味绝妙，深受游客好评。产品一旦具有文化属性，便会增添历史厚重感，使更多的人愿意尝试。

| 德氏故宫文创系列产品 |

从前慢 那时滋味

过年，是沈阳人一年中最重要的节日。如今每到过年，就会有人感慨，现在怎么就没有从前的年味了呢？年还是那个年，只是于记忆中已日渐淡薄。不知道是年失去了醇厚的味道，还是我们对年失去了感觉呢？还有人说，只要愿意，我们现在天天过年，想吃什么就吃什么。总之，对年的感受，吃还是放在首位的。那么，随着“吃”这件事变得寻常，那种刻骨的记忆就变得平淡，年味也就自然寡淡了许多。

小时候过年要遵循许多仪式，给老辈人拜年、按习俗清扫、请灶王爷、走亲戚串门、送礼。但最激动人心的还是年夜饭。为此，早早就得置办年货，其实还是以吃的东西为主。

杀年猪是最重要的一项，一般都在小年前后进行。掌刀的人手法干净利落，吃的人吃得热气腾腾。猪肉炖粉条、熘肝尖、酸菜白肉血肠、炖大骨头、蒸猪血……一水儿的硬菜，席面相当排场。客人被请在炕头上，大碗喝酒大块吃肉，主客之间的情感在这里变得更加融洽。

等到准备吃年夜饭的时候，母亲在灶间忙碌，孩子们跑来跑去地欢叫着，父亲会带着孩子们去放鞭炮，院子里不断地传来小孩的尖叫声。一家人围坐在一起，母亲把“着刀”菜都摆上桌，一年没怎么见油水的孩子们吃得不肯下桌，直到撤桌了才恋恋不舍地离开，个个已是心满意足。

接下来，冻梨登场了。

冻梨一般都要提前缓，一定要放在凉水里，等水面上结了一层冰，用手一捏，软乎乎的，便缓好了。刚刚的年夜饭吃了大鱼大肉，此时吃上一只冻过的梨，甜甜的、凉凉的，最重要的是解油腻。一个梨子下肚，感觉不那么撑了，就是太凉，吃多了被冻得龇牙咧嘴。嘴凉手也凉，但心里却是爽的。只有吃完了冻梨，这顿年夜饭才算完美。

梨一般是由花盖梨、秋白梨、白梨、尖把梨冰冻而成。经过冷冻后的梨变成黑色，有时上面还会覆盖一层薄雪，黑白相间，这种魔幻的色彩只会出现在东北的冬天，是过年时的又一道风景。

爆米花，现在似乎只存在于电影院里，是一边看电影一边捧着大桶吃的小零食。但在那个年代，过年才能崩出一锅爆米花，而制作的过程极具仪式感。那时的街头，人们要自带玉米和糖，交给崩爆米花的师傅。只见崩爆米花的师傅摇着滚筒，在火上转动。待时间到了，小孩子们瞬间散开，纷纷捂住耳朵，只听得地动山摇般“嘭”的一声巨响，一股青烟升腾起来，爆米花崩好了。大家兴高采烈地围上去，看着师傅从桶里变戏法似的倒出爆米花来，一颗颗，白白的、胖胖的，镶着金色的边儿，装好口袋。人们交上钱，将崩好的爆米花放在自行车后座上，小孩子们欢天喜地地跟着大人回家。

那时入了冬，就要准备过年的年货了，其中黏豆包是必不可少的。黄米面黄澄澄的，包上红的豆沙，粘上绿的苏子叶，摆放在雪地上或窗台上，一夜之间都成了硬邦邦的石头。冻好的豆包要储存在大缸里，想吃时就拿出来蒸熟。本是坚硬的东西，一经笼屉上蒸熟就仿佛变了模样。苏子叶像朵绽开的荷叶，黄米面软绵绵的、水汪汪的。黏豆包要蘸糖吃，那种糯软香甜令人回味不已。包豆包就像包饺子，一家人齐上阵，有说有笑，把一年的年景包

黏豆包

进来，也包上对来年五谷丰登的期盼。

那时的沈阳人，都对黄桃罐头怀着一种信仰，“桃”谐音“逃”，只要吃上一瓶黄桃罐头，这一年就能逃过所有的灾祸，平平安安。所以到了年根儿，孩子们就热切地盼望着那瓶罐头。等到打开罐头，迫不及待地抱起罐头瓶喝口水，那滋味啊，真是一下子甜透了心。然后再用小勺子舀出果肉，一小口一小口地吃，尽量让这种美味停留在口中的时间长久些。在沈阳，小孩发烧了，吃桃罐头；孩子要出远门了，吃桃罐头；过年了，要吃桃罐头。总之，在这里，没有一瓶黄桃罐头解决不了的问题。

正月是沈阳人走亲访友的时间，如果一家人没有亲戚来访，门庭冷落，说明这家人亲情淡薄，不受待见。有亲友来访，必须要准备糖果、瓜子和花生，放进盘子里，郑重地摆好，送到亲戚面前。大家就在嗑瓜子、剥花生、吃糖果的过程中谈天说地，情感也在慢慢地加深。

还有一种油炸拌儿也是必备的。手巧的女主人会把它做成各种形状，有麻花、有丸子、有套环、有小动物等，上面撒上一层白糖，吃起来酥脆香甜，是那个年代孩子们手中的小零食。那时母亲总是要省着吃，不多给孩子这样的零食。往往过了几天后油炸拌儿就回生了，失去了当时的好味道。

那时出门走亲戚都要送礼，开始是去供销社买斤槽子糕（一种蛋糕）或炉果，用纸包上，再用纸绳打个十字花。这是那个时代的点心，平时只有小孩儿生病了才会给买点吃。馋嘴的小孩儿会在路上偷偷地抠出一块，再按原样包好，偶尔被母亲发现，少不了被一顿揍。后来走亲戚发展到送果匣子了，就是带上了包装，匣子里的东西也丰富了许多。谁来串门儿送了果匣子，一般都留着再送人。就这样，一个果匣子不知在多少人家的手上流转，最后，馋嘴的小孩儿把果匣子里好吃的糕点都顺了出去吃掉，只剩下硬邦邦的槽子糕，由于时间长了，有的发霉变质，只好被扔掉。

那时候没有雪糕、饮料、冰激凌，冬天时，从水缸里凿下一块冰，从屋檐下掰下一串儿冰溜子，你一块我一块，嘎嘣嘎嘣嚼起来，也是透心凉。

当然还有烧地瓜土豆，可以说是那个年代的美食。煮饭烧煤或烧柴时，把地瓜或土豆悄悄埋进火里，听到一声爆响，地瓜或土豆就熟了，从火里将其扒出来，表面上带着灰，烫手烫嘴，但那香气不可阻挡。现在的沈阳街头，一到冬天就会有烤地瓜的小摊，那香味远远地飘过来，真令人销魂啊！买上一根烤地瓜，迫不及待地扒掉皮，露出那红红的瓜瓤，稀乎乎软绵绵甜丝丝，含在嘴里，仿佛含着蜜，嗯，还是那时候的味道。

还记得第一次吃到油条喝到豆浆时，那金黄蓬松的油条，配上纯白的豆浆，夹一口榨菜，真有身心通透之感。同样的，第一次吃灌汤包更令人难忘。咬一小口包子皮，吸入包子里的那股汁水，香气缭绕。

地三鲜、炒土豆丝、炸茄合、炖干豆角，都是以蔬菜为主。地三鲜集合了三种不同颜色的蔬菜，黄的土豆、绿的青椒、紫的茄子，三种食材浑然一体，彼此生香。炒土豆丝则是家常菜，切土豆丝是需要掌握时间的，至于是酸口辣口、是软是硬，要依个人口味而定。炸茄合多选圆形茄子，夹上肉馅，放进油里炸到焦黄，吃起来外焦里嫩、鲜香可口。当然茄子的吃法有多种，凉拌茄子、酱茄子、烧茄子，都是下饭菜。

土豆炖豆角是沈阳人饭桌上的主打菜。豆角有鲜干之分，鲜豆角一般都用在应季，而干豆角一般都用在冬天。排骨与豆角好像天生就该炖在一起，排骨酥香浓烂，豆角清香油润，如果再烀了饼，饼浸润了菜汁，特别香。那真是有饭有菜，好吃到爆。

东北大豆有着上好的品质，无论是干豆腐还是大豆腐、豆腐皮（腐竹）、豆腐卷、小豆腐、豆腐脑，怎么吃都有味。沈阳人喜欢卷干豆腐蘸酱，干豆腐里可以卷大葱、豆芽、土豆丝、香菜，总之没什么是不能卷的。此外，还可以卷鱼香肉丝，这是沈阳的一道家常名菜。大豆腐有鸡刨豆腐、石锅豆腐、麻婆豆腐、海胆豆腐、大白菜炖豆腐、小葱拌豆腐等做法，每一种都能吃出不同的风味。而豆腐脑一般与油条搭配，沈阳人爱吃咸口的，卤子里带有黄花菜、木耳等。

那时候的疙瘩汤，只有生病时或招待客人时才能吃到。疙瘩汤分为肉、素、海鲜三种。热锅下油，下葱花炒香，番茄炒出水分，再把小面疙瘩拨入开水中，加蛋液、白菜、白胡椒粉、香油、香菜末，此为素疙瘩汤。如果以排骨汤、鸡汤为原汤，加肉丁便为肉疙瘩汤。如果加入虾仁、蛎黄等则为海鲜疙瘩汤。

从前，荤油拌饭是不能拒绝的美食。家家的孩子起早贪黑排队买回来肥肉，被母亲炼出来的油一般舍不得吃，能用这样的油拌上热腾腾的米饭，再加上酱油和葱花，简直是美味。当然，用这样的油勾兑成一碗高汤，那也是当时的美味。

借用木心先生的诗："从前的日色变得慢，车、马、邮件都慢，一生只够爱一个人。"从前慢，看过的风景不管你来不来都在，尝过的味道不管你走多远还是原味，父母过了一辈子还是那些粗茶淡饭。现在生活的节奏很快，一些滋味日渐寡淡；但从前依然还慢，那些沉淀在时光之下的味道，依然是一抹亮色、一丝温暖、一股清香……

好吃不如饺子

在中国的饮食文化中，一种食品有时会有多种象征意义。比如饺子象征团聚和欢，又取更岁交子之意，非常吉利。此外，饺子因为形似元宝，过年时吃饺子，也有“招财进宝”的含义。还有很多流传下来的顺口溜，也从侧面反映出饺子在民间的特殊地位。“舒服不如躺着，好吃不如饺子”，似乎成了家喻户晓的金句。还有诸如饺子就酒，越喝越有；饺子就蒜，生活灿烂；饺子就醋，工作进步；饺子就葱，事业成功等。所以说，饺子在北方是一种文化传承，也是沈阳人不断加深血脉亲情的方式之一。

家有嫁娶，吃饺子；逢年过节，吃饺子；亲朋好友聚会，吃饺子；孩子满月，吃饺子……凡是与喜事沾上边儿的事，都要吃饺子，仿佛没吃饺子，这欢乐的程度就大打折扣一样。所以饺子承载着沈阳人的饮食理想，把饺子奉为第一美食的高度一点也不为过。饺子不仅是一种食物，从包到吃更是一种仪式，有一种心灵的归属感，里面传达的是情感与愿望。

包饺子的过程就是团聚的过程，每一个环节都必不可少。全家男女老少齐上阵，欢乐饺子嘉年华开场。乒乒乓乓剁馅儿的，满脸满头面粉和面的，调馅儿的、烧水的、擀皮儿的、包馅儿的、捣蒜儿的、下饺子的、小孩子来捣乱儿的，好似一场大戏开演，生旦净末丑依次登场。重头戏当然还是包，大人孩子都来凑热闹。奇怪的是，每个人包出的饺子都不同，有人包出了“元宝”，有人包出了“四不像”，引来一顿善意的嘲讽。总之，欢乐与热腾腾的蒸汽一起弥漫着，蒸饺、煮饺、煎饺、烙饺和贴饺，各人喜好不同。蒸得圆鼓鼓、煮得胖乎乎、煎得黄澄澄，样样都好吃好看。每个人的口味也不同，蘸醋的、蘸蒜泥的、蘸酱油的、蘸辣子的，不一而足，但总要稍加一点糖提提鲜，淋几滴香油调调味，直吃到满嘴生香，眉开眼笑。而过年时包饺子，谁要是有幸吃到大枣或硬币，说明这一年好运相随，福气降临。吃到的人总会又惊又喜，喜形于色，那场大戏便演到了高潮。

沈阳人对饺子馅寄予了太多的想象，比如芹菜即勤财、韭菜即久财、白菜即百财、香菇即鼓财、酸菜即算财、油菜即有财、鱼肉即余财、牛肉即牛财、羊肉即洋财、大枣即招财、野菜即野财，林林总总，总能与美好的生活祈愿联系起来。

沈阳有“世界历史上最长的饺子馆”，有一城无饺不欢的人群。从技法上，沈阳人把饺子做到了极致。从饺子馅上说，无论是天上飞的、水里游的、地上跑的，万物皆可入馅。从美学上讲，元宝饺、波波饺、鱼形饺、月牙饺、钱包饺，沈阳人把饺子包出花来了。沈阳人在包饺子这件事上，想象力丰富，真正做到了“百花齐放”。

如果盘点一下沈阳的饺子馆，能说出一大串：老边饺子馆、南鹿饺子馆、王厚元饺子馆、大清花饺子馆、三盛轩饺子馆、三盛源饺子馆、脱家饺子馆、王家饺子馆、老王头饺子馆、甘露饺子馆、老北洋饺子馆、齐贤饺子馆、二合永饺子馆、独特风味饺子馆、溢香风味饺子馆、一分利饺子馆等，还有后来的清和传家、喜家德、小平岛、百富源……这还不算，多如牛毛的街边无名小店，数不清的“手工饺子”也许就开在居民楼里，每天都有快递小哥不停地穿梭其中。

| 王厚元饺子 |

新洪记干脆以饺子命名，来得直接爽快，说明对自家饺子充满自信。偌大酒店，吃完海鲜大菜，必得上一份冰花煎饺和各种馅料的饺子，这一餐才够得上完美。如果吃得再好，却没有饺子压轴，那就等于白来一趟新洪记。

甘露饺子馆最早创建于1934年，至今已有90多年历史。据说在民国初年，一个山东老汉在奉天城开起了一家简陋的饺子铺，店在甘露街，因而得名。甘露饺子之所以吃起来特别香，皆因他家的食材来自法库自建的一座高标准的绿色山庄，“前店后厂”的模式成就了甘露饺子的品质。皮薄馅大，真材实料，三鲜馅、鸳鸯馅（两种肉混合馅）、青椒馅、羊肉馅、白菜馅、鱼肉馅等10余个品种的甘露饺子，以其味道地道正宗、风味独特而闻名于世。甘露饺子馆承载着几代人关于水饺的记忆，那是儿时的味道，也是一种怀旧情怀。

王厚元饺子也许是开店数量和饺子馅料最多的店，主打的是海鲜饺子，有鲅鱼的、鲜虾的、虾爬子的，招牌是三鲜饺子，馅鲜皮薄，从营养角度来讲，荤素搭配，有利于各种营养的均衡吸收。

老洪记饺子品种繁多：三鲜馅饺子、西红柿鸡蛋馅饺子、茴香馅饺子、冰花饺子。而酸菜馅饺子是招牌。最经典的花式煎饺，皮薄馅大，玲珑剔透，颜值超高。老洪记饺子馆，总是人声鼎沸，热闹非凡。

南鹿饺子馆和沈阳鹿鸣春有着血脉亲缘，这是鹿鸣春主厨的徒弟开设的一家饭店，所以称之为南鹿，传承感十足。他家的饺子外观漂亮，沈阳人称之为大肚水饺。猪肉酸菜水饺，可煮可蒸，但蒸饺更香。素三鲜水饺也很受欢迎，韭菜鸡蛋虾仁，每颗饺子里都有一粒虾仁，非常鲜美。芹菜驴肉馅水饺，把驴肉的肉香与芹菜的清香混在一起，难得美味，与之必配的是狮子头白菜汤。

一个来自马背上的民族的故事——大清花饺子馆，是由东北沙河胡家先人创办的，始于乾隆年间，后被选入宫廷，满汉全席的菜单中有它一席之地，可以说历史底蕴深厚，可登大雅之堂。大清花饺子馆保持着料重、味浓、油润和鲜香的特色，是一个民族的乡土记忆。大清花饺子馆的门店风格鲜明，全木结构，一派明黄，牌匾由溥杰先生题写，门口两门大炮威武震撼，服务员一律着清代服装，给人一种穿越感。

大清花的饺子花样繁多，依然秉承着蒸、煮、煎三种传统，酸菜饺酸而不失鲜、西红柿饺鲜而不失香、鲅鱼饺和虾仁饺鲜中至味、羊肉饺子鲜而不腻。

除了这些老字号，还有众多新开发的品牌，如喜家德水饺、清和传家饺子……八方云集，群星闪耀。

喜家德水饺是中国水饺品牌，名字中的“喜”取自于喜庆，“家”来自家一样的氛围，“德”不仅来自创始人的名字，更是取意“百事德为先”。

喜家德水饺制作全过程透明，不离食客视线，纯手工现包，有 5 种特色水饺：虾三鲜、喜三鲜、全虾、香菇肉、西芹肉。喜家德的饺子皮呈“草帽型”，现擀现包。自创“四杖出皮”技术和特制的擀面杖，擀出的饺子皮十分劲道。而喜家德的饺子是“一字型”长条水饺，而非元宝形，容易夹取，很有特点。

清和传家饺子是一家全国连锁店，其独特之处是配方中含有多味药膳，人工进行粉碎加工。饺子选取新鲜的蔬菜肉类，选用上等老面，手切肉丁，吃上一口满溢纯纯肉香。“馅不冒顶、不跑油，吃起来回味无穷”，这是人们对清和传家的评价。还有九道压延技法值得称道，饺子皮薄不破，柔韧筋道，馅料饱满，色香味俱全。既有时令蔬菜等大众水饺，也有三鲜、三菇、虾仁等中高档品种。他家的猪肉芹菜馅水饺和角瓜鸡蛋馅水饺，面皮筋道、馅料十足、浓香四溢，令食客流连忘返。

沈阳的饺子馆，灿若繁星，沈阳人真是口福不浅。

对于沈阳人来说，也许没有任何一种食物能像饺子这样，能够穿越时空，在人们心中产生共同的情感，象征团圆、美满的心愿。它承载的是一种亲情，是一种回忆，是一种温暖与爱。睹物思人时，品味也念亲。任何东西只要饱含亲情，就会在平凡中变得珍贵起来。一餐一饮、一盘一碗、一饺一念，过往美好，过眼烟云，都在这品味之中，鲜活生动起来……

沈阳人眼里的硬菜

沈阳人将拿得出手、端得上台面的菜叫硬菜，一个“硬”字，尽显其豪横和气概。上硬菜，不仅表达主人对客人的重视之情，也能彰显客人的身份与尊贵。硬菜因着时代的改变，也在不断地发生变化。比如20世纪八九十年指的是红烧肘子、红烧鱼、四喜丸子、烧鸡。而随着生活水平的提高，已经变成了虾、刺身、鲍鱼、乳猪、甲鱼、海参等，硬菜在每个人眼里的标准都不同。

| 甲鱼 |

现在的各种喜宴上，四喜丸子的地位一直未变，因为它的寓意美好。

说起硬菜，在沈阳人的理解中，自然是肉菜就偏硬，而青菜就偏普通，一桌大鱼大肉总能让人脸上有光。早期，沈阳人的祖先们为了生存，必须要多吃鱼和肉来储存能量，与严酷的自然环境抗争。所以，沈阳人的基因里，就有着对鱼和肉的天然嗜好。而由于地理因素，沈阳人对山珍的偏爱，也使其成为响当当的硬菜。

锅包肉一直是沈阳人心目中的硬菜，从烹汁儿到熘汁儿，再加番茄酱，沈阳锅包肉有了新做法新口味，所以，东北就有新式锅包肉和老式锅包肉两种做法，每个地方都有自己的偏爱，时常为此起些纷争。其实正宗锅包肉不是选用里脊肉，而是用猪后臀挨着皮层的一块精肉，叫作底板肉，后来发展出橙汁锅包肉、樱桃锅包肉、草莓锅包肉等变种。

雪绵豆沙起源于满族，后成为清朝宫廷御宴上的风味食品之一。这道菜特别受女士欢迎，软绵绵、甜满口，经过多年发展，已经变成百姓餐桌上的日常菜品，承载着沈阳人的童年回忆。

“四大炖”以至“八大炖”加上铁锅炖，一个“炖”字，尽显沈阳人豪迈敞亮的性格，咕咚咚一顿炖，千杯酒喝不尽人世况味，万锅炖品不尽人间滋味，“炖”是交流是包容是融合，更是沈阳人骨子里的那分大气与爱……

细数不同年代的硬菜，有多种美食是经过大浪淘沙后留在味蕾深处的，即便物质极大丰富，这些菜品也不会被人们所遗忘，它们已经跟人们的味蕾达成一种默契，带着独一无二的地域特色和风土人情，跟沈阳城的一草一木、一石一瓦，跟城中的万事万物融合在一起，跟城中深厚的历史人文底蕴一脉相承，印证着这片土地的开放包容。

从沈阳人的年夜饭桌上也可以看到硬菜的改变。20 世纪 70 年代以前，鸡蛋炒木耳、芹菜炒肉都能算上硬菜，更别说小鸡炖蘑菇、炸丸子了。20 世纪 80 年代后硬菜通常由 4 种菜组成：红烧鱼、烧鸡、酸菜汆白肉、熏猪蹄。鱼是必有，连年有余。猪蹄取自形象，新的一年有抓挠。而熘肉段、锅包肉也走进寻常百姓家。

餐桌上发生的悄然改变，是从海鲜唱起主角开始的。除了鱼，还有蟹、

| 海参 |

虾等，给传统硬菜添加了一股海洋风味。当然河鲜也是极好。比如鱼分海水鱼和淡水鱼，螃蟹就有海蟹与河蟹之分，一般海蟹要比河蟹贵一些。虾就更丰富了，有白虾、基围虾、小龙虾等。海里的生猛海鲜，慢慢地被寻常百姓所认知：大龙虾、面包蟹、象拔蚌、石斑鱼。而最受年轻人追捧的则是三文鱼，蘸上辣根儿，吃到忘情。近年来人们对鲍鱼也不再高不可攀，每人来个小鲍，或整锅鲍鱼炖土豆，也是寻常美味。

辽宁的地理优势造就了沈阳人可以尽享山珍海味的口福。说起山珍，各种菌类大量上市，榛蘑、黄蘑、野山菌，使餐桌上的小鸡炖蘑菇、干煸茶树菇、香菇炒肉香气浓郁。而饭店里的人参汤所用人参大多是人工种植，真正的野山参并不多见。

近年来，海参一直霸占着沈阳人的餐桌，堪称第一硬菜。海参有着严格的地域与水质要求，必须生长在旅顺口黄渤海分界线内。它极耐严寒低温，且海水未被污染，生长发育极其缓慢，是海八珍之首，营养价值极高。其中最受追捧的是红烧辽参和辽参小米粥，尤其是黑的海参配上金黄的小米粥，是女性滋补的佳品。

美食也是治愈的一种方式。俗话说得好，美食和风景，可以抵抗全世界所有的悲伤和迷惘。无论是东坡肉、包公鱼，还是太白鸭、曹操鸡，都从历史和名人的角度阐释出美食的治愈之道，让人体味出舌尖深处的千种滋味、万般风情，渐渐成为当地文化的象征。

硬菜的变与不变，不仅是沈阳人胃口的变与不变，更是时代大潮下，美食与城市、时光与味蕾的邂逅或互生敬意。小时候，一块不老林糖、一根皇姑雪糕、一瓶八王寺汽水就能让人的味蕾得到极大满足，并能心生欢喜。现在看上去，这些饮食已经普通得不能再普通，虽然有的跟小时候的味道大相径庭，但跟它的名字所关联的种种滋味是不会被遗忘的，它们躲藏在时光的深处，总在不经意间唤起人们对某年某月的记忆和怀恋。这时候的美食已经不只是一种食物，而是岁月刻在年轮里的烙印，是一种刻骨铭心的滋味，从来不需要特意想起，却永远也不会忘记。

与鸡架来场灵魂对话

如果用一种食物代表一座城市，每座城市都能找到相应的美食。武汉的热干面，北京的炸酱面，重庆的麻辣火锅，广西的螺蛳粉，云南的过桥米线，杭州的小笼包……用一句时髦的话来说，“没有一只鸭子能走出南京；没有一只兔子能蹦出成都；没有一只鸭子能游出武汉……同样，没有一只鸡能端着架子走出沈阳”。这话听起来有些夸张，却符合实际，带着东北人固有的幽默和调侃。据说沈阳每年要消耗掉全国一半的鸡架，是名副其实的“鸡架之城”。

沈阳人吃鸡架的历史可以追溯至清朝。早在崇德年间的盛京，有一个贝勒爷家的厨子看街上讨饭的孩子可怜，但自己能力有限，便偷偷将贝勒爷家做饭剩下的鸡肉边角料——鸡架煮熟后送给乞讨的孩子。为了让鸡架放得久些，他又将鸡架进行简单熏制，便有了最初的熏鸡架，而这种吃法也随之流传下来。

进入20世纪，追溯沈阳人爱吃鸡架的真正原因，这正是沈阳人乐观性格的写照。正如一家知名媒体所说，“一副鸡架，刺激的不仅是东北人的味蕾，更是半个中国的五味杂陈……”

时间回溯到20世纪80年代末，辽宁是当时白羽鸡的重点养殖地区，而沈阳则拥有全东北最大的国营养鸡场。在当时，养鸡场的鸡大多用于出口，为了配合出口检疫需要，鸡需要被分切成各个部分进行塑封，而鸡架便成了无法出口的边角料，国营养鸡场便将这些鸡架低价出售。

沈阳作为一座老牌工业城市，人口大多数为工人。在那个相对缺乏娱乐的时代，工人们最普遍的消遣方式便是喝酒聊天，经过一天繁重的工作，下班喝点小酒，睡上一觉，岂不美哉？既然要喝酒，那下酒菜便必不可少，而鸡架作为一款便宜、有“啃头”的小吃慢慢成了沈阳人心中最佳的下酒菜，“啃鸡架，喝老雪”也成了工人们的一种生活方式。

有作家这样回忆：“我们之所以喜欢鸡架，是因为它像极了小人物的生活，没有多少肉，咂摸多了，也有了味道。”

老铁们是这样描述鸡架的：“虽然它没什么肉，但并不妨碍它的香味，骨头一咬就断，一嚼就碎”，吃完仅存的一点肉之后，还要意犹未尽地咂摸两口。

好不好吃？这么跟你说吧，鸡架的灵魂不在于有多少肉，在于嘣嘞。

啃鸡架的乐趣就像是嗑瓜子，壳里的肉很小，嗑的是那个劲儿。俗话说“最香莫过骨边肉”，鸡架只是副架，没有肉，但骨头或是骨头缝里残存的星星点点的肉，连同一些筋膜，可以说是肉中精华，嚼起来比大块肉更香，所以鸡架里的零星小肉，要比鸡胸肉和鸡腿肉更珍贵、更好吃、更有营养价值，沈阳人爱它也是有道理的。

时至今日，沈阳的鸡架越来越火，一个普通的鸡架，愣是被加工出好几种做法，铁板鸡架、煮鸡架、熏鸡架、拌鸡架、烤鸡架、辣炒鸡架、酱鸡架……鸡架被吃出新花样，沈阳人开发出了鸡架的“一万种吃法”。

鸡架有一万种吃法，这样说未免有些夸张，其实就是形容多种多样。

铁板鸡架别具风味。只见店主把鸡架塞进两块漆黑的铁板内扣紧，铁板

| 拌鸡架 |

的温度适宜，烤好了一面，再把铁板掀开烤另一面，直到两面都已熟透，好像连骨头都已经酥了。趁着热气撒上孜然、辣椒粉等调料，一咬冒油，唇齿留香，香气能飘满整条小吃街。一年四季，鸡架的生意都异常火爆，尤其到了夏天，一天三顿小烧烤的时节，鸡架是一道必备的下酒菜，五十张桌子，几乎每一桌都点，除了人们喜欢以外，关键是它太便宜了。几元一个，能出一大盘菜，经济实惠，回头客多。在嘲嘞鸡架的同时，再来一口鸡架汤或者一瓶老雪，沈阳人爱的就是这口儿。

水煮鸡架是鸡架最简单的烹饪方法，也是最原始的吃法，白水煮烂，重点在于抓拌，要放糖、醋、辣椒、香葱、花生等拌料，抓拌后便入了味，正是沈阳人最好的酸甜口，加上熏卤的咸香味，买上一份慢慢嘲嘞吧。

烧鸡架多次上过美食纪录片，可以说是鸡架中的珍品。将生鸡架上铁夹，高温炭火上烧起来，烟雾呛眼之际，鸡架内的油遇明火，火星隐现，并伴有滋啦滋啦的声音，所以烧的精髓就在于肉与火的碰撞，与煎不同，与炸也不同，要的就是这火里的淬炼、串烟的味道。等到油脂散尽，鸡架里剩余的嫩肉都已烤至变色，外焦里嫩，撒上一把白糖和各种烧烤料，啃起来，似乎每个细胞都在往外冒香气，那疲惫而躁动的心便得到了安抚。

沈阳的炸鸡架分为两种：一种把整只腌好的鸡骨架直接下锅；另一种把鸡架分解成小块，腌好串上竹签，也叫 QQ 鸡架。鸡架被放入翻滚的油锅，火候掌握得恰到好处。捞出后再喷醋，神奇的是吃不出醋酸味，只有鸡架的焦香酥脆，连啃几串不在话下。

炒鸡架则分为辣炒和糖炒。沈阳人的辣炒鸡架，即使不爱吃辣的人也不要直接忽略掉，东北的辣是可以承受的辣，没有四川麻辣，没有湖南直接，没有江西凶悍，它只是辣得温温柔柔，辣与香混在一起，辣更好地衬托了香。糖炒鸡架更能佐证东北人偏爱酸甜这种口味，一顿爆炒过后，将浓郁的酱汁刷在鸡架上，甜辣咸香，独具特色，再来一碗米饭，美妙无比！

鸡架早已不再是“餐桌上几乎唯一的荤菜”，但是沈阳人对鸡架的爱并没有减少，反而将鸡架的“麻雀虽小，五脏俱全”的优势全面展现输出，十八般武艺，沈阳人能换着花样做出无数种好吃的滋味来，市井烟火与对于美好生活的追求都体现在鸡架的百般滋味里。

其实，在曾经的困境中，是无数的鸡架走进了工人们的生活，以微薄之肉香唤起他们对生活的热望。一眼望不到头的黄昏里，那些糙老爷们儿怀着一身力气和无处安放的心，看着夕阳西下，一手拿着老雪，一手捧着鸡架，慢慢地嘣嘞起那种滋味儿。

鸡架是那个味儿，男人们也还是那个味儿。当有外地人来访，他们会指着街边的玖福记或者老四季，神采奕奕地说：“整个鸡架吧，老好吃了！”

杀猪菜里说丰年

“小孩小孩你别馋，过了腊八就是年。”民谚说的是童年里每个东北农村小孩，最盼望的事情就是过年，因为过年要杀年猪。紧紧巴巴的年代紧紧

| 杀猪菜 |

巴巴的日子，只有过年才能痛痛快快地大快朵颐。在农家院，一进腊月，就弥漫着一种喜庆的气氛。主人精心养了一年的年猪，膘肥体壮，几个壮汉捆住猪，好的杀猪匠只一刀完成，主人拿着大盆接猪血，而蒸猪血是杀猪菜中不可或缺的一道菜，它鲜嫩爽滑，营养丰富。杀完猪，要把猪抬到一口大锅前，用滚烫的开水煺毛，然后会按部位分好。

这边，杀猪菜已热火朝天地炖上了；那边，杀猪匠一般要把猪下水给收拾干净。对于关外的民俗来说，这就是最上等最有排面的宴席，比起海参、鲍翅席面，也没有丁点儿的逊色。

每当此时，杀猪的人家就会大摆筵席，招呼乡亲们过来解馋，俗话说就是请客。除此之外，还要让小孩子拎着猪肉给亲友家送礼，以表达对亲友家的尊重与祝福。村里的亲朋好友都是这场盛宴的被邀请者，屋里屋外人头攒动，热闹非凡，充满着过年的氛围。尤其是村上有头有脸的人物，是必须请到位的，能请到有地位的尊贵客人，说明这户人家在村上有人缘有声望。宴请乡亲体现了主人的热情，如果你说改天再去，请客的主人就会再三相邀，直到你答应了为止。那些年的淳朴方式，造就了淳朴的邻里感情。这使杀猪过年充满了仪式感，逐渐演变成一种年俗文化，不仅为了庆祝丰收，还为了表达人们对来年红红火火、富足安康日子的期盼，更是人们对美好生活的无限热爱。

农家杀猪菜指的便是白肉酸菜血肠，炖到入味。当然还要有蒸猪血，上面点缀着葱花。其次才是各种熘炒烀炖，是这个地域最丰盛的宴席了。用大盆端上杀猪菜，孩子们甩开腮帮子使劲造，直吃到顶住还不忍下桌。这样上得台面的美食，更适合用饕餮盛宴来形容，那样酣畅淋漓，令人无限回味……

餐桌上的席面很有排场，几乎把猪身上所有部位都做成了菜。猪骨、头肉、手撕肉、五花肉、猪血肠，还有“灯笼挂（全套猪下水）”，这就有了杀猪菜的说法，就是这些菜的统称。主打的一道大菜是猪肉加酸菜加血肠一起炖。冬闲时将劈好的木头柈子架在大锅底下，不时发出噼噼啪啪的响声，跟炕上的老少爷们儿唠嗑儿发出的爽朗笑声构成农家院的交响曲，他们会在一起议论谁家的猪长得大，膘肥体壮，谁家的猪不爱长，一过秤才200多斤，会养猪的人家怎么也得过300斤，还有500多斤的，要几个大汉合力才能把猪从圈里拉出来。当初是一起抓的猪崽，都是纯粮食养殖不加饲料的，谁是勤快人会过日子，谁不务正业偷懒耍滑头，都在过年的这一秤上被称量出来，成为人们茶余饭后津津乐道的话题，而人们自然愿意跟会养猪的人交往，说明人家会过日子、勤劳朴实。几袋烟的工夫，菜炖好了，女主人掀开大锅，一股热气蒸腾，扑鼻的香味在厨房里盘旋，趁着热乎劲儿盛到餐桌上，客人们围坐在一起，顿感暖意浓浓。

桌上的人们吃着，桌下的女人们还在忙着，她们在做第二桌酒席，当然主打还是酸菜白肉血肠，它是这场盛宴的灵魂。只见她们从厨房的大缸里捞出一棵带着冰碴的酸菜，洗净后在案板上切丝，谁家的媳妇会做饭，从这刀工上便可见一斑。再切一大块上好的五花肉。另一间屋里，血肠的制作也在紧锣密鼓地进行着。灌制血肠是手艺活儿，要请经验丰富的人来做。新鲜的猪血配上葱花香菜和调料搅拌均匀，加入肉汤鸡蛋，灌进洗好的猪小肠和猪大肠，用绳子系好，放入装有五花肉和酸菜的大锅里煮。怎么才算是熟了呢？通常会用一根家用的针来扎一下，不冒血就证明煮熟了。这款杀猪菜，肉鲜嫩爽滑，浓香袭人；酸菜荤素咸宜，清脆爽口。席间，家长里短、推杯换盏，说说今年的收成，唠唠明年的想法。家里家外、田间地头忙了一整年，吃上一顿这样的菜，仿佛整年的辛苦瞬间就消散了。

能够代表关外的民俗风情，在一顿饭中，体验历史和文化的活态传承，一桌杀猪菜无疑最是生动形象，简单中有着深厚的人情味、充满厚重的踏实感。杀猪菜是一年中的重头戏，其中还有几道是必不可少的。

蒜泥白肉：将大块的猪肉烀熟后切成大片，蘸着盐面或蒜酱吃，解腻增味，最是原汁原味的鲜香。

蒜泥护心肉：就是猪心脏和肝脏之间的那部分肉，口感筋道，同样要蘸蒜酱吃才好。

柴骨肉，也作拆骨肉：是从大骨头上剔下来的纯瘦肉。说“拆”，是指大块的瘦肉要用手撕开；说“柴”，是因为这肉烀熟后肉丝分明、卖相好看。蘸料由酱油、醋、辣椒油、蒜泥、芥末、腐乳、麻酱等调制而成。

从猪头吃到猪尾，从猪皮吃到内脏，这种用粮食喂养的“笨猪”，散发着醇正的天然肉香，让整个正月充满了温暖的烟火气。

而猪头一般要挂在户外冻上，等到正月十五才能吃。猪头的猪毛要用火燎好，一番捯饬完毕，有讲究的人家会把猪头拿来上供，祭祖拜神。猪脸、猪耳朵、猪口条，都是上好的熏酱货。烀完猪头肉，最受欢迎的就是猪拱嘴。吃完了猪头，这个年才算是彻底过完，人们又开始为新一年的春耕做准备。

关于杀猪菜的起源，众说纷纭。

相传九百年前，金太祖完颜阿骨打率军四处征战，到一处敌城下时，粮食已经十分匮乏。但此时百姓们听闻消息，都甘愿杀掉自家的猪给将士们吃。阿骨打的军队吃完猪肉，士气大振，一举战胜了敌人。从此，杀猪菜就成了阿骨打待客的最高礼仪。虽然不同于南方菜的细腻，但杀猪菜中充满的野性味道，一直延续了下来。

另一个关于杀猪菜的传说则与东北最早的渔猎居民有关。渔民们为了探索海里的夜明珠，就对东北特有的鹰隼——海东青许诺，愿意每天喂它吃新鲜猪肉，条件是海东青帮助渔民捕杀爱吃珍珠蚌的黑天鹅。黑天鹅吃完珍珠蚌的肉，会将珍珠留在体内，而海东青又恰恰是黑天鹅的天敌，所以渔民们用讨好海东青的方法得到了自己梦寐以求的珍宝。

于是杀猪喂食海东青的习惯，慢慢演变成杀猪炖菜的习俗。千百年过去了，已经没有人再去寻找海珍珠了，但杀猪做菜的习俗却流传开，并演变成了东北的一道名菜。

如今生活富足，每天都像过年，沈城的餐饮业发达，想吃杀猪菜随意找家东北菜馆就能吃得到。但每年过年，回老家吃杀猪菜却成为很多人必不可少的行程，不管山高路远，也不顾舟车劳顿，大老远地赶回去就为了吃上这一口，实际上是为了寻找浓浓的乡情。这是只有老家才有的儿时记忆，有发小的情意相通，有我们最初的人生。从某种意义上说，杀猪菜也从儿时的口舌之欲变成了如今的思乡之愁。时代在发展，社会在进步，从农村到城市，杀猪菜的味道也许没有小时候那么纯正，但熟悉的乡音、深厚的乡情一直都没有变过，正是这种淳朴的民风逐渐演变成一种怀旧的情结，成为无法逝去的情怀……

白菜萝卜 各有所爱

一到冬季，白菜萝卜便成为沈阳餐桌上的主角。冬季寒冷，沈阳市民有储存大白菜的习惯。每年深秋，正是白菜萝卜上市的时节，沈城的街巷、小区门口到处可见装满白菜的货车，街坊邻里互相招呼着，三人一群两人一伙，围着货车争先购买。热气腾腾的生活气息扑面而来，质朴而浓厚。“对门的老张头买了 500 多斤，这些菜够吃一个冬天了。”“其实我们老两口也吃不了多少，给姑娘儿子们带点儿。”大爷大妈们边买边议论着，虽然现在冬天也能买到新鲜的绿叶菜，但每当秋菜下来了，看着水灵灵的大白菜，就想往家里搬几棵，有这些白菜垫底，心里就踏实了，可以稳稳当当过冬了。

萝卜也是秋菜里的抢手货，颇得喜欢冬储的人们的喜爱。红萝卜带着绿缨，像是刚从地里拔出来的，红红的脸蛋上还沾着新鲜的泥巴，让人一看就心生欢喜。情不自禁地挑上几个，即便知道萝卜容易糠，没有地窖不会储藏太长时间，也要买上十个八个，用它炖牛肉羊肉，鲜美至极。吃不完的时候还能养在水里，长成萝卜花，别有一番情趣。

青白萝卜细细长长，具有清热生津、凉血止血、消食化滞、开胃健脾、顺气化痰的功效，含有多种维生素和矿物质，有较高的营养价值，是蘸酱菜大丰收里不可或缺的美味。

胡萝卜表皮光滑润泽，仿佛能掐出水来。每当走到它的身边，就会被这种光泽所吸引，恨不得把购物袋装满。因为胡萝卜几乎就是所有炒菜的配搭，与绿叶菜搭、与各类炒肉搭，当然也与各种汤搭。无论是什么菜，一上来看到那鲜红的胡萝卜点缀其中，就有一种视觉上的美感。

民间有很多关于白菜萝卜的谚语，诸如“百菜不如白菜”“三天不吃青（菜），两眼冒金星”“五谷杂粮壮身体，青菜萝卜保平安”，也有“鱼生火，肉生痰，白菜豆腐保平安”的说法，不一而足，都在不同程度上道出了家常菜白菜萝卜的不寻常之处。先说说白菜萝卜是怎样保平安的。

“百菜不如白菜”，可见白菜在人们心目中的地位无可比拟，素有“菜中之王”的美誉。白菜膳食纤维多，可以增加肠胃蠕动，促进通便，有利于养胃和帮助消化、解毒和减肥。白菜里面含有丰富的植物纤维、果胶和维生素，可以防止肠道吸收很多的胆固醇和脂肪。而在一些有关饮食的古籍里，对白菜的描述是：“大白菜，荤素皆宜，且不腻人，可谓陆仙。”

而在传统的道家养生里，上清派甚至将白菜列入“上清四秘”之一，认为它能够帮助人体清肠排毒，对于肠胃不好、脘腹闷胀、大便秘结之人，如果经常吃点白菜，再喝点白菜汤，多半就能得到改善。

在李时珍的《本草纲目》里，对白菜的描述就更具体了：“白菜能清肺热，入大肠、胃经，凡肠内有浊气、中焦不通者，宜多吃。”

而在《滇南本草》里，白菜被称为“菘菜”，认为它能够化痰而利小便，同时治咳嗽而清肺热，去鱼之腥寒，和中消食，解酒利肠。

白菜虽然和萝卜并列，且都属于“上清四秘”之一，但相对来说，萝卜更善于内在消化，而白菜则更善于排出积滞。

萝卜具有很高的药用价值，萝卜种子的中药名字叫作莱菔子，是非常重要的消食药物，可以消食、化积、除胀，还可以顺气化痰、止咳平喘。萝卜有“小人参”的美誉，“冬吃萝卜夏吃姜，不用医生开药方”。在饮食方面，经常有“萝卜药膳”，炖肉的时候放点萝卜，既可以最大限度减少积食，又可以顺气。

关于白菜、萝卜的养生吃法，曾有一本菜谱记载有150多种。最常见的有如下几种：

白菜炖豆腐大概是每个家庭餐桌上的家常菜，一般用大豆腐，也有用冻豆腐的，还可以加入五花肉和粉条。粉条有相当好的融合性，放进什么菜里就是什么味道，咸香适口，汤鲜味浓。白菜易被煮烂，加入的粉条最好用细粉，炖出来不硬不黏，吃起来咸香适口，爽滑弹牙。这道菜既可以益胃生津，又可以补充蛋白质、碳水化合物，更有丰富的膳食纤维。看起来很普通的一道菜，其营养价值绝不含糊。

白菜炖冻豆腐

白菜炒木耳也是一道佳肴。木耳要用野生的，人工栽培的味道总是差一层。也有用蘑菇炒的，当然要用山上采回来的，那种清香是大自然的恩赐。如果去农村坐席，会吃到当地厨子炒的这道菜，因为是在外面搭的炉灶，用的是木柴火，大铁锅炒菜大概更能炒出蘑菇这些山珍的原味。白菜也是从自家的园子里长出来的，没有农药和化肥，纯天然的绿色食品搭在一起，再加上厨子多年练就的手艺，有一种原生态的感觉，真是别有一番风味。

萝卜炖牛肉是家庭餐桌上的经典。“好吃到流泪的白萝卜炖牛肉，连吃三天都不够！”牛肉中含有较高的氨基酸，能够促进人体肌肉的快速增长，还能够加强人体肌肉的力量，且牛肉中含有大量的维生素 B6，能够加速蛋白质的合成，提高人体的抵抗力和免疫力。白萝卜同样含有大量的维生素族成分和一定的碳水化合物。将二者放在一起炖着吃，对人体有很好的滋补作用。寒冷的冬天来一碗，牛肉软烂，萝卜香甜，汤汁鲜美，喝完暖心又暖胃。

海蛎子（牡蛎）萝卜粉丝汤也是萝卜菜肴中的极品。萝卜软烂，粉条滑弹，海蛎子柔嫩，加上葱花香菜的独特香气，令人胃口大开，是一道营养丰富、美味可口、老少皆宜的滋补养生汤。

还有一种萝卜叫心里美，绿皮红瓤，将其切成片状，用陈醋花生米凉拌，清甜爽口，也是最经济实惠的下饭小菜。

不管时代如何发展、生活如何改变，白菜萝卜一直是沈城人餐桌上的标配。也许，生活的真味就蕴藏在这些朝夕相伴的家常菜中，因为老百姓过日子，平平淡淡才是真。

大丰收里的四季

没吃过蘸酱菜的人，可能不知道大丰收是一个菜名。当一席盛宴刚刚开始，大概食客们注意到的都是那种高端的硬菜。但当接近尾声时，这一大盘应景的时令小菜，才在众人的期待中粉墨登场，红的水萝卜，绿的青椒，水灵灵的黄瓜，薄如黄纸的干豆腐，紫的茄子，热热闹闹地上桌了，给大鱼大肉的餐桌带来清新的口感，也给吃腻了鱼肉的食客们带来可口的食欲。食客们不知不觉间已被它们的鲜脆、爽口、解腻所征服，胃口打开之后食欲大增。

蘸酱菜是一道东北特色菜，无疑是东北菜中最简单也最充分地保留了食物的原汁原味及营养价值的，在菜中不加任何的调料，直接生食，只是需要一碟蘸酱而已。它的特点是无油，取材随意丰富，可能就在自家菜园，或在草甸子、道路旁。除了必备的水萝卜、黄瓜、干豆腐、小葱，新鲜又爽口；也有时令的山野菜，如婆婆丁、小根蒜、苦麻子、苦苣、生菜，解毒又去火；更有香菜、菠菜、茄子等，美味可口，是春夏两季里餐桌上出镜率最高的菜。

蘸酱菜的秘诀是食材的选择，青菜要清新鲜嫩、绿色无污染，最好是农村菜园子里种出来的。比如水萝卜是要从地里刚拔出来的，绿色的萝卜缨上还带着清晨的露珠；黄瓜是从架上刚摘下来的，头部顶着一朵小黄花，把尾

| 大丰收 |

巴掰开，会流出新鲜的汁液，清香无比，沁人心脾；小葱是早春的发芽葱，每当春雨润过惊蛰后的土地，冬天深埋在地里的小葱开始复活，并在春风的吹拂下长出嫩绿的叶子，慢慢长出葱白，人们将其从泥土里抠出来，清洗干净后卷上一片干豆腐，再蘸上酱，满满的田园味道，让人“爱不释口”，欲罢不能。如果再有刚从地里挖出来的婆婆丁、小根蒜、苦麻子，一盘大丰收就圆满了。一场宴席过后，一盘大丰收里，往往连一个菜叶都不剩。

蘸酱菜的灵魂是酱，更贴切地说是农家大酱，要自己家做出来的酱才是绝配。用市场上常见的豆瓣酱也能蘸出好滋味，但不如农家酱深得蘸酱菜的精髓。

沈阳人的餐桌上，一年四季都少不了一大碗酱，一顿山珍海味吃下来，最后若没有大丰收压轴，依然是没了滋味。有一段二人转是这么唱的："烀黄豆，压成方，缸里酿成传世香；蘸青菜，调肉汤，捞上一碗油汪汪。"说的就是东北大酱的制作过程和吃法。

农家酱所用的食材是黄豆、盐、水。先把黄豆用锅煮熟，然后将其切碎，也不是特别的碎，其中还有好多半颗的豆瓣。把搅碎的豆子用力蹾成长方体，放到阳光下暴晒，每个面都要晒成一层壳，硬硬的，而中间还是软乎乎的。当六个面都晒好了，用纸包上放一段时间，等待发酵。到下酱的日子，把晒好的酱块掰成小块，如果看到好多绿毛也不必惊讶，那是发酵的结果，把绿毛清洗干净后放到坛子里，再放水放盐，用细纱布盖上，放在阳光下继续发酵。这时还需要用木棒做成的酱耙子每天捣几遍，把沫子撇出来倒掉，这样捣出来的酱会变得很细腻。等酱发好就可以吃了，同时有浓郁的酱香和酯香，味道鲜美。有讲究的人家也用豆油炒个鸡蛋酱或者肉酱，如果菜园子正巧有茴香，也可把它切成碎末加在鸡蛋酱里，特制鸡蛋酱清香四溢，通常用来招待客人。

大丰收里的菜品，每一样都是餐桌上蘸酱的宠儿。在乡村，人们把蘸酱菜发挥到了极致，只要是院子里种的蔬菜，除了豆角、土豆之类的需要煮熟了再蘸酱，像尖椒、茄子都是可以摘下来直接蘸酱吃，顶花带刺的黄瓜更不必说，带着蔬菜本身散发的香气，吃起来那叫一个美！

蘸酱菜的特点就是下饭，平时吃一碗饭，有了蘸酱菜就能多吃上几碗，所以蘸酱菜也叫下饭菜，尤其是在寒冷的冬天，蘸酱菜更是稀罕物。很多人对此有很深的感受，特别是过年，天天大鱼大肉吃到毫无食欲，这时一盘色彩艳丽的大丰收，瞬间成为餐桌上的宠儿。

蘸酱菜的神奇魅力在哪里？当各种蔬菜配上东北特有的咸味大酱，会降低菜的生涩味及寡淡的口感，保留各种蔬菜的天然芳香，如辛辣的萝卜、洋葱，甘甜的小白菜、豆腐，清香的荠菜、蒲公英，再配上主食，开胃、爽口、解腻。当然这也和地域饮食习惯有关，很多食物的诞生，最初都是因为生活艰难，人们因地制宜地利用身边的食物，在智慧与灵感的碰撞下，发现美味的真谛，然后在漫长的岁月里不断更新和改进，使它最终成为餐桌上的美味佳肴，延续着人们对它的喜爱。

蘸酱菜能在沈阳大行其道，最重要的原因是气候。沈阳属于温带季风气候，雨过天晴，这样蔬菜就可以大大减少寄生虫和病毒的感染，生食也可以安全放心。而大酱恰恰是为各种生食蔬菜量身定做的，它们可以说是珠联璧合、天生一对。

随着食品安全越来越被人们所重视，绿色无公害食品也随之备受青睐，这是蘸酱菜风靡餐桌的又一个原因。食物越少被加工，就越能保证它的原汁原味和营养成分，尤其是瓜果蔬菜，如果煮熟炒熟后，各种维生素就会减少大半，同时也失去了脆嫩的口感。蘸酱菜不但可以保证菜中的营养成分全被吸收利用，还可以增加吃饭时的情趣，方便快捷，既省油又省火，这就不难理解蘸酱菜为何越来越受食客的追捧，成为餐桌上的宠儿，在红红火火的大丰收里举杯说丰年！

节令的馈赠

“扬州鲜笋趁鲥鱼，烂煮春风三月初。”“小饼如嚼月，中有酥与饴。”古典诗歌中对美食的描绘蕴含着中国的各种节令，使节令与吃食紧密联系在一起：一方面凸显中华饮食文化的博大精深，另一方面彰显食物与自然的和谐关系。这是节令给予舌尖最美妙的馈赠。

中国人深谙节令的秘密，它与气温、身体甚至五行都密切相关。孔子说：“不时，不食。”意思就是说，不能吃反季的东西，什么时节吃什么食物，那是千百年来代代相传的密码。而沈阳人根据这里的气候条件、山川河流、大地风物，来接受大自然的慷慨馈赠，并与天地万物深度融合。

春天是万物复苏的季节，一切刚刚萌芽的东西都是那么鲜嫩，聚集了日月精华，沈阳人相信，那是世间最好的礼物。比如香椿、柳蒿芽、刺嫩芽、猴腿、山芹菜、水芹菜、蕨菜、刺五加、婆婆丁，充满了山野和天然之气。老沈阳人往往称它们为“亲妈菜”，因为靠着这乡野山菜，度过了艰难的岁月。那代人直到现在还保留着挖野菜的习惯，一开春，郊外、公园都留下他们的足迹。他们将野菜煮粥、做饼，但最爱生吃。一大碗绿意盈盈的野菜上桌，蘸家酱，吃起来有些苦，细嚼之后却有点甜。吃的是原汁原味，吃的是绿色营养。最让人惊喜的是从东部山上运来的山野菜，还带着山间露水，清幽芳香。香椿芽炒鸡蛋，味道绝佳；水芹菜馅的包子，清香四溢；焯一下刺嫩芽，炸一碟儿鸡蛋酱，吃得津津有味……

这就是所谓的吃春芽，春日食春芽，是对节气的尊重。民间在立春时要生吃水红萝卜，谓之“咬春”。李时珍认为它“根叶皆可生，可熟，可酱，可豉，可醋，可糖，可腊，可饭，乃蔬菜中之最有利益者”。立春吃萝卜不仅是一种食俗，还是古人关于营养、健身、祛病的经验之谈。

沈阳立夏之后，天气逐渐转热，饮食宜清淡，应以易消化、富含维生素的食物为主。立夏以后饮食原则是“春夏养阳”，养阳重在养心，避免吃那些容易上火、令人烦躁的食物。

入伏的习俗是吃饺子，因为饺子状如金元宝，象征着福，“福”跟“伏”谐音，所以就有了“头伏饺子，二伏面”的说法。伏天炎热，胃口不佳，吃顿饺子开开胃。也有初伏吃饺子是元宝藏福的说法，寓意平安度过炎热的夏天。

二伏吃面是让身上发发汗，去除体内的潮气和暑气，符合中医说的“以热制热”法。还可以多吃些苦瓜去去火，凉拌、炒菜都可以。当然夏季吃瓜已成习惯，从市场上抱回西瓜，切开，拿着勺子海吃一顿：沈阳人早已实现了西瓜自由。

端午节吃粽子，年年如此。沈阳人还是喜欢自家包的粽子，将上好的江米或大黄米，泡好，粽叶青翠。女人们包粽子的过程像个重大的仪式。如今粽子里要加鲜肉、蛋黄、赤豆、蜜枣、豆沙、板栗、玫瑰、山楂等，满足不同食客的需求。

沈阳的老边粽子有 4 种口味，老边豆沙粽子、老边蜜枣粽子、老边腊肉粽子、老边木糖醇粽子，各有回味。

端午前后，槐花盛开，一嘟噜一串串，清新可爱，烙槐花饼成为一种奢华之举。

每到傍晚，夜风习习中，街旁巷尾的串摊开业了，阵阵烟雾间，撸着串，吃着花生毛豆，喝冰啤酒，是透心凉的感觉，爽到心里。烤羊肉串和牛肉串是主流，鸡脆骨鸡翅膀也顶半边天。其次是烤海鲜，烤鱿鱼烤黄蚬子，鱿鱼是主角。而黄蚬子以丹东产的为佳，将黄蚬子放在铁箅子上烤，鲜味扑鼻，沈阳人就喜欢那一股水儿鲜到心里的感觉。而烤板筋、烤脆骨、烤鸡胗则是年轻人的最爱。

沈阳人有抢秋膘的习俗，要在立秋这天举行，也就是吃顿肉，把夏天消耗掉的“膘”再补回来。老一辈人都认为人都是苦夏的，就是因为天气酷热使身体流失很多营养，人就会变得很瘦弱，只有抢回秋膘才能身强体壮。所以立秋这天吃肉、吃饺子，那是必须的。吃肉当然要吃炖肉，似乎炖肉最有营养。还有红烧肉、炖鸡、炖鸭、红烧鱼都会转化为人们抢的“秋膘”，为即将到来的严冬储存能量。

中秋节赏月和吃月饼是中国人最重视的习俗，其寓意为团圆。一家人围坐在圆桌前，在圆圆的月亮下，要吃圆圆的月饼，这些都寄托着人们美好的团圆心愿。

康福传统老式月饼是老沈阳人的最爱，在市场上的众多品牌中，康福老月饼以纯正的口味、松软醇美的口感牢牢地占据着市场。它以五仁月饼为主，精选东北特产果仁、果肉等上等原料，吃起来松软、不腻，又兼顾造型，已成为东北地区独具特色的金牌月饼和风味食品。

稻香村是老牌子了，始于清乾隆三十八年（1773），当年乾隆皇帝下江南，在苏州品食稻香村糕点后，赞叹为“食中隽品，美味不可多得”，并御题匾额而使苏式月饼天下扬名。稻香村苏式月饼作为非物质文化遗产名录项目，成为沈阳人心目中永不褪色的经典，被誉为“糕点泰斗，饼艺至尊”。

米旗甜点公司后来居上，生产的月饼自有特点，慢慢地被沈阳人所接受

月饼

所喜爱。而桃李月饼作为本土知名品牌，更加了解沈阳人的口味，生产的面包、月饼、粽子三大类百余种产品，在竞争激烈的市场中站稳脚跟，始终以品质取胜。桃李月饼的特色是果葡糖浆饼皮，提前三个月熬制糖浆，对月饼的回油情况、成型效果、通透度起到至关重要的作用。

沈阳的秋天瓜果飘香，优越的地理环境、充足的光照与降雨，造就了沈阳本地瓜果优良的品质。甜酸适中的永乐葡萄，皮薄肉厚，略带淡淡的玫瑰香味，口感极佳。出产于辽中的寒富苹果外观鲜艳，爽脆多汁。柳河沟的香瓜皮色鲜灵，花纹清晰，瓜瓤乳白翠绿，无纤维更感细腻。

十月，稻香蟹美虾肥，海鲜大量上市。开渔之后，营口、盘锦、丹东海鲜两小时抵达沈阳市场，当天就被端上沈阳人的餐桌。各种鱼类、蚬子物美价廉，经济实惠，是寻常百姓最爱。自助海鲜的兴起，推动着沈阳人的饮食新时尚。

沈阳人都有储备秋菜的习惯，那种大街小巷被秋菜攻陷的场面令人震撼，仿佛这里已成为大白菜的世界。当然，还有大葱、红白萝卜、雪里蕻穿插其间，还有晾干豆角、干葫芦条。总之，一个欢欢乐乐的冬天就要来临了。

立冬是个重要的日子，沈阳人还是要吃饺子。所以立冬之日，各式各样的饺子卖得火爆。在立冬这一天进补，叫作“补冬”。意谓要给身体添把火，以抵御即将到来的寒冬。吃什么呢？首选是羊肉、茴香菜。其中羊肉就符合了这样的进补原则，所以羊肉为滋补佳品。

冬日雪后初晴最适于吃羊肉锅，寒气潜藏于体内，容易出现手足冰凉，气血循环受阻。寒冬里要吃羊肉锅，冰冻的凉气就会被驱散，身体会温暖起来，一身的寒气也会渐渐消失。

冬日里的各种火锅、酸菜汤、东北乱炖，使冬天到处都充满着热气蒸腾的活力。这时，“炖”成为沈阳人饮食的主流。火锅汇聚众多食材，怎一个“炖”字了得。吃的就是个气氛，图的就是个吉祥。“炖”的精髓，在于时间，在于味儿。

而腊八粥是必须喝的。家家户户从前一天就开始准备，将大米、小米、红豆、绿豆、百合、薏米、莲子、花生等都泡在一起，天不亮就开始熬粥。粥熬得黏稠，喝下去顺意，浑身都热乎起来，那是一种通透与畅快的体验。腊八这天还要泡腊八蒜，泡在醋中的蒜会渐渐变绿，最后泡好的蒜如同翡翠一般，通体碧绿。

腊月间，迎来的便是新春大年，“吃”便是永恒主题。年三十的年夜饭必须有鸡（积）有鱼（余），年三十晚上吃饺子，初一、初五、十五都要吃饺子。皮冻，是妈妈亲手熬制，水晶般晶莹剔透，鸡蛋清那样绵软；酱猪蹄必须得吃，象征着新的一年有抓挠，会搂钱；小鸡炖蘑菇必须登场，因为鸡同“吉”，一般以散养的土鸡为佳。鸡翅膀要留给孩子吃，寓意吉祥如意、展翅高飞。

炸蚕蛹也是沈阳人过年时饭桌上的必吃菜。有爆炒有干煸也有油炸，吃的是营养，也是刺激。锅包肉，原味儿的，过年了，不能缺，或喝杯小酒，或大醉一场，新的一年便红红火火地来了。

正月十五元宵节，沈阳人的餐桌上少不了元宵的陪伴。元宵以白糖、玫瑰、芝麻、豆沙、桂花、核桃仁、果仁、枣泥等为馅，用糯米粉包成圆形，风味各异，可汤煮、油炸、蒸食，有团圆美满之意。

经典的清水煮元宵，体现原汁原味；炸元宵外表酥酥脆脆，里面黏黏糯糯，特别好吃！

“二月二，龙抬头”，寓意阳气上升、春雨降临，万物将重现生机。龙抬头预示着美好的开头，也是吉祥的象征。农历二月二这天吃面条叫“扶龙须”，吃馄饨为“吃龙眼”，吃猪头肉叫“龙抬头”。卖猪头肉的小摊前会挤满了人，猪头肉以前是用来祭祀祖先的，之后分给家人食用，可以得到祖先的庇佑，如今成为二月二这天沈阳人餐桌上必不可少的一道菜。

二月二这天，沈阳人也会用海参来制作一些美食，清炖海参清淡、海参炖鸡汤大补等，主要是补精气神。而吃春饼的习俗一直传承下来。春饼要卷上豆芽儿或土豆丝，饼与菜相得益彰，主食与菜一卷了之。吃了春饼，春天就来了，大地花开。

一面了然

有人说，人生不过一碗面。这一碗面，可大可小，可深可浅，可荤可素，可包容万象，亦可清汤寡淡，能吃出酸甜苦辣咸，也能从中吃出人情世故。这碗面，颇如人生百态。

俗话说，一方水土养一方人，从全国各地的面食上，便可窥见一斑。盘点全国各地的美食，特色面食绝对是不可或缺的舌尖美味。据不完全统计，全国各地的面条就有 1200 余种之多，每个省市区都有特有的经典面条。哪怕你走进一家不起眼的小面店，菜单上标明的面居然有十几种，让你一时拿不定主意该选哪种。

比如四川担担面、陕西油泼面、兰州牛肉拉面、山西刀削面、老北京炸酱面、重庆小面等，而沈阳颇为知名的面则是老四季抻面。人们普遍认为，南方人爱吃米，而北方人爱吃面食，这种观点显然有些偏颇。南方的面也是面面俱佳，比如阳春面、伊府面、葱油面等，但大抵上北方的面香辣浓郁，南方的面清汤清香。

走遍了天南地北，还是最爱沈阳的面。不必说当家面沈阳老四季，单单街头巷尾那随处可见的小面馆、夜市的小面摊儿就令人闻香而动，那味道吃一回便不能忘。而吃过了各种面后，常常想念的还是妈妈的手擀面，它之所以多年后依然香浓，是因为那个穷困年代，一碗面拌上鸡蛋酱已经是舌尖至尊，也是记忆中家的滋味……

沈阳人吃面，吃的不是排场更不是面子，而是简单豪爽，吃的是风卷残云后的云淡风轻，吃的是一扫而光后的温暖和随意。这种吃法，不太规矩、不太优雅，但这就是沈阳人的性情，不仅源于关外黑土地的粗犷性格，还浸润了大工业时代钢铁机器的铿锵质感。

吃就吃它个腾云驾雾，吃就吃它个天昏地暗，吃就吃它个淋漓酣畅，吃就吃它个物我两忘……

我喜欢吃面，是从喜欢制作过程开始的。

一堆面粉，软软塌塌，加了水，便成了面团，经过刀工便成了面条，下了锅便有了味道。从粉到面条，经过不断的蜕变、不断的成长，是一种艺术化的过程。小时候，最盼望的就是吃一顿面条。那时没有挂面，面条都是妈妈亲手擀出来。从粮站里领回了面，倒出一些，白白净净的，不掺杂质，然后倒上水。小孩子们这时会围着看，看母亲是如何揉出那团面来的，有的孩子这时候已经开始流口水了。揉面是需要手劲儿的，母亲常揉到气喘微汗，最后用尽力气摔它几下。趁着醒面的工夫，母亲要打好卤子，一般是鸡蛋西红柿卤，也有茄丁卤、倭瓜花卤，偶尔也有肉卤。她把醒好的面放在案板上，撒上活面以免粘连，擀得薄薄的，卷起卷儿，操起刀，一口气切下去，排山倒海一般，粗细均匀。这时大铁锅里的水已沸腾，她将切好的面条抛落进水里，只见那面条瞬间便漂浮起来，翻身打滚，如龙戏水般好看。母亲捞出面，一人一碗。我端着那热腾腾的面条，拌上卤子，迫不及待地吃进口中。那面顺着口腔滑溜下去，那么熨帖那么舒服。吃饱了，回味着那面的味道，再把面汤喝上半碗，那是面给我的又一种馈赠。有时没有卤子，便滴入酱油、醋、小磨香油，并佐以青蒜和葱花，也是别有滋味。偶尔吃麻酱面，香得几天都在陶醉中。

一碗面有它的性格，吃碗面，便有吃面人的个性。有人细嚼慢咽，不停地回味；有人如秋风扫落叶，吃得干净利索。其中便体现了不同的人生态度。面本是温软柔顺的，对面保持着恭敬，那是对食物的感恩，吃到身心愉悦，便是满足……

沈阳的小面馆，说不清何时就有了，开在老北市场和西门脸的面馆，经营的都是抻面。抻面与切面不同，它是手与面的舞蹈，也是默契。记得第一次看抻面，简直看呆了，惊叹抻面人手里的面魔术般地抻出，仿佛变着戏法，从指尖里冒出来，一生二、二生三、三生万物一般神奇。那是面随心性，翻转腾跃，三折五摔，根根如丝，跃入水中，翻腾雀跃，美得令人怀疑。谁能说抻面不是一种艺术呢？当捧起那碗面，久久不忍动筷，我实在无法联想，这一顿功夫练出来的面，无声无息地消失在胃中。

以“一清（汤清）、二白（萝卜白）、三红（辣椒油红）、四绿（香菜、蒜苗绿）、五黄（面条黄亮）”而著称的兰州拉面馆，深受食客的喜爱。拉面面条细长，薄厚均匀，面汤油亮，葱花翠绿，再放点辣油，浓香四溢。餐馆里，吃面的声音响成一片。长长的面条有长长的牵挂、长长的慰藉，最是家常也最暖人心。兰州拉面以“汤净者清、肉烂者香、面细者精”的品质在沈阳扎了根。

来自四川的担担面，因姓陈的面食师傅挑着扁担，一头挑着食材，一头挑着一口隔成两格的铜锅，一格用来煮面，一格用来炖肉，而有了“担担面”这个名字。担担面有两种：一种是带汤的，一种是不带汤的。带汤的可以叫成都担担面，加肉臊；不带汤的叫正东担担面，没有肉臊。

山西刀削面在沈阳也是遍地开花。据传是唐朝驸马柴绍发明，也叫驸马面。做刀削面，要的是力道与手劲儿。人们看着一个大面团在师傅的手里，哗哗哗地削下去，棱锋分明，形似柳叶，纷纷落入锅中，绝对是一种享受。

| 兰州牛肉面 |

有诗为证："一根落汤锅，一根空中飘，一根刚出刀，根根鱼儿跃。"这是刀与面的碰撞、硬与软的交锋，竟然变成了一碗面，不禁感叹这神奇之处……

炸酱面，是老北京人最爱的美食，制作也简单。将面条煮熟捞出，浇上炸酱，拌以菜码即可。还有一种做法称"过水面"，即把面条捞出后过凉水冷却，再加炸酱、菜码。不论哪一种做法，酱卤都是炸酱面的灵魂。要一半黄酱一半甜面酱，五花肉丁要切成指甲盖大小，加点猪油提香，趁热浇在面上，扑鼻的酱香弥散开来，吃上一口，咸甜适中，让人口齿生香，回味无穷。

重庆小面在沈阳流行起来是近些年的事情。重庆小面品种丰富，可以定制个人口味，如"干熘"（拌面）、"提黄"（偏生硬）、"加青"（多加蔬菜）、"重辣"（多加油辣子），等等。面条筋道顺滑，汤料香气扑鼻，味道浓厚。这香浓的美味全凭作料的配制，作料使得重庆小面的灵魂得以升华，让食客们吃在口里、记在心上。此外，豌杂面、蔬菜面、胡辣壳面、烧白面、鸭肠面等也是很有重庆特色的面条。

热汤面则代表了童年的味道，也最治愈人的心灵。小时候如果发烧了，母亲会用葱蒜爆香炝锅下面条，白菜心切丝，将手擀面煮熟后捞出，重点是卧一颗荷包蛋，再淋点小磨香油，清淡消火，温润人心。一碗面下肚，一身热汗出透，立马又活蹦乱跳了。有时也小病大装，或无病装病，只为那一口贴心贴肺的热汤面。

烤冷面是近些年才兴起的街边美味，制作简单快捷，口感酸甜、滑润松软。站在摊点前，但见师傅将冷面饼放进热油，烤制到一定火候后翻面，铺上一层洋葱碎和香菜，打上鸡蛋，平摊鸡蛋至八成熟，再依次加入鸡柳、烤肠、金针菇，再刷酱，卷裹，切段。烤冷面，冷和热的碰撞、酱与面的融合、蛋与菇的搭配，都是恰恰好。拿根竹签，边走边吃，吧嗒吧嗒嘴，嗯，味儿正。看着烤冷面的热气在微凉的秋风中飘散，口中弥散着酸甜辣的气息，那是妥妥温馨与幸福的味道。

不过，这些外来面无论来自哪里，无论是何种风味，一旦到了沈阳，都不可避免地被沈阳人的口味所改变，都变得豪放起来。大碗、宽汤、量足是沈阳人对面的评判标准，一旦这些标准不够，就会显得经营者小气抠搜。而吃面这件事，必须与情感勾连起来，有了往事的加持，面才有了灵动的活力，才能吃出真正的面味。

一面了然，了然的不仅是面，也是人。爱面的人，大抵上都是温良敦厚的、朴实宽厚的。有面的地儿，就有温度、有人情味、有爱……

包馅的秘密

北方人喜欢吃带馅的食物，包馅是他们的拿手绝活。包馅的种类很多，有饺子、包子、馄饨、元宵、馅饼、菜团子等。北方人对包馅保持着持久的热爱。比如北方人逢三大节吃饺子，每逢喜事吃饺子，打春立秋各个节令都吃饺子。“好吃不如饺子”，这句话是北方人奉饺子为“吃中至尊”的证明。由于地理因素的原因，新年之际的北方，大雪纷飞，万物闭藏，没有绿色植物，可选用的食材少之又少。在物资贫乏的年代，吃顿包馅，主食与菜一勺烩，方便实惠，幸福感满满。

没有比沈阳人更喜欢包馅的了，包馅，有皮有馅，皮包住馅，包什么馅怎么包，随人心意。其实，包进去的不仅是食物，还是美好的祝愿，是对未来的祈福。每位家庭主妇都有自己的喜爱与绝技，是包素馅的还是肉馅的，主妇照顾的是全家人的口味，有时干脆要包好几样，有荤有素，有里有面。包饺子是个复杂的过程，从剁馅开始，到和面，擀面皮，包饺子，下锅。等到吃饺子时，一家人围坐在一起，女主人往往都累到没心情吃了。但她看着一家人吃得热气腾腾，不用吃已饱了几分，那是对家人的爱，是对团圆的祈盼。

包子这种传统面食据说是三国时代发明的。诸葛亮七擒孟获后班师回朝路经泸水，突遇狂风巨浪，大军难以过去。诸葛亮掐指一算，原来是战争导致亡魂太多，会聚于此。于是，诸葛亮命人以“馒头”祭奠亡魂。明代郎瑛在笔记《七修类稿》中记载：“馒头本名蛮头，蛮地以人头祭神，诸葛之征孟获，命以面包肉为人头以祭，谓之‘蛮头’，今讹而为馒头也。”诸葛亮命人祭奠的馒头就是包着牛羊肉馅，到如今南北方称呼包子仍然有不同的叫法，南方某些地界仍然叫包子为馒头。

很多人提起包子，就会想到天津的狗不理包子——皮薄、馅大、18个褶。杭州的小笼包也独具风骚，占据小吃的一席之地。这是南北两地包子的代表，南北方因为饮食习惯不同，包子的做法也各不相同。北方粗犷，包子个大馅多，新疆的烤包子、开封的灌汤包、西安的贾三包子同天津的狗不理包子一样，都是响当当的名号。南方包子相对小巧精致，除了杭州的小笼包，还有扬州的灌汤包、广东的叉烧包、上海的小笼包，都是颇负盛名的包子。

三合盛包子

而沈阳本土最有名的包子当属三合盛包子。三合盛包子好吃的秘密首先在于喂馅的方法，加上大海米、香油。二是用“老肥”（酵母）兑面碱发酵制作面皮，使之自然醒发，一年四季用几成面几成水都是有严格规定的。三是每个包子都要掐出16个小褶，收口成鸭嘴状，造型美观，又有肉又有汤，既软和又肉头，口感极好，形成了三合盛包子的口味特色——肥而不腻、瘦而不柴，软嫩鲜香、回味久远。

罕王烤肉包在沈阳也是一家老店，烤肉包形状小巧，纯牛肉馅，汁水比较足，馅料也足，只加了一点洋葱提鲜。包子色泽焦黄，外皮松软，底部酥脆可口。这样的美食不但能取悦舌尖，也是对自己精神上的慰藉，让人获得身体与精神的双重满足。当然不能少了小有天灌汤包，不咸不淡不油腻，要的就是那一口肉汁儿，还没等吃包子，那汁儿的鲜美已足够抚慰身心了。

还有藏在很多小巷里的那些小店，馨香包子铺、沈老头包子等，可能已经营十年、二十年，是许多沈阳人吃早餐的不二选择。

沈阳馄饨发展至今，名号繁多、鲜香味美，最著名的是宋家馄饨馆。寒冷的冬天，一碗热气腾腾的馄饨下肚，一股暖流贴心暖胃，令人舒服。一个小馆，两三个人，捧着大碗，看着清汤里的圆鼓鼓的馄饨，里面有虾皮、紫菜、几点香菜末，一口气吃下馄饨喝下汤，这个跟着爷爷奶奶或者父母来吃宋家馄饨的场景，一辈子也忘不掉。

宋家馄饨与众不同之处是卖生馄饨，馅料有猪肉、干虾仁猪肉、香菇猪肉、四鲜等。四鲜馄饨里有鱿鱼、干虾仁、韭菜和猪肉，喜欢的可以买回家自己煮，非常方便。宋家馄饨的装修风格一直没有变，总是老样子，古朴亲切。吃碗馄饨，能吃出小时候的味道。吃馄饨不单吃的是食物，感受的是亲情、是过往……

南七馄饨馆也是响当当的老店。这家店的店面不大，只卖三种馄饨：三鲜馄饨、鸡丝馄饨和鸡汤馄饨。这家店的秘密在于以鸡汤打底，鸡汤是用老母鸡和鸡骨架长时间熬煮而成，鲜味浓郁，汤里还加了紫菜、香菜，用胡椒粉提味，鲜美的滋味于舌尖萦绕，在心中微漾……

吉祥馄饨是后起之秀，创造了“皮嫩、个大、馅多、味美”的新式特色馄饨，盛行上海，因创建全新的营销模式，进而在全国各地开设了百余家连锁店，品种达到 100 多种，成为全国较有影响力的中式快餐连锁店。沈阳的吉祥馄饨店也有多家。三五好友闲坐，慢悠悠地吃碗馄饨，品味慢时光从身边经过时的无比悠闲和自在，这是一种吃食带给人的无限曼妙的风景，在一汤一勺中咂摸出人生百味，消散在时光缝补起来的记忆中。

满宝馄饨是继吉祥馄饨之后兴起的另一有影响力的品牌，采取集中制作、配送、连锁经营的发展模式，在沈城的大街小巷都会寻到它的踪迹。满宝馄饨有着独特的口味，其营养价值也得到了消费者的认可。“品质真·心意暖”是满宝人的品牌理念。当你累了饿了，寻一家小店，吃一碗满宝，能吃出满满的幸福感，在美食美意中沉醉，在人间烟火中微醺。

元宵和汤圆是中国传统小吃之一，属于元宵节节日食俗。从食用地域来看，北方人吃元宵，南方人吃汤圆。元宵和汤圆的主要原料都是糯米和馅料，只是制作方法稍有不同。元宵是“滚”出来的，汤圆是“包”出来的。元宵象征合家团圆，“圆”意味着“团圆”“圆满”，节庆时吃元宵，象征家庭和谐、吉祥，吃元宵意味新的一年阖家幸福、万事如意。

元宵美感十足，馅儿有红有绿，那些丝条是蘸过白糖的青红丝，是什锦口味的。传统口味还有五仁、黑芝麻、豆沙。汤圆的馅料花样较多，除了这些传统的口味，还有一些鲜花、粗粮口味的，甚至有咸口的梅干菜烧肉、香菇鲜肉味的。每当元宵节将至，当你漫步在喜庆气氛感拉满的节日市场，总会看到现场制作元宵的师傅，把馅料放到装满糯米粉的簸箕里面翻滚，一个个肉墩墩胖乎乎的元宵便诞生了，煞是好看。吃起来，皮与馅是浑然一体，馅儿似乎融化在元宵里了，入口又软糯又不粘牙。

在中街，大黄米汤圆也是人们心头之爱，肉馅以五仁和黑芝麻居多。刚出锅的汤圆金黄金黄的，热气腾腾，吃时要先挑起，轻轻咬出个小口，感受那馅料从中涌出来，瞬间在舌尖上流淌，再弥漫整个口腔，而那面皮在唇齿间流转，十分爽滑，黏度刚刚好，忍不住一口接一口地吃起来，带来十足的满足感。

古人在元宵节这种“月上柳梢头，人约黄昏后”的日子里少不了喝上一杯小酒。赵时春在《元宵饮陶总戎家二首》中写道：“将坛醇酒冰浆细，元夜邀宾灯火新。”由此看来，美酒配元宵，是古人的风雅。而今天已经丧失了这种风雅，也许是酒的不同。一杯烈酒来配，只能是烈火灼心，无半分浓情蜜意。所以配元宵的酒一定要绵软清淡，以度数低的桂花米酒为佳。

比起以上的包馅，菜团子则更家常，面以玉米面、豆面、小米面为主，馅则以五花肉加各种蔬菜。菜团子里的菜可以包罗万象，一切皆可做馅。再加上葱末、姜末、香油、酱油等调料，将馅包上，团了又团，上锅蒸，掀开锅，热气腾腾的菜团子就熟了。

菜团子里的各种蔬菜，除了雪里蕻，干豆角、小白菜、茴香都是不错的选择。如果选择腌过的雪里蕻，要事先浸泡多时，减轻咸味。如果是干菜，只需提前泡软即可。菜团子主打的就是粗纤维、野味，不那么精致、不那么耐看，但它更接近食物本身，不仅可以清理肠道垃圾，还能使营养均衡。尤其是如今人们吃惯了大鱼大肉，更需要回归食物本身的粗糙原始之味。

当然，新鲜的野菜也是厨娘们不错的选择。春天是吃菜团子的季节。每当春暖花开时，总有很多人在挖野菜。她们手拿铲子和塑料袋，在和煦微风的吹拂下，把这些天然的绿色植物采回家，荠菜、马齿苋都是无公害的绿色食品，带着大自然的芳香，让人陶醉。如果去河边，在沼泽或湿地处还能看见水芹，跟芹菜很像，但很纤细。将其采回来洗净、焯水，清香扑鼻，和别的野菜一样，成为餐桌上的宠儿。热气腾腾的菜团子蒸出来，就着咸菜、腌菜、稀饭，让人一饱口福。

提起豆沙包，很多人会想到冬冬食品。冬冬食品是沈阳老店，他家的菜饼、油炸糕、豆沙包、油茶面等填补了多少沈阳人餐桌上的空白，而且冬冬食品价格适中，货真价实，物美价廉。尤其是冬冬的豆沙包，是很多沈阳人的最爱。冬冬豆沙包馅料很足，里面的豆沙非常细滑，外面的面皮也非常薄，皮薄馅大，面又特别松软紧实，吃一个就能吃饱了。工作了一天，走在回家的路上，买个豆沙包吃，还可以配杯豆浆喝，一身的疲惫瞬间消散。

豆包有老式豆包和家常豆包两种。老式传统豆包的豆馅偏软偏甜，家常豆包的豆馅刚刚好，更像出自妈妈的厨房，沁人心脾，更受消费者喜爱。除了冬冬食品的豆沙包，桂花豆沙包也很有名，很多面食店都有售卖。当你经过街边，总会听到从小店里传出这样的声音："桂花豆沙包，香甜可口，老好吃了！"正宗的沈阳口音，亲切又熟悉，让人有一种想尝尝的冲动。掰开一个，淡淡的桂花香、甜甜的豆沙馅，令人"爱不释口"。

从饺子、馄饨、包子，到菜团、豆沙包，包馅成为沈阳人餐桌上必不可少的一道风景，可谓浓情与蜜意共存、美味与健康共享。同时，沈阳人偏爱的包馅，包进的是生活的苦辣酸甜，更是沈阳人果敢坚韧的品格。

那一锅人间烟火

——沈阳乱炖

乱炖，素有“大杂烩”之意，即将豆角、土豆、茄子、青椒、番茄、木耳等多种蔬菜，同投入一口锅中，与肉类一同炖至熟即成。配料有花椒、桂

| 排骨炖豆角 |

皮、大酱、鸡精、五香粉等。沈阳乱炖简单易煮、荤素搭配、营养均衡、味道鲜美，根据不同的烹饪方法，变化出无穷的美味，是一道常见的东北家常菜，也是东北人过年时最爱吃的年菜之一。

沈阳乱炖这道菜，最早出现在什么时候？关于这道菜的起源，比较公认的说法是来源于游牧民族。东北这片土地曾经是契丹族、女真族、蒙古族等的世居地。马背上的民族过去是不吃炒菜的，因为这些民族不农耕，没有菜可炒，所以只能炖肉。现在大家常吃的排骨炖豆角等，都是后期食材丰富之后的改进版。

据考证，北魏《齐民要术》一书，已经记载了北方少数民族的“胡烩肉”“胡羹法”。炖菜在北方传习了千百年，到了清代，满族人更是将其发扬光大。满族是渔猎民族，人们居无定所，四处迁徙，随身携带的只有一口大锅，锅里有饭有菜一勺烩，方便实用，久而久之形成了有名的小鸡炖蘑菇、酸菜白肉血肠等经典炖菜。沈阳又出了两代帝王，炖菜借鉴了宫廷菜、王府菜的方法，变得更为可口好吃。

还有一个民间传说，清朝顺治时期，一个渔夫的老娘得了重病，想尝尝黄鱼的味道。于是渔夫就炖了条小黄鱼，谁知被衙门发现，渔夫急忙捡了一些杂鱼放在黄鱼锅里炖上了。衙门官员质问渔夫，渔夫情急之下便说这叫乱炖。衙门官员掀开锅一看，果然见各种鱼被放在一起炖，心想这是为了孝敬他的老娘，于是就免去了治罪渔夫。

谁知一道名菜就此产生了。将各种鱼放在一起来炖，鲜香无比，营养丰富，吃上几碗也不腻，从此乱炖就出了名。经过多年的演绎，出现了多种乱炖，如蔬菜乱炖、排骨海鲜乱炖等。经过后来的发展，各种当季蔬菜都是乱炖的食材，再加上排骨的做法，就把这道菜炖得活色生香。对于现在的沈阳人来说，乱炖不仅是一道美食，更是一种对家乡的深厚情怀。乱炖里什么菜都有，在炖制的过程中，不同的东西融合在一起，完全零距离。这也代表了东北人你中有我我中有你、热情好客的特质。

东北菜向来以量大、味美为第一要义，乱炖恰到好处地诠释了这一点。“乱”在东北话里读“烂”，所以东北人把乱炖都叫成“烂炖”。“烂”就是杂乱无序，比“乱”更形象更直接地表达炖的多样性。炖菜不需要精湛的手艺，把菜、肉简单切碎后，放到锅里，架上火，咕嘟咕嘟就开炖啦！火越旺，味越浓，情越深，日子越红火。当然盛菜不必用精致的器皿，谁家小盘子小碟儿的会被人笑他小气，不够敞亮。如果你去农家院，等这道大菜隆重登场时，往往用的是小铁锅、大铁盆，要的就是个气势。锅底可能生锈了，盆底可能掉漆了，但菜量是满满的，绝对不掺假，东北人的热情和实惠尽显其中，这种不加修饰的原生态吃法让大家即刻敞开了心扉，少了芥蒂，用主人的话说就是，来的都是客，你就甩开腮帮子使劲儿造吧。

吃这炖菜，人们的情绪很重要，一桌人围着几大盆热气腾腾的炖菜，筷子飞舞，酒杯碰得山响，脸上淌着汗珠，吃到酣畅时，不妨站起来，一只脚踏上凳子，一只手举着酒杯，一只手忙着夹菜，高声谈笑，不醉不休，是沈阳人一顿炖菜一场酣畅淋漓的表演。现在这样的情形在城市里比较少见了，但到乡村遇到个喜事时，还是能经常看得到。

沈阳人喜欢吃炖菜，就像生活在东北的人的性格一样，简单粗犷。食材没有讲究，只要能吃就行，一股脑儿地下到一个锅里炖，不够精致，也不够优雅，有的只是多种混合，热热闹闹，但一阵大火狂炖之后，锅内响起咕嘟嘟的声音，食材已经煮冒了泡，蒸汽腾空而起，在身心之间缠绕。仿佛只有经过这般“热气腾腾”，才能生出对生活的无限憧憬与期待，也产生了东北人特有的炖菜文化。有人这样解释：东北人生活在冰天雪地里，为了抵御天灾人祸，养成了讲义气、重情谊的性格，大家在一个锅里搅马勺的饮食习惯，又拉近了彼此的关系，性格中的宽阔、大气、热情、包容完美地体现于“炖”中，相应的文化就产生了。所以，炖，是历史的必然。东北人的先祖以游牧渔猎为主，一口大锅，一堆食材，生火煮之，连汤带水，温饱是第一要务，能让一个部落或一个家庭的人和睦相处、其乐融融。

“炖”看似简单粗暴，实则保持了食物最基本的营养元素，里面深藏着细腻的汤汁和入味的口感。当然，不是生活在这冰天雪地是不懂得“炖”的滋味的。

乱炖的精髓就在于一个“乱”字，无理可讲，无序可循。而一个“炖”字便是一种融合，融进肉和菜，融进苦和甜，形成了你中有我、我中有你的生活智慧和生存哲学，即把看似风马牛不相及的事物连接起来，融在一起，有抱团取暖的意味，更象征了相互给予和相互包容。

一般餐馆供应的沈阳乱炖，原料有玉米、木耳、西红柿、茄子、南瓜、青椒、扁豆、圆白菜和土豆等，还有在东北土生土长的蘑菇等山珍，采用东北大豆做出来的豆泡、干豆腐，单这一道菜肴，就有将近 10 种食物，非常符合食物多样化的营养学要求。据相关研究，一个成人每天应吃 5—7 种颜色各异的食物，比较符合健康营养理念，从膳食多样化的角度来说，乱炖不失为一道健康美食。包容和豪放的菜品很容易让人与地域建立起联系，理所当然地将之列为东北饮食的代名词。

炖菜也不是只有东北人才吃。俄罗斯有炖菜、英国有炖菜、法国有炖菜……全世界范围内都能找到炖菜的身影。只不过由于地域不同，炖菜的食材各自不同罢了。比如法国炖菜里海鲜比较常见，俄式炖菜里牛肉是主角。

沈阳炖菜，极具自身特点。记得 20 世纪 80 年代初时朋友来家里做客，我做五花肉炖茄子，朋友告诉我还应该加西红柿、梨、青椒，让我十分惊讶。等到炖好了一尝，果然有西红柿的酸、梨子的清甜、青椒的微辣，味道自是惊艳。朋友说你要敢想敢加敢炖，这就是炖的精髓。

清代袁枚在《随园食单》中说道：“满洲菜多烧煮，汉人菜多羹汤。”清末民初的童谣里也形容满族饮食习俗为“黏面饼子小米粥，酸菜粉条炖猪肉”。酸菜炖白肉是过年的菜品，排骨炖豆角是夏天的时令，鲶鱼炖茄子是江边的鲜味，小鸡炖蘑菇是款待姑爷上门的佳肴，这就是著名的“四大炖”。

网上有这样的顺口溜：“君问归期未有期，来盘榛蘑炖笨鸡；一树梨花压海棠，不如白肉汆血肠；在天愿做比翼鸟，在地鲶鱼茄子煲；铜雀春深锁二乔，来碗猪肉炖粉条。”光听着这名字就能够勾起馋虫，勾起那遥远的乡愁。所以一地之饮食，不仅是果腹之物，更是故乡的味道，带着隔世般的乡愁。

为什么这四样菜能够在众多的乱炖中脱颖而出，进而成为享誉长城内外、大江南北的招牌菜呢？它们之所以能成为“炖”中经典，是经过了时光的淘洗，在不断的烟火流转中形成了独特的风味，成为大雪弥漫中那一种温情的抚慰。

在沈阳，“炖”不是吃的问题，而是情感的交流，是心灵的归宿。一顿“炖”，就是沟通、熟悉、相融的过程，是认识也是勾连。它打破了食材之间的壁垒，看似无序，其实正是融进了所有食物的精髓，没有一种可以偏废。食物在锅里炖着，要的是火候。是大火狂炖还是小火慢炖，把握的不仅是食物的品质，还是一段情感的递进。“炖”是需要耐性的，味道需要慢慢释放，人也需要慢慢交心。人在锅边聊着，小酒细细地品着。咕咚声起，火候到了，一口菜一口酒，入味，爽了！此刻，味蕾打开了，心也打开了。什么隔阂、什么过节，只要通过这一场“炖”，就都解开了，理顺了，通畅了。所以，沈阳人爱乱炖爱到骨子里，炖的是菜，也是情感。

每当冬日降临，就是各种炖菜陆续登场的时节，逐渐成为吃货们接下来长达四个月的主打美味。如果你在冬天来到沈阳，可能会闻到寒风里弥漫的炖菜味，让你在咕嘟咕嘟的炖声中，从脚底一直暖到心窝。

“四大炖”之首

——小鸡炖蘑菇

沈阳人都十分喜欢吃炖菜，民间流传着“四大炖”“八大炖”之说，在这些著名的炖菜中，小鸡炖蘑菇是无可争议的“头牌”。在沈阳过年，小鸡炖蘑菇是当之无愧的年三十儿主菜，当然也是招待贵宾的硬菜。有句老话曾说：“姑爷进门，小鸡断魂。”就是说新姑爷陪媳妇回娘家，老丈人家一定

小鸡炖蘑菇

要做小鸡炖蘑菇，以至风靡全国的二人转《小拜年》里有这样的唱词：“姑爷子到咱家呀，咱给他做点啥？猪肉炖粉条子，再宰了那大芦花呀，小鸡炖呀炖蘑菇……”

因为姑爷是尊贵的客人，招待客人要整点硬菜才能显示主人的热情和诚意。小鸡炖蘑菇里用的小鸡，是乡下的笨鸡。俗话说，宁吃飞禽四两，不吃走兽半斤。笨鸡吃五谷杂粮和虫子长成，其味也醇，其余香也浓；炖鸡的蘑菇是用野生的榛蘑，细秆，像小薄伞。榛蘑因为长在榛树下而得名，用榛蘑可以最大程度地衬托出鸡肉的鲜香。当然，也有用松蘑的，松蘑口感细腻，回味无穷。

用小鸡炖蘑菇招待姑爷，除了营养价值高外，还有另一个目的，就是考验姑爷的应变能力，姑爷够不够聪明，脑袋瓜转得快不快，就看这道菜了。考验姑爷的关键就在这个粉条，农村自家做的粉条太长，吃的时候用剪刀剪断了再炖。如何考验姑爷呢？给姑爷做的小鸡炖蘑菇里的粉条没有剪断，且看姑爷如何来吃这粉条。那往往成为姑爷最尴尬的时刻，筷子里夹了粉条，一扯老长老长的，吃也不是，放回去也不是，这时的小姨子、小舅子就等着看笑话了。如果姑爷夹了粉条，这件事就会成为以后被嘲笑的把柄。而聪明的姑爷第一次上门，就光吃鸡肉和蘑菇而不吃粉条。当然，现在这个习俗已经改变许多，除非想故意让姑爷难堪，否则是不会把粉条就那么长长地炖在里面了。

这道菜正是像东北人一样，没有太多调味，更没有太多上等食材，通常是用干蘑菇、鸡肉和粉条一同炖制而成。就是这简简单单的食材，造就不一样的美味，就像东北人一样，性格豪爽，民风淳朴，没有虚情假意，没有矫揉造作……

有位作家在他的散文中描述，“小鸡炖蘑菇”是老满洲人的传统菜，不是馆子里厨师的创造。满族人世代狩猎，长白山中漫山遍野飞翔的野鸡，是他们最喜欢打的禽鸟。第一因为它个头儿大，第二因为它肉质鲜美。满族人最传统的烹食方法，就是把野鸡燎毛、剁成块儿，扔进锅里，掺上蘑菇，加上五味子等作料一炖，原汁原味打鼻子香。所以，满族人招待客人，野鸡炖山蘑是首选。长白山中好吃的蘑菇不下几十种，炖肉吃最好的蘑菇是猴头蘑、元蘑和榆蘑。但是，炖山鸡味道最好的还属榛蘑。榛蘑是立秋后专门生长在灌木丛和荒草坡中的蘑菇。

榛蘑味道独特，性格也特别，除了山野，人工培育它几乎不可能。山野榛蘑是长白山中最绿色的蘑菇，是至今也不能人工种植的蘑菇。就因为它有不合群的小性子，因为它的特立独行，所以炖山鸡才好吃。后来，闯关东的山东人来了，他们用家鸡炖榛蘑。所以，“小鸡炖蘑菇”就取代了满族“野鸡炖山蘑”的地位了。

小鸡最好是自家放养的，不喂任何饲料，现在叫溜达鸡，就是吃草地上的蚂蚱和地角田边的粮食或无处不在的小虫子长大的。头场雪后是鸡最肥的时候。当然，小鸡炖磨茹这道菜中还要放粉条，也可以放少许土豆，几者互相借味，味道鲜美至极。白山黑土，小鸡炖蘑菇货真价实，属菜中上品：其肉鲜美香醇，其蘑柔美滑嫩，肉与蘑完美统一，称得上山珍野味，令人垂涎三尺。

有人会说，是不是炖野鸡会更有味呢？其实不然，炖野鸡不如家鸡炖蘑菇好吃。因为野鸡肉丝粗且硬，脂肪少，只能当野味来品尝。家鸡中老母鸡比公鸡好。多年下蛋的老母鸡，肌肉饱满，味道醇厚，吃起来除了香还是香。老母鸡的营养价值也高，在治病、救命、养伤、下奶等关键时刻都用老母鸡汤滋补。

炖老母鸡大有讲究。剁好鸡块儿，洗净，放入开水中煮，用笊篱捞出备用。锅里起油，炒好花椒、大料、鲜姜、葱花和陈皮，下入焯好的鸡块。待到香味飘出，再添水开炖，大火烧开锅转为小火慢炖，使得鸡肉的口感肥而不腻。

蘑菇则是雨后新长出来的榛蘑或松树下的红蘑最好，然后用线串起来挂在屋檐之下晾干。待到炖前将蘑菇泡发，随着火候，蘑菇舒展开来，又恢复了该有的样貌。棒蘑太大不好，颜色太暗也不好，因为它老而肉柴，吃起来如同嚼蜡。榛蘑太小不行，太嫩也不行，没长成，野味不足。泡榛蘑的水经过过滤、沉淀变得清澈，倒入炖鸡的锅中，这样的小鸡炖蘑菇才是老关东原汁原味的小鸡炖蘑菇。

在沈阳吃小鸡炖蘑菇也大有讲究。盛菜上桌时，碗中一定要把鸡头、鸡翅、鸡爪放到鸡肉之上，摆好。客人一看，这才是全头全尾的小鸡炖蘑菇。还有，鸡头的方向一定要冲着客人。但是吃的时候，客人一般是不能动那个鸡头的。长辈一般都会把鸡翅分给孩子们吃，寓意他们“飞得更高，跑得更远”，而鸡爪是挠抓的意思，吃了会更能“刨食”。

鸡与蘑菇同炖，加了盐、葱、花椒、大料等调味品，与溶解在汤里的鸡味、蘑菇味混合在一起，待汤汁熗干后，诸味又回到了鸡和蘑菇上，因此味更美，这也是这道菜更受东北人青睐的原因。中医学教授杨力认为：“小鸡炖蘑菇自古以来就是菜中上品，营养和味道堪称绝配。看似简单，却能满足现代饮食‘一荤一素一菇’的营养的首要原则。”杨教授认为，鸡肉富含动物蛋白，补气强筋骨，但偏温性，如体内虚火旺的人，不适宜食用。但和偏凉性的蘑菇一起吃，就避免了这一劣势。蘑菇有“植物肉”的美称，与鸡肉一起食用，不仅营养丰富，可温中补气强五脏，同时还能降低血脂、血糖、血压，有化痰理气、保肝、消水肿的作用。

可见，小鸡炖蘑菇成为东北四炖之首有它的历史背景和渊源，是沈阳人餐桌上最讲究、最贴心的一道菜，既美味又营养，既有面子又有里子。如果你来到沈阳，一顿小鸡炖蘑菇是必不可少的，吃的是菜，感受的是情。

可劲儿造

——猪肉炖粉条

如果说东北人的脾气是“豪爽”，那么东北菜的气质就是“豪横”，一大盆，就那么热腾腾地端上来，扑鼻的香味和热气熏得人睁不开眼，浓郁的肉香蒸腾着红薯粉条的甜香，简直是五星级大餐都不给换的美味。这就是传统的东北特色美食——猪肉炖粉条，不管是逢年过节还是走亲访友，或者是朋友相聚，餐桌上几乎少不了这道美味佳肴。猪肉与粉条放在一起，经过火的淬炼，完全起了化学反应。猪肉的肉香味被粉条吸得十足，猪肉也因粉条变得更加软烂，肥而不腻，粉条沾上了肉香，肉就有了粉条味，咬一口，疑心那粉条也是肉做的了，满嘴溢香。这是猪肉与粉条的完美搭配，简单、营养、美味，朴朴实实、平平淡淡，却是最难忘的味道。

有一句俗语称：“猪肉炖粉条可劲儿造”，听似粗野，却很形象。它一是说的菜品，炖得入味，肉与粉条不分彼此，值得甩开腮帮子大吃一顿；二是说的食客，一个“造”字便有了吃的气势。在沈阳，这个字并非带有贬义，就像大连的“逮”，都是形容吃的状态，有大快朵颐、痛快淋漓之意。

在过去的年代，沈阳人并不是天天可以吃这道菜的，一般都是逢年过节或来人去客才能吃到。肉要五花肉，粉要宽粉，有嚼头，经得住炖。红白相间的肉和透明晶亮的粉条，在锅里的沸水中翻滚着、缠绕着，汤汁渐渐变浓，粉条吸足了肉的香味，肉炖得香烂如泥，香气扑鼻而来，要用盆端上桌，孩子们深深地吸着鼻子，光闻那香味就已经流哈喇子了，怎么能不可着劲儿地造它一顿呢？当然，现在这道菜不是专门用来待客的，而是变成了家常菜，想吃就炖。

猪肉炖粉条的来历，跟远古时代的游牧渔猎生活是分不开的。

满族人及其祖先女真人，以狩猎生活为主，长期的狩猎生活以及严酷的生存环境，使他们形成了独特的生活习俗。吃肉要大块的、喝酒来大碗的，而粉条最好也要粗的，这是满族人的古风。满族人为了耐寒耐饥，就要不断地补充能量，而土豆做成粉条易于保存携带，再与肉炖在一起，肉与粉条就完成了奇妙的结合。这种方式流行下来，形成了东北名菜“猪肉炖粉条”。

关于猪肉炖粉条，还有一个传说。传说金未建立时，各部落在战争中士兵体力消耗很大，其中一位部落头领为了使士兵尽快恢复体力，便让士兵吃肉。伙头军见买来的猪肉少，便在炖肉中加入粉条。士兵们吃得津津有味，食用后体力大增。之后，这道菜便在部落中流传开来。

猪肉以肥瘦相间的五花肉为最佳，煮烂之后入口绵软，肥瘦相宜，不仅十分美味，营养价值也非常高。猪肉炖粉条中的猪肉含有丰富的铁，具有补血的作用。猪肉又含有可溶性高价蛋白质，而粉条含有丰富的膳食纤维，这两样都能帮助人们加速肠道蠕动，促进食物消化。

猪肉炖粉条中的粉条也有讲究，不宜选用普通的粉条，最好选用东北地区产出的马铃薯宽粉，粗细均匀，白中带点透明色，既不会产生疙瘩，而且煮不烂，带有红薯的清香与甜味，比较筋道，吃起来很有嚼劲。很多人在家做这道菜会“翻车”，主要原因是粉条没选对，粉条的质量不好，便会彼此粘连，软烂在菜里夹不起来，连猪肉的口感都受其影响。

粉条，古称索粉，在随后的演化中又被称为细粉、线粉、凉粉、冬粉等。不管名字如何演变，它都是以豆类、薯类和杂粮为原材料加工而成的。关于粉条最早的文字记载出现在北魏《齐民要术》一书中，其中记载了粉条的制作方法以及食用方法等。传承千年至今，粉条的品种繁多，但万变不离其宗，最终的制作原料都是以豆类、薯类为主。薯类粉条以红薯粉条品质最佳，它色泽光亮，粗细均匀，韧性好，不易断。而且薯类粉条为非油炸工艺加工，低糖、低脂、低热量，吃起来更健康，同时还具有去油、减肥、润肤、美容以及润肠等功效。

粉条是长长的、柔顺的，寓意诸事顺利、生活久远、亲情绵长，还寓意家庭兴旺，给生活带来财运，所以很多人在搬家的时候都会在锅里面放粉条，寓意请灶王爷保佑家中万事顺利，减少灾祸发生，希望往后的生活都顺顺利利的。因此，春节期间家家户户都有吃粉条的传统习俗。

由于各家口味不同，猪肉炖粉条不再是单纯的食物，而是衍生出不同的食材，它与每种食材的融合，都有减少油腻、丰富营养、增加味道层次的作用。例如白菜猪肉炖粉条 、酸菜猪肉炖粉条、萝卜丝炖粉条、鲶鱼茄子炖粉条、鱼豆腐炖粉条等。根据食材添加的不同，调料也有相应的变化。更多的食材添加丰富了菜品的色香味，增加了菜品的营养，也就能适应更多人的口味需求。

裹挟着浓厚的乡土气息的猪肉炖粉条，简单实惠，携带着地域文化的烙印和舌尖上的黑土味道，一直是人们记忆深处的想念。

撑死老爷子

——鲶鱼炖茄子

东北有句老话这样说："鲶鱼炖茄子，撑死老爷子"，表达对这道菜的高度赞美。鲶鱼是东北特产，随处可见。鲶鱼长着长长的须子，与茄子同炖，这道炖菜中的鲶鱼肥而不腻，茄子清淡鲜香，汤乳白醇厚，鲶鱼的丰腴滋润了茄子的淡雅，茄子的清香映衬了鲶鱼的肥美，两者互相交融，相得益彰。这一荤一素搭配合理，完美地诠释了营养的本质。

相传，"鲶鱼炖茄子，撑死老爷子"这个典故来自内蒙古呼伦贝尔草原呼伦湖畔，那是一个辛酸且美丽的故事。

据说有个东北人名叫柳毅，小时候家里穷，父亲为了生计只得远走他乡，多年后苦命的母亲又撒手人寰，孤苦伶仃的柳毅只好千里迢迢来到茫茫的呼伦贝尔草原。不幸的是，父亲早在几年前就客死他乡。走投无路的柳毅，遇上一位美丽善良的姑娘，二人结为夫妻。一日，姑娘的父亲前来探望，柳毅用湖里打来的一条鲶鱼招待老岳父，鱼太小，妻子便摘来茄子与鱼一起炖上。不想，这用鲶鱼炖出来的茄子，其鲜美完全胜过鲶鱼之味。茄子里掺和着鲶鱼味，根本分不清哪是鲶鱼，哪是茄子，再喝上两口汤，嚼上一口喷香可口的玉米面饼子，令人回味无穷。岳父吃完直呼："撑死老爷子了！"

| 鲶鱼炖茄子 |

从那以后，鲶鱼炖茄子成了女儿款待老父的一道风味家庭菜肴，并被柳毅的子孙们传播到了东北故里。后来这道具有浓郁地方特色的鲶鱼炖茄子被纳入东北炖菜系列。

还有一种说法源自北宋末年。金军抓了宋徽宗、宋钦宗两位父子皇帝当了俘虏。被押回大金（今东北地区）的途中，到了松花江边，两位皇帝都已经饿得走不动了。于是金军让江边的渔民为他们做饭，渔民把刚捕获的鲶鱼和地里的茄子一起乱炖，味道居然十分鲜美，老皇帝宋徽宗吃后赞不绝口，说了句："鲶鱼炖茄子，撑死我这老爷子了！"后来这道菜就逐渐流传开了。

鲶鱼之所以适合老年人食用，因为鲶鱼中含有丰富的钙元素，老年人食用鲶鱼可以补钙，具有预防骨质疏松的作用。

鲶鱼炖茄子，精髓全在一个"炖"字，要烧柴火，用大锅炖，分量足，酱香味浓厚。鲶鱼肥而不腻，茄子细嫩清甜，汤色乳白清香，酒饭皆宜，成为人们喜食的风味名菜。鲶鱼炖茄子就是有这种魔力，让人尝一口就停不下来，从此就"爱不释口"。

翠花，上酸菜

——酸菜炖白肉血肠

“俺们那嘎都是东北人，俺们那嘎盛产高丽参，俺们那嘎猪肉炖粉条，俺们那嘎都是活雷锋……翠花，上酸菜！”这首《东北人都是活雷锋》以诙

| 酸菜炖白肉血肠 |

谐幽默的歌词迅速走红，曾引发网络动漫热潮，尤其是最后一句，成为谜一样的存在。翠花与酸菜绝对是当时的“当家网红”。这里的酸菜就是指酸菜炖白肉血肠。

白肉血肠和满族世世代代用猪祭祀还愿的民俗是分不开的。和白肉血肠相联系的祭祀有两种：一种是满族的大祭（俗称烧香答祖宗，即跳神还愿），献猪于神，举行“领牲”“摆件子”的典仪，必须在夜间吉时进行。天亮前仪式结束。

另一种是满族祭天典礼，从日出开始，先“念杆子”后“摆案子”。在敬供天神后，人食，须当天将全猪吃净。日落前，仪式告终。

据记载：满族祭祀为大事，无论男女老少，来了就是客，不用上礼，一律白吃，不分宾主，禁酒，同食共乐。锅头当众单腿跪地，膝盖上放小菜墩、一把片刀，用来片肉，刷刷刷，飞快地把五花三层的肉片成薄片，观者大声喝彩。这新宰的猪煮好的肉，又嫩又新鲜，片得薄薄的，吃着满口的香。新血灌的鲜血肠，有清血肠、混血肠，煮熟了别有风味，从此便流传成白肉血肠。

关于白肉血肠，还流传着一个有趣的故事。

传说很久以前，在东北有一个杨姓大财主，杨财主因为吃腻了鸡鸭鱼肉，于是想换个口味，就让三个厨师每人用猪肠子做一道菜。此外，他还规定，做得好的厨师给奖励十两银子；反之，则扣一个月工钱。

当时，三个厨师听后面面相觑，感到很是为难。其中，李姓厨师冥思苦想了两天，终于制作出了一道“血灌肠”。此菜以一副猪大肠、糯米、猪血、精肉末为主料，以胡椒粉、大蒜末、盐、葱花等为辅料；制作时要将糯米、猪血等用调料拌匀，然后灌入猪大肠里，再用麻线将两头捆扎使其成为“灌肠”，接着将灌肠上蒸笼蒸制，最后切片装盘即可食用。

此菜做法不是很复杂，但味道非常独特，吃起来十分鲜美可口。

话说杨财主在品尝完“血灌肠”后，对其味道大加称赞，还打赏了李姓厨师。此后，每当家中摆宴席，杨财主都会让厨师做这道菜。再后来，此菜声名远播，并被改进成白肉血肠，一直流传到现在，成为名闻东北地区的特色菜肴。

它沿袭了满族的烹饪技法，根据东北民间及满族人逢年过节喜爱杀猪吃白肉血肠的习惯，选用皮薄肉嫩的腰排上的五花肉，将其切成长6寸、宽4寸的肉块，洗净后上锅煮至七八分熟，捞出晾凉。然后切成薄片，再放入屉内蒸一会儿。肉片略呈卷状，油而不腻，肉烂香醇。

另一种白肉是“抽刀虎皮白肉”，其用料、刀工与蒸白肉相同，不同之处是将肉块煮四五分钟后，取出用炉火烤成金黄色，然后放入锅中煮熟。肉片呈金黄色，肉烂醇香且肥美。血肠选用新鲜猪血制成，肠衣用猪的小肠并经过多次洗涤，血肠灌好后开水下锅慢煮，煮好出锅用冷水浸泡即成。其特点是血肠明亮，味美鲜嫩。

此菜的特色表现为：其一，从制作过程上讲，选料精良，调料天然，制作精细；其二，从菜品来讲，血肠看起来晶亮，闻起来香味扑鼻，吃起来肥而不腻、鲜美香醇；其三，从营养价值上讲，此菜具有很高的食疗作用，可开胃健脾、补虚养身、调理气血等。吃的时候配以韭菜花、豆腐乳、辣椒油、蒜泥等蘸料，更加鲜美滑嫩，回味无穷。

沈阳冬天寒冷，大白菜如何在冬天储存是道难题，聪明的人们便把它腌成酸菜，其实就是通过发酵来保鲜。在东北农村，每到秋天，几乎家家户户都要腌酸菜。白肉，就是五花肉；血肠，是把猪血加入其他作料灌进肠衣煮制而成。将酸菜切成细丝颇见刀工，用飞刀切出红白相间的白肉和血肠，再以大火狂炖。酸菜白肉下锅了，且看肉片在血肠之间翻滚，淋漓尽致地展现出东北杀猪菜的豪放与火热，就像豪爽的东北人，粗犷的性格中蕴含着细腻，心直口快却又能让人倍感温暖与亲和。

其中酸菜最为重要。酸菜中的乳酸能开胃提神、醒酒去腻，能增进食欲、帮助消化，还可以促进人体对铁元素的吸收。同时，白菜变酸，其所含营养成分不易损失。但酸菜只能偶尔食用，一年四季中最适宜冬天吃。

小时候，最喜欢母亲做的一道菜是酸菜猪肉炖粉条。每当入冬，每家每户都要腌制一大缸酸菜，到过年的时候，尤其是正月家里来客时，酸菜猪肉炖粉条就成了餐桌上必不可少的一道美食。整个制作过程是烦琐的，但让人期待的心情总是那么愉悦。母亲先是在酸菜缸里捞出一棵大小适中的酸菜，放在案板上切丝。切酸菜是最考验刀工的活儿。通常要片开酸菜帮，这样切出来的丝才更细。酸菜心很嫩很爽口，成了小孩子们中意的零食，我们拿在手上，一条一条撕开吃。将酸菜切好后捞出水，放在案板上待用。然后起锅熗猪油，再加五花肉，加老抽、葱、姜、花椒、八角等调料炒匀后添汤，把酸菜撒进去，用柴火烧开后，加质量上乘的马铃薯粉条，再加两块冻豆腐，半个小时后就可以开锅了。大锅掀开的瞬间，一股带着香味的热气扑面而来，寻着这香味来到餐桌，无论是肥而不腻的五花肉、晶莹剔透的粉条，还是毛孔里吸满了酸香的冻豆腐，都让餐桌上的孩子们吃得酣畅淋漓，什么是撑得走不动了，那一刻才能真正体验到。

寒冷的冬天，三五好友相聚，来一锅热气腾腾的酸菜白肉血肠，再烫一壶老酒，独有的东北风情便浸润在这飘香的锅里。酸菜醇爽而不柴，白肉绵软而不腻，血肠嫩滑而不腥，一口酸菜、一口血肠、一杯老酒，感情深、一口闷，如此酣畅淋漓，乃人生一大快事！

“翠花，上酸菜！”

铁锅炖大鹅

在东北，万物皆可炖。换句话说，东北的铁锅炖，可以“炖天下”，没有什么是一大锅铁锅炖治不好的，铁锅炖大鹅、灶台鱼便是这千炖万炖中的突出代表。

鹅是一种经济价值较高的家禽。东北的自然环境比较好，土地肥沃，很多地方都适合养鹅。鹅肉富含蛋白质和氨基酸，脂肪含量低，非常容易被机体消化，提高人体免疫力。鹅蛋更是营养丰富，富含蛋白质、维生素以及多种矿物质。

铁锅炖大鹅精选没有污染的农家鹅为原料，辅以多种中草药和上等调料，以干辣椒、花椒、大料、桂皮、草果、丁香、砂仁、陈皮等十几种香辛料做作料，再配以东北本地特色山野菜、黑木耳等食材精心烹饪而成。大鹅肉质紧实、皮色金黄、质地细嫩，无论是炖煮还是熬汤都十分鲜美，经常食用鹅肉能够补益五脏、祛风除湿，对人体具有滋补和保健作用，是一种老少皆宜的健康肉类食品，而且在品尝的过程中能够使人感受到浓郁的乡土气息。

“知乎”上对东北铁锅炖文化的诠释十分透彻。铁锅炖源于闯关东时期，体现山海关里与关外不同饮食文化的交织与融合。闯关东是东北历史上非常重要的一个历史事件。狭义的闯关东，仅是指从清朝同治年间到中华民国这个历史时期内，关内百姓去关东谋生的历史。

东北地区物产丰富，有各种食材可供选择，从长白山的野味、家养的牲畜到辽宁沿海的海鲜，皆可用铁锅烹煮，因此铁锅炖就这样成为人们心中优质的烹饪方法。通过铁锅乱炖的形式烹饪成独特的美味佳肴，各种肉加蔬菜更是鲜香无比，形成地方的特色文化。

循着美食的脉络，一款经典美食从来不缺历史传说。相传，秦王李世民为了解敌军情况，带着几名属下亲往敌军营地探查敌情，不幸被敌军发现。李世民带着属下奋勇突围，虽然成功逃脱，却在征战中受伤，就在他们快要绝望的时候，遇一采药之人，自称姜尚后人吕氏。吕氏深受战争疾苦，对英明神武且爱民如子的李世民非常拥戴，用铁锅炖野鸡、野兔等为他们补充营

| 铁锅炖大鹅 |

养，得知李世民受伤还在汤中添加了中草药。李世民和属下饱餐过后，精神大振，伤口也在几日内愈合。后来李世民每每和属下谈论起刺探敌情的危险经历，就想再回味一下当初的美味。李世民传来药王孙思邈详细了解，在铁锅炖中再添加一些对人体有益的中草药，是美味和良药的结合。感激于吕氏的相助，加之对民意的顺应，李世民下令老百姓可以使用铁锅。铁锅的使用是一件大事，极大地提升了当时百姓的生活质量，也促进了社会经济的发展。

炖大鹅就是一道最有乡土气息的菜。大鹅在东北乡下是硬核的存在，看家护院比狗还厉害。鹅基本上是散养，吃的也是玉米杂粮，虽说肉丝有点粗，但最接近野味。炖鹅的锅必须是铁锅，烧的也必须是柴草木柈，这样炖出来的大鹅才味正。沈阳人说炖鹅，必须要加个“大”字，凸显那种豪放霸气，锅盖一掀，热气一团团散开，鹅肉鲜亮活泛，汤汁浓郁鲜美，连土豆块也吸满了汁液，吃上一口，再长长地舒出一口气，顿觉身心都温暖起来了。

铁锅炖鱼也广受好评。一般要添加豆腐、白菜、粉条、茄子等，有点像火锅，却是东北的乡土锅。柴火是越烧越旺，鱼是越炖越鲜，菜是越炖越入味。一家人热腾腾地团团围坐，大人们不断地给孩子捞菜，散发出来的香气把孩子们的脸都遮住了，到处都弥漫着鱼香。

不管炖什么，铁锅才是最佳，且须采用老鹅。老鹅不仅口感筋道，而且滋味浓厚，极易出彩。铁锅因具有铁的一些共性，在导热储热方面比不锈钢锅或铝合金锅要好。铸铁锅的好处在于两个物理特性：导热性能好，储热性能好，而且非常耐热。这样就减少维生素 C 及其他营养的流失，所以特别适合用来做炖大鹅，使鹅肉软烂鲜香。

炖鹅用木柴炖煮效果更佳，先用旺火煮沸，然后小火炖至骨酥肉烂，再用余火加热煨至汤汁浓稠。木柴火加热的优势是其他能源所不能相比的，木柴火燃烧的面更大，加热的范围更广，炖煮食物时，食材受热更均匀。

沈阳还有一道有名的炖菜叫一锅出。之所以叫一锅出，源于菜和主食从一个锅里出来。一锅出的食材繁多，但是不杂乱，所用到的食材比较耐炖，有土豆、豆角、面瓜、玉米等。

正宗的一锅出是在锅壁上贴一圈玉米饼子，有菜有饭，经济实惠。黄澄澄的玉米饼子让人胃口大开，底下还有烙出来的一层嘎渣儿，又酥又脆，吃起来嘎嘎香。豆角炖出来，肥厚多汁，玉米黏糯香甜，土豆和面瓜清甜扑鼻，绵软可口。几个人围着热乎乎的锅子把酒言欢，吃得津津有味，让人流连忘返。许多老沈阳人都有贴大饼子的记忆，那时一年也吃不上几回肉，菜更是清汤寡水，只有那一锅出里的色彩抚慰了人心。锅底可能是漂不了几个油星的白菜帮子，可能是绿的豆角、黄的土豆，可能是白的粉条、紫的茄子，看似粗糙简单，却帮助那个年代的人度过艰难岁月……当然也有做烀饼的，就是把面均匀地铺摊在菜上，等出锅时，这饼浸染了汤汁，吃起来齿颊生香。

吃东北菜的氛围要大于口味本身，吃饭的热情是最难得的。一家人团聚围坐，灶台热气蒸腾，香气四溢。吃铁锅炖大鹅，最是浓汤不能错过。盛一碗热汤，黄油其上，香艳沁脾，口感醇滑，不腥不腻。再夹一块鹅肉，满含质感，垂涎欲滴。外面寒风肆虐，室内温情暖暖，这是东北人的美食情境！

一天三顿小烧烤

火热的夏季姗姗而来，烤串和冷面成为沈城人的最爱。烤串儿也作撸串儿，一个“撸”字活灵活现，把吃串儿时的火热场景展露无遗。在吃货眼里，没有什么是不能撸的，鸡鸭鱼肉，各种蔬菜，只要是能串成串儿的，都会拿到火上来烤烤，在炉子上颠颠，浓浓的烟火气在身边缠绕，让人感到无比惬意和舒爽。撸串儿自然少不了老雪，一顿烧烤被人吃得豪气干云。“老板，来 100 个羊肉串儿，一箱老雪。”三五好友相聚，抑或有外地朋友到访，请客的人要尽地主之谊，大街小巷便时常响起这样的点菜声。有羊肉串儿和一箱老雪垫底，配上鸡翅、鱿鱼、辣椒、豆角之类，再来两头大蒜，主人的心就踏实了。招待故友新朋，烧烤必不可少，渐渐成为沈城的特色美食，成功地吸引外地人的眼球，让更多的游客在烧烤中体味沈城的风土人情，这大概是美食与文化最接地气的表达方式。

在沈阳有一句流行语：“世界上没有什么事，是一顿烧烤不能解决的，如果有，那就是两顿。”在沈阳，一天三顿小烧烤都不是事儿！“大金链子小手表，一天三顿小烧烤”也是一句流行语，听起来土了点儿，但话糙理不糙，绝对不是说说而已。遍布沈阳大街小巷的烧烤店，午餐可以来顿烤肉加冷面，晚餐去夜市撸串儿加海鲜烧烤，夜宵点个烤面包片、烤蔬菜卷“垫巴垫巴”肚子。如果你想，明天的早餐可以从烤肠、烤包子、烤冷面开始。

沈阳人吃烧烤的习俗，可以追溯到2000多年前的两汉时期。2021年，辽宁省博物馆举办“知·味——两汉魏晋时期辽宁地区的饮食文化”展，展出了辽阳南雪梅村二号壁画墓出土的灰陶炉（炙炉）。专家介绍，“炙”就是用签子将肉串好，再置于火上烤，就是如今的烤串儿，炙炉就是烧烤炉，这表明辽宁地区的先民在2000多年前已经开始食用烧烤。这穿越千年的味道，谁比得了？

沈阳人喜欢扎堆，时不时邀三五好友喝酒吃肉，首选当然是撸串儿。夏天的夜晚，华灯初上，人声鼎沸的烧烤店必定是烟熏火燎、热火朝天。你可以看见朝九晚五的小白领、吹牛扯闲篇的东北大爷、下了晚班的公司员工、当然缺不了那撸胳膊挽袖子跟你对着“吹”啤酒的老妹儿，他们都是吃串儿的主力军。夏日的沈阳，就是一座烧烤不夜城。

沈阳的烧烤集各派之长，既有来自马背上的民族的豪迈元素，又融合包罗万象的新派元素。本来，烧烤就是肉与火的碰撞，那滋滋啦啦的声音、那呼呼升腾的烟火，都能调动起内心里隐藏着的豪情，沈阳人将这种气概演绎到极致。找个位置坐定后，就要甩开膀子开吃了。吃烧烤的标配是喝啤酒，而且还得喝冰镇的，要“绿棒子”这种“闷倒驴”的老牌啤酒才过瘾，才能把豪气干云的劲头儿喝出来。一脚踩着箱套子，一手拿着咸酥的肉串儿，吃得满嘴流油，然后在众目睽睽下“吹”一瓶“绿棒子”，那些白天甩不掉的烦恼便随着忽明忽灭的烟火，随着轻轻徐来的夜风烟消云散，只留下无比的惬意和舒爽。

据辽沈美食博客介绍，沈阳烧烤最不能错过的有三样：烤串儿、泥炉烧烤（烤肉）、烤鸡架。

先说烤串儿。沈阳人烤串儿，几乎是能串到一串儿的东西均可烤。比如各种蔬菜，经火炙烤，经烟一熏，在不失原有滋味的情况下，增加了无形的鲜美。这就像一种化学反应，两两融合，变成一种全新的物质。

烤韭菜点单率极高，韭菜滋阴补阳，酱汁一刷，放在火上一烤，味道香美。烤玉米煳香煳香，不是煮不是炖，而是玉米最本质的味道。都说茄子是蔬菜中的荤菜，而茄子与大蒜是一对绝妙的搭档，把茄子剖开，铺上一层蒜蓉，蒜香味勾着茄子味，十分美味！烤芸豆是个技术活，轻了重了都不成，要的就是一入口的那个脆生。烤豆皮的豆皮最好选锦州产的，薄如纸，豆味浓，烤出来皮薄酥脆，有时也用豆皮包上香菜、韭菜，再刷上辣酱，上火一烤，实为下酒好菜。烤土豆片要的是那种焦黄，配上爽滑的酱汁，极为好吃。

还有我们的特色烤蚕蛹，蚕蛹是辽东出产的柞蚕蛹，吃着外酥里嫩，最过瘾的是爆浆的瞬间，口中弥漫着快意。烤口蘑要有点耐心，将一个个口蘑花一样摆上去，使之来回地移动，只为那中间出现一汪蘑菇汁，小心翼翼地啜进嘴里，鲜美无比。烤酸菜是近些年才有的，在切好的酸菜丝下面垫上锡纸，配上青红辣椒圈，撒点肉末，肉味与酸味组合，其滋味妙不可言。

最后的经典是烤大蒜。大蒜是食物的广谱调味剂，无论你是吃肉还是吃菜，一头大蒜，味道又冲又重，盖过所有滋味。但大蒜的好处人人皆知，只是有人消化不了。不过大蒜遇到火后，却变得“乖巧柔顺”，由“暴脾气”转为“温柔”秉性，原本脆脆的口感会变得软糯，那种冲鼻子的辛辣味随之烟消云散，不得不感慨原来蜕变只需一个简单的机缘。

再说烤肉。

沈阳的烧烤店里牛板筋和鸡脆骨颇具特色，口感脆脆的，比较有嚼劲，而且越咀嚼，酱料以及肉质本身的鲜味越浓厚。牛板筋带有丝丝的油边，吃起来酥酥的、嫩嫩的，油香弹牙，别有风味。牛腰很新鲜，放在烧烤架上烤熟后，刷上一层酱汁，鲜嫩可口。鸡心烤得很嫩，味道不会太咸也不会太辣，比较适中。

| 烤牛肉串 |

在沈阳，烧烤按吃法分为烤肉和烤串儿两类，地道的沈阳泥炉更接近于“烤肉”，虽然在很多人看来，烤肉和烧烤都是一个意思，其特色就在于烤制的工具不同。沈阳的泥炉烤肉是在一个盛炭火的泥炉子上面架上一块铁丝网，把肉放在网上直接烤，滋啦啦地响，冒着一股股烟。烤肉的重点在于用的是炭火，现在流行各地的烤肉基本上使用电板，能用木炭烤肉，非常可贵。将一盘嫩牛肉倒下去，火“腾”地一下起来了，伴随着滋啦啦的美妙声音，一块块肉片就熟透了，蘸上秘制香料，入口那叫一个爽！

沈阳的烤肉店众多。鲜一烤肉诞生于 1990 年，专营秘制牛肉和肥牛。这秘制肥牛有多牛，不用烤就香气弥漫，仅凭这一点，鲜一烤肉能在烧烤界立足并成为金字招牌，不足为怪。

胡同泥炉烤肉主攻的是牛肋条、黑椒牛肉。只要肉好，不惧深巷。泥炉上桌，看似原始，却很有味道。将箅子架好，滋啦啦一顿烤，火旺肉香，里外翻动，再将烤好了的肉赶紧裹上醇香的麻酱，送进嘴里，回味无穷。

老牌的韩式烤肉除了韩都以外还有很多，如奉吉、黑牛的店、韩盛、啊美丽、云龙等。这些店里肉的品类繁多，比如奉吉、韩盛等店都推出了调味类肉，韩盛家的招牌肉类应属古法烤肉、古法肥牛、调味牛肉、黑猪五花。黑牛的店则主打绿色生态牌，回归原生态，受到越来越多的食客所喜爱与追捧。

啊美丽烤肉源于20世纪90年代砂山市场的一个牛肉亭，凭借对牛羊肉肉质的娴熟把握，几十年间积累大量的回头客，肥牛和风味肠拼盘是他们的特色。三千里烤肉西塔总店，有三层店面，他家的秘制雪龙坛肉和酱猪蹄是80后的最爱。草家烤牛排专门店也是西塔烤肉的代表店之一，一些人就是因为第一次吃到他家的秘制牛肉、烤牛舌、LA牛排和五花肉才爱上烤肉的。

除了烧烤店众多，烤猪蹄也是人间美味。在沈阳街头，经常可以看到有人手捧热乎乎的猪蹄，一边走一边啃，啃的人津津有味，看的人也能闻到异香。烤猪蹄采取的是古法熏酱技术，工艺流程复杂，需要一天的时间，再加上烧烤半小时，通过时间的“烤”验终于烤出软糯香滑的猪蹄，富含胶原蛋白。

还有烤海鲜，也必不可少。烤生蚝、烤扇贝、烤黄蚬子，这是海鲜烧烤的精华所在，没有烤生蚝、烤扇贝、烤黄蚬子的饭局，就像丢了魂儿的烧烤。海鲜里面的粉丝起到画龙点睛的作用，再加上蒜蓉，让人爱不释口。

沈阳人吃烤肉大都会选择麻酱调料，其次是海鲜汁、干料。一般的店家会把十几样调料一溜儿摆好。调料是吃烧烤不可或缺的标配。将搅拌好的芝麻酱，加上少许葱花、香菜、白糖、清醋，香味浓郁。但有些年轻人不喜欢腌制肉，他们追求纯粹的味道，这与他们回归本真、极简生活的理念相关。以日式烤肉为代表的烤肉店，仅需少许黑胡椒和海盐调味，迎合了这些年轻人的口味。

对于沈城吃货来说，烧烤不仅是一种饮食习惯，也是夜生活的另一种表达；它是朋友相聚时的必选之处，也是缓解压力的独家秘籍；是春风得意时的锦上添花，也是释放乡愁的不二法门。今晚有时间吗？一起撸串儿呗！

“涮”的艺术

火锅是一种源于中国的传统美食，以其丰富的味道、充足的营养和愉悦的社交体验而备受欢迎。对于中国人喜欢吃火锅的原因，《新周刊》在一篇文章中说得一针见血：“不拒荤腥，不嫌寒素，用料不分南北，调料不拒东

| 张学良最爱吃的是老家东北的火锅 |

西，共食又绝不带任何强制性，还有充满人情味的‘不够优雅’的满嘴过瘾，使人们在火锅里找到了吃的自由。”

火锅热，表示亲热；火锅圆，表示团圆。所以，北至东北，南至广州，西至川贵，东达江浙，几乎无人不爱火锅。

火锅象征图腾，好日子红红火火。一半红一半白的鸳鸯火锅，满足了人们吃辣与不吃辣的要求，或者偶尔吃回辣过过瘾，给了食客最大的关于吃的自由。太极八卦里的阴阳自有乾坤，也是最大的生活智慧。且看黑的为阴，汤汁呈暗红色，白的为阳，汤汁呈乳白色，中间那条线是黑白统一的美好祝愿，象征着天地相接、变化无穷，但变中有生机，有生生不息的渴望。

火锅象征礼仪。沈阳人最讲究的就是礼数，那关乎面子，所以招待客人时要把最好的东西展示出来。火锅里摆放的菜不能乱了规矩：“前飞后走，左鱼右虾，四周轻撒菜花”，即飞禽类肉放在火锅前方以表敬意，走兽类肉放于火锅后边，鱼类在左虾类在右，各种菜围绕在四周，形成“众星捧月”的气势，其实捧的是客人，以表尊重。

火锅象征包容。地不分南北，人不分老少，各自保持着自己的口味，按需来涮。别管是荤是素，是地上的还是天上的，是水里的还是岸上的，各种食材与烟火齐飞，来者不拒。调味包容东西，象征海纳百川、兼济天下。吃火锅的对象无论是老友相聚，还是新人初识，都不会在桌前感到拘谨，吃不必有吃相，直吃到云山雾罩、腾云驾雾才肯罢休。

北派的豪情，云贵派的奇崛，川渝派的火辣，闽粤派的生猛，江浙派的精致，“五员火锅大将”之外，更有两湖、东北、徽派等门派，真是你方唱罢我登场，场场都是一出好戏。还有与各大门派若即若离的“奇门火锅”，共同构成了活色生香的火锅“群英谱”。

围炉而坐，才是吃火锅的精髓，要吃上几个小时才能吃透，才能吃出飘然欲仙的感觉。“绿蚁新醅酒，红泥小火炉。晚来天欲雪，能饮一杯无？”

白居易笔下亲朋好友围着火炉吃肉、喝酒的场景，要的是氛围，一直延续到宋代，成为时人的生活日常。黄河流域一带至今还流行着“暖炉会”，每到农历十月初一，家家户户都围炉喝酒，暖暖地迎接冬天的到来。此即宋代孟元老《东京梦华录》中所谓“十月朔，有司进暖炉炭，民间皆置酒作暖炉会”。

《舌尖上的中国》对火锅做过这样的总结：“北京的涮肉火锅，羊肉细薄如纸，吃的是嫩；云南的菌子火锅，菌菇清新甜美，吃的是香；潮汕的牛肉火锅，牛肉丸筋道多汁，吃的是韧；重庆的牛油火锅，花椒与辣椒在味蕾相撞，吃的是麻，要的是辣。一方水土养一方人，一口火锅就是一个江湖。一锅汤水吸引着天南地北的人们相聚一桌，煮沸了地北天南的食材底料，举箸来回之间，是锅底与食材的交融，是汤水与热火的成全，象征着共鸣，象征着参与。”

| 川味火锅 |

传说成吉思汗大军常年征战四方，官兵吃烤羊肉太费时费力，他就让人把羊肉切成小块放进滚烫的水里，于是蒙古特色的火锅就诞生了。当然还有其他的火锅起源说。但北方吃火锅的习惯应该是环境使然。沈阳的冬天气候寒冷，一年有 9 个月都可吃火锅。火锅底下有火，架上有锅，人围火坐，火烧旺运，吃得火热，聊得开心，那温馨的氛围成为亲人间心头最美好的记忆。

火锅的江湖从来都不缺热闹。沈阳市里的“正规军”就分为南、北派系八个分支，再加上海外派和野生新创派，每天吃一种也要吃上大半个月。

而酸菜白肉血肠火锅属于北派。其中强调三宝酸菜、血肠、五花肉或羊肉，加上两个“编外”的冻豆腐和水晶粉，一样都不能少。这个吃法有点粗犷，没有那么多的说道与约束，也不在乎环境，就算是自家炕头，只要锅里有菜，碗里有肉，碟子里有蒜泥、韭菜花，那就万事俱备。酸菜与肉是绝配，酸菜中和了肉的油腻，肉又增添了酸菜的鲜香。

北京东来顺也是沈阳人心目中的正宗，它也有三宝：清水锅底，木炭加热，紫铜锅具。其中铜火锅炭火涮羊肉，就是霸主般的存在。东来顺火锅讲究肉质鲜嫩、薄厚均匀，麻酱葱花是蘸料的精髓，吃的就是个原汁原味。

涮羊肉是内蒙古火锅的灵魂，额尔敦等来自内蒙古的火锅主打的是肉，在沈阳人看来，只有内蒙古的羊肉才是肉中精品。一想起那茫茫大草原，星星点点的羊群，那羊肉涮起来就觉得格外的清香、鲜嫩。

重庆火锅则属南派之川系。成都主辣，重庆主麻，九宫格里的毛肚、猪脑、鸭肠、小酥肉翻身打滚儿，遵循着“七上八下”的法则，多一下都不行，少一下也不行，老了嫩了都是火候未到，嚼起来丧失了口感。所以就刚刚好，捞出来蘸上蒜泥、香油，一直吃到舌头捋不直、浑身全是汗，还是停不下来，有点心醉神迷。

云南火锅几乎把山野里的菌类、黄花菜等新鲜时蔬全都一锅端了，吃的就是个新鲜。能把鲜花当菜吃的也许只有彩云之南了，那是经过高山云雾滋润、雨水洗涤过的食材，绿色、鲜美，造就了火锅中的另类感受。

广式火锅又叫打边炉，主打清淡鲜香。打边炉分为潮汕牛肉火锅、海鲜火锅、豆捞等类型。北方人一直弄不明白豆捞的意思，其实这不是指食材，而是“都捞”的谐音，豆捞就是锅里啥都有，有点“乱炖”的意思。当然，最突出的特点就是拒绝辣，口感清爽。

再说说火锅的配菜。如白萝卜、胡萝卜、番茄、冬笋、莴笋、韭菜、土豆、山药、海带、藕、冬瓜、生菜、油麦菜、娃娃菜、白菜、菠菜、卷心菜、空心菜、西兰花、香菜等。海鲜和肉是火锅的主角，蔬菜则是大配角，红花开得再好，没有绿叶来配也是不完美。蔬菜解腻，荤素搭配，火锅汤也更加鲜亮。各种蔬菜纷纷上阵，菠菜、生菜、茼蒿绿莹莹，胡萝卜、西红柿红彤彤，当它们在清锅里还得独善其味时，到了麻辣锅中就会“叛变投降”，简直比肉还辣，辣到令人“七窍生烟”，但食客们就好这口，过的就是这个瘾。

菌菇类品种繁多，如香菇、平菇、金针菇、杏鲍菇、凤尾菇、草菇、茶树菇等。像香菇这类较大的菇最好对半切好再丢到火锅里，这样的菇需要3—4分钟才能煮熟。

豆制品也是火锅的必需品，如黄豆芽、绿豆芽、豆腐、豆腐干、豆皮、老豆腐、油豆腐、腐竹、魔芋丝等。沈阳的豆制品是用上好的东北大豆加工而成，每一样都是纯纯的豆味，值得回味，满满的植物蛋白，富于营养。

与重庆的麻辣火锅不同，与北京的羊肉涮锅不同，与南方的海鲜火锅也不同，沈阳火锅与当地食材密切相关，那就是酸菜。秋季一到，沈阳的大街小巷全被大白菜攻陷，大小车辆卖的都是白菜，大街小巷晾的也都是白菜。道路两旁、阳台草地、广场小区，大白菜见缝插针地来个无死角全覆盖。接着，每个楼道里都摆着一口大缸，大粒盐一层，大白菜一层，压上一块大石头，等到发酵之后，白菜就成了酸菜。

天一凉，就会想到热气腾腾的汤汁翻滚，丰富的蔬菜鲜肉码满盘，温暖的感觉便从脚底升腾起来。东北火锅讲究汤底，那是极其的浓郁。汤底选用传统工艺熬制出来的老汤，加入多种食材，如紫菜、黄花菜、鱿鱼、蚬子干、螃蟹、干虾仁、菌类等，地区不同所用的食材也不同，光看就知道该有多鲜了。当然，最后一道工序便是上酸菜。

火锅汤底，海鲜与菌香融合，鲜美与清香渗透，再加上酸菜的酸爽，这锅子才够味。暖胃暖身的火锅汤，喝上一碗，一下子就驱散了寒气。传统的东北火锅在制作汤底时还会加入一些药材，如枸杞、人参、党参、当归等，美味与滋补同在。

在沈阳人的心目中，真正的火锅底子必须是酸菜，锅子必须是铜的，火必须是炭的。白的肉红的血，带蜂窝眼儿的冻豆腐，晶莹透亮的粉丝，海蛎子、蚬子调鲜，或一劈两半的螃蟹，当然最重要的还是来自内蒙古的上好牛羊肉卷。五花白肉切薄片，血肠必须是新民的，味道正宗，色彩鲜亮，摆盘也好看。从自家的酸菜缸里捞出一棵酸菜，切成细丝，把炭火烧旺，投入紫铜火锅，待炖得差不多时，再投放冻豆腐、水晶粉、墨鱼仔、蛎黄，最后再放羊肉。这时节，窗玻璃上印着冰花，屋里却是暖意融融，筷子在滚烫的锅里飞舞，将肉片快速地抢进盘子里，蘸着黄的麻酱、绿的鲜韭菜花、红的腐乳汁，那一口最终在嘴里融化时，那种身心愉悦的感觉，便足以把所有的寒意全部驱净。等到吃的人鼻尖上沁出微细的汗珠，脸庞变得红红的，那么这一顿火锅已涮到了境界。

一锅沸腾，时光如浮云，只有团团围住的那种幸福才是真实的，那里也包含着人生况味。

火锅，不必在意奢华或朴实，或丰或俭，或阳春白雪或下里巴人，我们要的是那种自然本真、融合本味，那种生活赐予我们的简单的幸福，只是那一锅的温度、日子的香气、内心的慰藉，教会我们细细地体验，才能感悟出火锅的个中滋味、味里乾坤。

咸咸下饭菜

咸菜是我们日常生活中不可或缺的小菜。也许它登不了大雅之堂，也许我们从来没有把它放在重要的位置，但无论是大宴高朋，还是家人团聚，山珍海味吃过，鸡鸭鱼肉吃过，如果没有咸菜最后点缀一下，那顿饭很可能就差点意思。

滋味，其实更多的就是盐的味道，盐勾出了食材本身的滋味，让鲜的更鲜，让香的更香。平日里，当你有个头疼脑热吃不下饭时，当你着急上火食欲皆无时，来点咸菜吧，能下饭。尤其是在喝粥时，咸菜与粥是当之无愧的绝妙搭档，成就了无数的美味佳肴。

咸菜，就是下饭神器。

如果一些食材拌上醋、辣椒油、香油、香菜等调味料，就会成功地消减油腻，让大鱼大肉变得清爽。细数沈阳人餐桌上的咸菜，每一种家常小菜里都蕴藏着生活的一半烟火、一半清欢。

秋天是吃蒜茄子的时节。茄子蒸熟后，从中间划开，晾凉。准备几头大蒜，去皮剁成蒜末，辣椒剁碎，香菜末放入碗中，加上盐拌匀，可以依个人口味放盐。之后把拌好的馅儿塞进茄子肚里，放进保鲜盒，盖好盖子放入冰箱冷藏室，腌制一夜就可以食用了。打开盒盖，一股蒜香夹带着香菜的清香扑鼻而来，把茄子撕成条，每一条都浸润了这两种香气，伴着白粥，香飘四溢。

萝卜有白萝卜和绿萝卜，这两种都适合做腌菜。萝卜本身就是一种耐保存又美味的蔬菜，腌制成萝卜干之后，吃起来香辣爽脆，还有回甜的口感。一般腌萝卜干都是在冬至前后进行。将绿萝卜洗净后切条放入盆中，腌至水分被盐析出后暴晒，一周后变成萝卜干。吃的时候将萝卜干泡开，用酱油、香油、小米辣、蒜片、芝麻等调料搅拌均匀，一口粥、一口萝卜干，甜辣爽口，这粥喝得便有了滋味。

黄瓜原名叫胡瓜，是汉朝张骞出使西域时带回来的。后赵始，胡瓜更名为黄瓜。腌黄瓜是沈阳人最喜欢的小咸菜。它的口感是这样的：酸中带甜，辣味适中，冰爽可口。它的颜值是这样的：翠绿的小黄瓜，伴着红的小辣椒、黄的姜片、粒粒花椒，以及若隐若现的香油；它的营养价值是这样的：减肥、美容、利水利尿、清热解毒，主治烦渴、咽喉肿痛。

糖醋大蒜是个神奇的存在。人们都知道，吃大蒜好处多多，但它辛辣的味道，尤其在人群中释放的气味会令人尴尬。将蒜放进清水里，加入盐、糖和白醋，封存20天后，它竟变得酸酸甜甜，气味芳香，不仅令人食欲大增，还保留了大蒜原有的营养，既开胃又暖身。

辣菜疙瘩是十字花科植物，俗称辣菜、疙瘩菜、疙瘩头、芥菜疙瘩等，是类似萝卜那种长在地下的根用芥菜，与萝卜长相匀称修长、味道清脆甜辣不同，辣菜疙瘩有一股芥末的辛辣味，地下部分的根茎长得头大身子小，样子像个疙瘩。

咸菜疙瘩曾长期“统治”着东北人的餐桌，每到青黄不接的时候，辣菜疙瘩便派上了用场，尽管高粱米饭粗糙，吃多了难以下咽，但有了咸菜就能下饭。在清贫的日子里，这道家常小菜，成功地抚慰了人们的心灵。现在，将辣菜疙瘩切成丝，用香油、辣椒油、白芝麻、蒜片、香葱等凉拌，去除了辣气，只剩下香脆，给早餐的餐桌上带来一碟清新小菜。还可以将咸菜疙瘩煮熟了吃，淋点香油，加点葱末，香软可口。同样的东西，制作的方法不同，味道也不同，但都能给食者带来美味的享受。

雪里蕻就是我们常说的雪菜，到了秋冬季节，它的叶子会变成紫红色，所以被人叫作雪里蕻，其实是芥菜栽培的变种。将雪里蕻连茎带叶洗净后放进坛子里腌制，腌透之后变得爽脆，淡淡的苦味里有着独特的清香。雪里蕻可作佐餐小食，还能当配菜。雪里蕻炒肉，咸香下饭；雪里蕻炖豆腐，格外清香。

沈阳的咸菜一般分为两种：一种是腌，一种是烀。有道小菜叫“小土豆”就是烀出来的美味，曾经风靡一时，以“小土豆”命名的连锁饭店遍地开花，后来逐渐销声匿迹。但这道小土豆现在已经成为主餐上的配菜，依然被人喜爱。将新鲜的小土豆、青椒、芹菜、香菜、豇豆一起熬，再加入大酱、生抽和老抽、花椒、八角还有桂皮，有人也会加上一块大肉，一直熬到锅中汤汁黏稠就可以出锅了。这道小菜传承了沈阳乱炖的精髓，作为一道下饭菜，把东北菜的粗犷体现得淋漓尽致，看着卖相很平常的酱土豆，吃起来却非常美味。

辣白菜可以说是朝鲜族饮食的灵魂。一棵白菜变成辣白菜，是一次发酵之旅，最后呈现出来的是辣、甜、酸、脆，白里带红，吃起来极其爽口。在沈阳大大小小的饭店，辣白菜都有着它的一席之地，但如果你想吃到正宗的辣白菜，也许还是西塔的饭店最好。还有桔梗咸菜，沈阳人叫狗宝咸菜，也是一种开胃小菜。

在沈阳饭店吃饭，往往都会先给你上几碟小菜，像小黄瓜、肚丝、红油猪耳朵、海螺片、明太鱼丝等，其中总会有腐竹、海带丝这两样。腐竹是豆类的干制品，泡开后会变得软软的，富有弹性，再拌上各种调料，就成了日

| 辣白菜 |

常不可缺少的下饭菜。而海带是辽宁沿海地带最常见的海产品，上面带着一层白白的盐花，泡去盐分，蒸一下，切丝，就变成了人人“爱不释口”的小咸菜。

咸菜，经历了时间和岁月的积淀，成为沈阳人一年四季都离不开的美味。

作为下饭菜，它一直担当着自己的角色——配角，它不声不响地挤在桌子的边缘，在各道大菜的夹缝里，不显山不露水，低调内敛，只为那些光芒四射的主菜增添滋味。但它以其多样化和独特的口味，成为餐桌上不可或缺的一道景观，尽管只是小菜一碟，却是大有乾坤，令人胃口大开。虽然现在的人们生活水平提高了，但经典的咸菜清粥时常能唤起人们的乡愁，令人们感觉到家的味道。

爽口开胃的凉菜系

凉菜，即凉拌菜，在饮食业俗称冷荤或冷盘。它是具有独特风格、制作简单、拼摆技术性强的菜肴，食用时都是凉的，被称为冷菜。它的主要程序是选料、清洗、改刀，有的需要焯水、凉拌，吃起来爽口解腻。凉菜颜色鲜艳、讲究造型，拼摆和谐悦目。

东北菜中凉菜品种多，沈阳的凉拌菜就有很多，而且没有什么规律可循，一般能热炒的也能凉拌，比如豇豆、西兰花、豆芽、豆腐等，多种多样，极富特色且好吃。如果你来沈阳饭店，一般菜单上会单独列着一栏——凉菜。

凉菜的口味与热菜相比较清淡，不因温度的变化而影响滋味，最大限度地保留了菜质中的营养而不流失，制作过程简单方便，是理想的佐酒佳肴。在沈阳，无论是高级宴会还是朋友小酌，都离不开凉菜的点缀。在沈阳上菜的规矩，一般都是先上凉菜，由于凉菜是宴席上的第一道菜，所以凉菜又有“头菜”“冷前菜”“迎宾菜”的说法。凉菜之所以成为头菜，因为口味多变，开胃解腻；营养健康，菜品新鲜；简单实惠，制作方便。

沈阳桌面上的凉菜通常有：酥鲫鱼、盐水鸭、朝鲜泡菜、椒麻鸡、糖醋蜇头、葱油盐焗手撕鸡、香醋海带丝、干炸鱼、糯米藕、糟卤毛豆等。这些冷菜一般会出现在豪华盛宴上。而家常冷菜更多的是来自民间的普通菜，如：拌三丝、拌三丁、鲜蘑拌油菜、姜汁扁豆、姜汁芦笋、拌素什锦、拌木耳、红油肚丝、蒜汁拌茄泥、拍黄瓜、老虎菜、大拉皮、陈醋花生米、干豆腐丝。只要是能焯一下的青菜就能凉拌，而且清新健康，制作简单，营养流失得少。

五彩大拉皮是沈阳具有代表性的凉菜之一，因其原材料有五种颜色而得名。无论是山珍海味的豪华盛宴还是普通的家常聚餐，都不会缺少它的身影。这道菜的颜色鲜艳至极，有红的胡萝卜、绿的黄瓜丝、黄的干豆腐丝和鸡蛋切丝、黑的木耳、白的大拉皮，配到一起，极有视觉冲击力，看着就令人赏心悦目。上菜的大盘子大到十分夸张，往往拌上醋、盐、糖、辣椒油、生抽、鸡精，沈阳人最喜欢的还是芝麻酱，加上蒜末和香菜末，拌匀食之，酸辣爽口，营养丰富。大拉皮口感筋道、绵软爽滑、晶莹透亮，吃起来特别爽口。大拉皮里含有碳水化合物等营养成分，食用范围广。

| 五彩大拉皮 |

海蜇头是水母的触须部位，肉质较厚，营养丰富，特别适合凉拌食用。白菜去掉菜帮，选用菜心更能入味。再切上胡萝卜丝，加入白糖、老陈醋、蒜末、海鲜酱油、小米辣拌匀，吃着鲜香清脆、开胃爽口、味道鲜美，还可以解腻，是年夜饭餐桌上的宠儿。海蜇中各种氨基酸成分配比齐全，能够很好地为人体提供优质蛋白，其中的多糖成分可以起到防衰老、抗氧化等作用。

很多人都会记得小品中有这样的一句话“拍个黄瓜，做个拉皮”，也许南方人不明白这话中的意味，但沈阳人掩饰不住地会心一笑，便是深得拍黄瓜的滋味和精髓。拿来一根黄瓜，洗净，用刀身“啪啪”一拍，再剁成小段，用各种调料拌制而成，几分钟端上桌，又清凉又爽口，是夏季里清凉之菜的首选。黄瓜属凉性，能清热去火、排除体内毒素。

金针菇含有人体必需的氨基酸成分，人称“增智菇”。更加引人注目的是金针菇中还含有一种叫“朴菇素”的物质，能增强免疫力，对癌细胞有抗御能力。白色食物适合在秋天食用，而金针菇又细又长，白白净净，煞是好看。只需开水焯一分钟，过冷水，再把植物油烹热浇在花椒面和香葱碎上，最后调入蒜泥、生抽、蚝油、醋、蜂蜜，放入适量盐即可。

酸辣土豆丝是川菜之一，简单易学，酸辣口、能下饭，经常是在吃腻了大鱼大肉之后，心中最想的一道解腻菜。这道菜很显刀工，没个几年的主厨经验，是切不好那又细又匀的土豆丝的。主料是土豆、辣椒、白醋，辅料是葱、油、盐、鸡精等调味料。成品色泽金黄，香而不腻，酸辣适中，清脆可口，正如杜甫在一首诗中所言：“无声细下飞碎雪，放箸未觉全盘空。”

凉拌蚬子，据说是康熙皇帝游江南时，特意品尝了蚬子肉，并认为其质地鲜嫩，味道鲜香，便在江南一带流行开来。沈阳的凉拌蚬子有干蚬子发好再拌的，也有鲜蚬子直接拌的。发过的蚬子有嚼头，鲜蚬子更鲜美。拌好的蚬子口感鲜嫩，味道香甜。

朝鲜族的拌花菜一般是餐桌上的必点之菜。它的好处是大拼盘，想吃的菜基本都在里面了。沈阳的烧烤店里如果没有这道菜，都不好意思叫烧烤店。比如将菜花、腐竹、黄瓜、花生米、洋葱拌在一起，互相借味，彼此融合，一次性满足了食客的不同喜好。

陈醋菠菜，就是把新鲜的菠菜用火焯一下，再配上花生米，红的花生与绿的菠菜搭配在一起，鲜艳的色彩让人食欲大增。而老虎菜可能是“很东北”的叫法，其实是辣椒与黄瓜的搭配，味道有些冲，如老虎般生猛，令人无法抵挡，故称老虎菜。

凉菜是相对热菜而存在的，凉与热，虽然是对立的，又是统一的、中和的、平衡的。凉菜系列品种无定数，口味也随之千变万化。每一道凉菜，吃的不仅仅是食物本身，还有综合的感受。但万千凉菜，醋才是灵魂所在，其他如糖、香油、盐、辣椒油等调味的多或少，都依个人口味而定。醋赋予了每一道凉菜的同与不同，每种调料又调动了每个人的味蕾。凉菜，因凉而生动，让酸、辣、甜、麻等各种滋味在口腔中散发开来，弥漫到身体的每个感官中去。

亲民小馆子

巷陌有至味，好贺（货）儿藏市井。高端大气的饭店，灯红酒绿的场所，离我们的生活太远，那也不过是偶尔一去罢了。而我们家门口的小馆子，有时小得只有两张桌，做的菜也都是家常菜，就在一拐弯的地方出现，就在一抬眼的瞬间相遇，就在老板的一声招呼中入心，身上便涌上一股热乎乎的暖流，那是我们身边的美味，那是我们看得见摸得着的烟火气……

麻辣烫

下馆子，在沈阳人眼里，是件排面上的事情。沈阳餐饮业发达，各类饭店宾客盈门，人头攒动。有环境优美、富丽堂皇的高大上餐厅，也有街头巷尾、旮旯胡同里名不见经传的小馆子。这些小馆子开在隐蔽的地方，也开在人们的眼皮子底下，但味道却是熟悉的，价格也是亲民的。有的小店冷冷清清，只要能维持，店老板也落得个清闲自在；有的店生意好得一塌糊涂，简直是美食界神一般的存在。这些小馆子，它们也许一直陪伴在身边，也许忽然就闭店歇业，但它们都在你的生命中存在过，来过，并以某种味道一直存留在记忆深处……

闻香识城，一座城的味道，其实就是这街巷深处的味道，它是日常生活的底色，也是平凡岁月的痕迹。“辽宁最生活公众号”提到的这些小店让沈城吃货们身陷其中。

冯叔叔清真学生餐桌，位于工业大学老校区，位置极佳。它就用几道家常菜，征服了工大的学生们，被大学生们亲切地称为校外食堂。肉段烧茄子，肉是鸡肉，外脆里嫩，下饭；菠萝咕老肉也是以鸡肉为主，以菠萝为辅，酸酸甜甜，连配菜黄瓜都十分好吃；孜然羊肉，满满一大盘，才 12 块钱；还有炸蘑菇炸得恰到好处，蘸上椒盐，成为毕业的工大学子们始终怀念的口味。

孙记炸串位于东塔，黎明广场附近。两碗麻辣烫，两瓶饮料，加一些炸串，成为多少学子们的舌尖回忆。多年后，当他们想起沈阳时，最先涌进脑海的必是这家串店，一座城市的个中滋味就鲜活起来……

罕王烤肉包是个夫妻店，夫妻俩慢悠悠地经营这家店，可以自由而任性地开或关，如果你要来吃饭记得先预约一下，免得吃了闭门羹。可以说，这便是一种生活的态度，这对夫妻应该是活得通透了。吃烤肉包吃的是面粉的原麦香，再配上一碗肥牛面，简直就是人间美味。

鱼膳坊的鱼排、鱼柳和手工鱼蛋十分有名，大鱼排是用一整条梭边鱼炸的，鱼蛋都是包心鱼蛋，芝士味、蟹子味都好吃。

集贤炸串，光听这名字就有一种岁月的风霜感。这家店主打鸡肉串和牛肉串，腌制有一套秘诀，肉质丝毫不柴，要多刷酱料，麻辣鲜香，超级过瘾！而说到撸串儿小店怎能不提老王太太肉串儿店？他家的牛肉串儿、羊肉串儿、嫩而不腻的大腰子是食客最爱，老式麻辣烫也是相当地道。

新近火起来的小吃又卷烧饼，从以前土得掉渣的烧饼华丽转身。猪肉烧饼 10 块钱一个，超级长。酥和脆是其特点，上面沾满了肉馅，再配上一碗酸辣粉，超值。他家的外卖包装上档次，令人爱不释手。

到了饭点，一些老司机都会直奔雨霖祥炖肉馆。这家饭馆的特点是 24 小时营业，不论你什么时候来了，都能吃口热乎饭，而且便宜到令你不肯相信。就说炖肉吧，小碗 15 块钱，大碗 25 块钱，还赠送咸菜，免费加汤。别看价格便宜，饭菜的质量绝对有保障，一小碗饭菜就吃得饱饱的，牛肉软烂，汤头清亮，几点香菜，吃得那叫一个舒坦！

在南市场，杨家清真小吃部开得有些年头了，馅饼一块钱一个，绝对的良心价。馅饼配羊汤，重点是趁热吃，饼香汤鲜，吃得浑身通透、微汗。

有人说沈阳最好吃的麻辣串是池奶奶麻辣串。她家的鸡肉串，口感嫩滑，一点儿不柴，龙虾蛋、火锅丸也十分好吃。店内种类繁多，每次来池奶奶家都是一场视觉和味觉的盛宴。

闫家鸡架从一家铁亭子发展到如今在沈城有 6 家连锁店，靠的就三样：甜鸡架、炸鸡皮、麻辣烫。他家的甜鸡架吃起来一点不腻。只要你一眼看过去，发现桌桌必点，人们吃得津津有味。

隐藏在胡同深处的群乐是一家口碑相传的神店，独有的茄子饭和炒鸡架早已征服了大部分沈阳人的肠胃，饭店的招牌菜辣炒鸡架量大，甜辣口感。将鸡架用作料腌制后，在锅里进行翻炒，非同一般的味道，让人大快朵颐！

把一个米粉店变成传奇，主顾桂林米粉做到了。从原材料再到后期配料，所有食材都要经过万水千山，从桂林运到沈阳。但这些食材并不是原封不动，因为一方水土养一方人，这家店将桂林米粉变成符合沈阳人口味的炒粉和煮粉，得到了本地人的认可。米粉有两种：一种炒，一种煮。想吃哪种口味，随你心意。

不知名的小馆子，却最贴心。小的是面积，不是味道。比如杨家吊炉饼鸡蛋糕、海城馅饼，都透着平常味道，却会让你心甘情愿地走着路去，尤其是在大雪纷飞时，就像赴一场约会一般，只为那一口。

吃在沈阳，深藏功名的小馆子，因为重工业城的缘故，少不了工业元素。它们隐在老工业街区的老宿舍和老住宅区内，砂山砂阳路上、大东区小河沿边上、三台子老沈飞家属区内……家常菜、手擀面馆、春饼店，普通得不能再普通，小得不能再小，做的菜也通常是大块肉、熘肝尖、偏口鱼、熘肉段、铁锅炖豆角，都带着老城区老街道当年的气质，繁华如梦，如今还是那个味儿。

沈阳的饺子馆很多，每家都自有风味，饺子馅也是五花八门。“好吃不如饺子”这句俗语深入人心，每个家庭里的女主人几乎都会包一手饺子，逢年过节、家里来客或大事小情，都要吃饺子。守家待地，投入小，成本低，干脆就在自家挂出块招牌，饺子馆就开张了。

人间有味是清欢。在沈阳，这样的小店比比皆是，这里提到的只是其中的一小部分。食客们之所以喜欢这样深藏不露的小店，是因为里面包含了太多的人间道理，那就是平平淡淡才是真、朴朴实实才长久。吃小馆，吃的是人情，吃的是味道，吃的是怀旧，是人生年少时的欢喜、中年时的无奈和老年时的回忆。

人间烟火气，它使人更能看清生活的本质。生活本来就是眼前的柴米油盐酱醋茶，平淡而真实地存在，是生活褪去鲜亮外衣后的返璞归真。有了这般气定神闲，才能跟这些实惠的老馆息息相通，深得这些老味道的真谛……

深刻的小吃

小吃是美食文化中的一个重要组成部分，它不仅满足了人们的口腹之欲，而且把美食文化的精髓展现了出来。每个城市的街头，小吃的数量与种类，昭示着这个城市的经济活跃度、人们的幸福度。深刻的小吃，一是说令人一吃就印在骨子里、再也忘不掉的感觉；二是说小吃里有大乾坤、大时代、大情怀。它不仅展示一个地域的风味、人们的口味，还可以通过小吃了解到经济现状、民风民俗、民间故事。

所谓小吃，就是那些有些上不去台面的，正餐大餐之外的食物。它看上去不那么美观，好像也没那么精心，就随便地出现在早晨的街边儿、夜市的小摊儿，烟熏火燎的，却有“一口定终生”的感觉。对于小吃，往往只需一口，就与之结下缘分，订下盟约，一生一世都恋着它、惦着它、想着它……

小吃的历史可以追溯到汉朝时期，口味有酸、甜、辣、咸、鲜等，制作方法也有煎、炸、炒、蒸、烤等，让人们可以体验到美食文化的魅力。无限街边味儿，击中的往往是内心最脆弱的地方，小吃，吃的不仅是食物，还是情感，是乡愁……

小吃必要简约。早餐小摊儿，支个棚子，一口油锅一个面板，再摆上桌椅，就齐活了。一根油条配上一碗豆浆，或一碗豆腐脑，当然沈阳人一般吃咸口的，再加上一碟小咸菜：一日之计就在于此了。而豆腐脑的卤汁里，有黄花菜、胡萝卜丁和黑木耳，这三样是绝配。

“大舞台油炸糕，咬一口甜掉牙！”这吆喝声带着沈阳人的卷舌音响起来时，多少沈阳人的嗅觉里泛起油炸糕的滋味，那是舌尖上的眷念。油炸糕具有个儿小、皮儿薄、花样多三个特点，其花样品种分为豆馅、糖馅、菜馅三种。“买两个油炸糕。”小贩答应着，把油汪汪、黄澄澄的油炸糕送进你的手里，那包着的纸瞬间已是油透。小贩又舀上一大勺绵白糖让你蘸着吃。你咬一口糯得冒浆的豆沙糯米油炸糕，那个焦那个软那个香啊！想不到糯米与豆沙奇妙地融合在一起，又软又黏又甜。

奉天油炸糕也是绝对正宗。油炸糕内里软糯细腻，包裹着丰富的红豆馅。豆馅居然不是很甜，口感沙糯，味道是极好的。拿到手时是热热的，即便打包到家，只剩下余温，外皮的口感仍是脆得嚓嚓有声，又不会像一般油炸糕那般油腻。谁说油炸糕的缺点是热量高？在一个吃货的世界里是没有什么热量不热量，只有好吃不好吃。

甑糕也很好吃，一打开盖子就有一股清甜的枣香；酸奶卷里的酸奶味很浓，又不会觉得腻；五花糕样式美观，分量很大，豆沙馅很足，配上桂花蜜，吃上就停不下来。

铁板鱿鱼受欢迎的程度难以描述，往往围在摊前的人也最多。新鲜的大鱿鱼串串儿、鱿鱼须串儿被放在滚烫的铁板上，白烟升腾，再用铁铲子压一压，吱吱地响，抹上甜辣酱，有种强烈的味觉诱惑……

煎饼果子小摊儿常摆到人流密集的地方，都是给那些早晨来不及吃早餐的上班族准备的。一张现摊的煎饼，摊鸡蛋、火腿肠一切两半，再加上土豆丝或豆芽菜以及一叶翠绿的生菜。煎饼果子的灵魂是刷酱，口味各有不同。煎饼包起大果子，包裹万般滋味，拿在手里热腾腾的，有肉有蛋有菜，营养充足。

还有烤冷面，它的原材料是加工好的冷面，放上鸡蛋、圆葱、香菜，加上特制的酱料和米醋，包裹起来，但它的特点是可以自行添加材料，有点自助的意思，比如鸡柳、金针菇、辣白菜等，使口味更加丰富。

焖子，北方地区特色小吃，淀粉制成的凉皮、凉粉，并佐以芝麻酱等制成。沈阳街面上卖的焖子大多来自大连和丹东，炒焖子发源于山东，但在大连和丹东发扬光大。炒焖子是用地瓜粉熬制的凉粉炒制的，把焖子放在大锅里，用刀或者铲子切成小块，小火慢炒，炒到内外焦黄，微微透明，表皮呈现微焦，带一层嘎渣儿，弥漫出香味，新鲜的炒焖子就出炉了。软软的，糯糯的，再混合芝麻酱、香菜、蒜蓉的味道，简直是人间美味。吃焖子必不可少的调料有两样，一是兑好盐的蒜汁，二是调好的芝麻酱。沈阳的炒焖子要搭配土豆泥，比较出彩。彩电塔夜市最有名的炒焖子摊位，总是排着长队，至少要等半个小时才能拿到手，但吃一回便觉得值得。

韭菜合子是沈阳人的心头爱，一般选春季头刀韭菜和鸡蛋为主要原料，有条件时再加点鲜虾仁或海米，小火慢烙，两面金黄，出锅后表皮金黄酥脆，馅心韭绿蛋黄虾红，搭配完美，滋味鲜香。清代大才子袁枚的《随园食单》中，有非常清晰的记载：“韭合：韭菜切末拌肉，加佐料，面皮包之，入油灼之。面内加酥更妙。”韭菜合子的“终极味道”，并不来自餐馆，而是出自家常。每年四五月是吃韭菜合子的最好季节，红根韭菜才是真正的头刀，叶子短而细。切馅的时候，满厨房都是清香气，有股微辣的清香。这样的韭菜做出来的合子无比鲜美，香飘十里。

在小吃街，可以和羊肉串儿相媲美的，唯有烤面筋。面筋虽然是素食，但是经过烧烤调味后硬是弄出了烤肉味，香香辣辣的，非常过瘾。将面筋用竹签串好，再放火上烤熟，然后撒上孜然、辣椒、酱料，吃着筋道有嚼头，散发着面筋特有的面香。

丨韭菜合子丨

烤生蚝，一是要新鲜，二是要调料，三是要炭烤。先将生蚝撬开，将蒜蓉、姜末、酱等作料放入，再直接上火烤熟，蚝肉新鲜又不流失营养。沈阳街头最豪横的店叫“蚝门蒸霸”，瞧这气势，直冲霄汉。不过路边摊儿也挺实在的，老老实实地烤，老老实实地卖。

烤猪蹄的小摊儿，人气最旺，因为香气太浓，能传得很远。烤制的猪蹄比煮的、蒸的、红烧的都香，当肉与火相遇时，那种烟火香便是这俗世中最勾人灵魂的。有人说，吃烤猪蹄，口口都是胶原蛋白，而啃上烤猪蹄的那一刻，可能没有人在乎美容养颜了，只在乎那一口感受：外皮焦脆，内里软糯，闻着都醉，何况吃乎？真的是口齿生香，回味无穷。

如果能为季节代言，冬季必为烤红薯。天寒地冻，烤红薯的香气飘满城市的每个角落，仿佛天没那么冷了，仿佛从舌尖找到了归宿。看着一个个胖乎乎的红薯在烤箱里转呀转，香气从炉子边溢出来，这是一种让人无法拒绝的香气，带着治愈的味道。几乎每个沈阳人都有在冰天雪地的日子里，捧着一只烤地瓜边走边吃的经历。那时你的手冻麻了，嘴唇冻哆嗦了，捧着地瓜就像捧着小火炉。地瓜皮是一定要烤出一层粘手的“糖油”的。撕下外皮，映入眼帘的是金灿灿的瓤，温软黏糯，咬一口，暖流顿时涌遍全身……

小吃随性、亲切、熟悉，吃的是那分洒脱与自在、悠闲与惬意，咂摸的是那些个中滋味、人情味、人生况味。吃是天性，是本分，更显人性的豁达、乐观，隐入市井，心无挂碍，体会那种热气腾腾的感觉，在人间，这浓浓的烟火气，更值得珍惜。

一味寻『鲜』

“无鱼不成席”的说法由来已久，足见鱼在我国的饮食文化中所占地位。每逢年节，或家庭聚会或老友重逢，鱼作为硬菜，不可或缺。“鱼”在汉语中和“余”字的读音相似，祝福语中用来代替余字，祝福他人衣食无忧、富裕富足，因此鱼有富余、多余的寓意；鱼在水中游动，在人们眼中显得随意散漫，引申出自由自在的寓意；鱼的记忆十分短暂，引申出无忧无虑的寓意。鱼字用作人名意指富裕、幸福、前途美好之义。年画中有“鲤鱼跃龙门”，在民间深受人们的喜爱，每当过年，家家户户都把它挂在醒目的位置，人们用“鲤鱼跳龙门”寓意事业有成和梦想的实现。

沈阳市面上的鱼分为两种，一种是淡水鱼，一种是海水鱼。淡水鱼主要来自沈阳市东的大伙房水库，七市水源地，好水养好鱼；海水鱼主要来自营口和丹东，高速公路两小时即达。所以现在的盖县小海鲜、丹东黄蚬子在沈阳遍地都是，吃法也是各显神通，但无论怎么吃，鱼的精髓就一个字“鲜”，而与鱼谐音的另一个字“余”寓意着沈阳人对富足的期望。

沈阳人对吃鱼是有执念的，这大抵源于这片土地上丰富的鱼类资源。让我们重温一下乾隆皇帝四次东巡祭祖，留下的“世界的诗篇”《盛京赋》吧。

其中专门写过这方水土中的鱼类："鲤魴鳟鳜，鲅鲫鳙鲢，鲦鲴鳢鱤，鲍鲻鲇鳝，比目分合，重唇浮湛，剑饰鲛翅，柳炙细鳞。"而这里写到的鲤鱼、鲫鱼、鲢鱼等，在沈阳的水系里繁衍至今，依然如同当年一样鲜美生动，有诗为证：

一鱼掀苹钱，一鱼绕苹梗，
一鱼唾花须，一鱼唼花影。

……

好鱼出自好水，好水来自长白山。沈阳的棋盘山，为长白山余脉，山间众多的河流，带来了优质的水资源。有山就有水，有水就有鱼，有鱼就有鲜。而一道食物的兴衰，也是由食材决定的。这方水域才是真的纯净天然，以较高纬度、较低气温水温，以丰富的沉水植物和底栖动物，造就了鱼类的优秀品质。

大伙房水库里的鱼，适于清水白煮，最简单又最保持原汁原味。相传当年清太祖努尔哈赤率兵打仗走过一片水域（今大伙房水库），官兵又饥又饿，看到水里游鱼跳跃，便停止行军，埋锅造饭，用河里的水炖河里的鱼，味道鲜美可口，令人大饱口福。不知这种吃法是否始于清太祖，但河水炖河鱼在民间一直流传下来。

沈阳人吃鱼是有规矩的，谓年年有鱼（余），吉庆有鱼（余）。除夕夜吃鲤鱼，鲤同"礼"谐音；吃鲫鱼，鲫同"吉"谐音；过年鲤鱼和鲫鱼一起吃，就是大吉大利。吃鲢鱼，鲢同"连"谐音，过年吃鲢鱼连年有余。那么，如何吃鱼能有好寓意呢？据记载，年夜饭吃一条，大年初一吃一条，就是连年有余了。如果准备一条鱼的话，年夜饭吃中间，大年初一吃头尾，这样吃就有头有尾了。

沈阳人吃鱼，家炖鱼最拿手。每位家庭主妇几乎都是炖鱼高手，麻利地把鱼收拾好，用料酒与醋腌制，两边煎成金黄，放几片猪肉提香，葱姜蒜必不可少，放豆酱，然后就是一顿咕嘟咕嘟地炖，炖到入味，配上晶亮的大米饭，是沈阳人最爱的家常味道。而红烧鱼则是婚宴寿宴上的硬菜，如果宴席缺少鱼，那大抵是要被人笑话的，要以大为佳，这关乎沈阳人的面子。清蒸鱼要绝对新鲜，喜欢重口味的沈阳人现在慢慢地接受这种吃法了，尤其是年轻人。把鱼放进好看的盘子，摆上切好的葱丝姜丝，倒上料酒、醋、酱油，上锅蒸，蒸出来的鱼清淡爽口，保持原有鱼味，又不腻又营养。而烤鱼出现在烧烤小摊上，备受人们喜爱。往往就是一个烤炉一张桌子，鲜鱼与辣椒结合，要的是外焦里嫩、麻辣上头。水煮鱼则来自川菜，风靡沈城。大大小小的水煮鱼店，吸引着沈阳人趋之若鹜。究其原因，吃鱼吃的不仅是原有的鲜，还有刺激，那股子舌尖上缠绕的麻辣鲜香，直勾人心。但沈阳人最爱的还是那道奶白色的鱼汤，上面漂几点青翠的葱花和香菜，喝到浑身微汗的感觉……

关于海鲜，必须得应季。春季虾爬子大量上市，于是蒸、煮、卤，花样繁多。春季带鱼肉质佳，而且北方的带鱼比南方的带鱼大。在黄海南部越冬，春天游向渤海，形成春季鱼汛。初夏，是花蚬子肉肥的季节，花蚬子、黄蚬子等各种蚬子都叫不出名来，便宜到能够实现吃蚬子自由的程度。俗话说："秋风响，蟹脚痒"，秋风一起，蟹子膏满黄多，吃货的季节来了。沈阳人吃的蟹分为两种，一种是海蟹，一种是河蟹。河蟹主要来自盘锦，到时候连马路边儿都是蟹摊，一买一大盆，抱着盆吃蟹，过瘾。中秋节期间吃蟹最好。秋季是近海捕获大虾的季节，大虾体内含有非常丰富的蛋白质，营养价值很高。还有海蛎子，被誉为"海中牛奶"，鲜得无以复加，提高人体免疫力、促进新陈代谢。冬天来了，大量的养殖海鲜以各种形式攻占沈阳人的餐桌，每家的冰箱里都塞得满满的，到了过年，那冷冻海产品也是送礼的好选择。

沈阳人吃的海鲜，食材大多来自海鲜市场，最著名的莫过于北大营海鲜

都市绿洲海鲜自助

市场和塔湾农贸市场。每天天刚蒙蒙亮，从营口、丹东、盘锦驶来的大货车已经开始卸货了，那股子来自海洋的腥气，让你隔着二里地都能闻到。城里大大小小的饭店，各个早市夜市的小贩，早早就等在那里，还有退了休的大爷大妈们，风雨不误地赶来“抢鲜”，使得海鲜市场热闹非凡。一般情况下，天刚亮就得来抢，再晚点，对不起，下行了。各种鱼类、蟹类、贝类多得数不胜数，主打的就是一个字：鲜。

这些海鲜被带向了城市的四面八方，大小饭店，早晚夜市。于是，不论哪家饭店，无鱼不成宴；家家户户的餐桌上，无鱼不成欢。

鱼在中国的酒席上扮演着重要角色，吃鱼，不仅仅吃的是味道，更多的是礼俗，是文化。沈阳的美味来自分明的四季，鲜味则来自山川河流的馈赠，辽河、浑河、蒲河、大伙房水库、珍珠湖、秀湖，这一条条山野中的流水，流水中的食材，还有那不远处的海洋奉献出无穷无尽的鲜味，值得我们深深地躬下身，表达我们的敬畏。

熏酱是一种沉浸式之旅

熏酱作为一道特色菜肴，在东北广大地区流传，有人说它是东北人的生命之光，不管小时候还是现在，满满当当一大桌子的熏酱，都是主人接待客人的最高礼仪。就算鱼肉满桌，若没有一点香肠、酱牛肉，那就逊色不少。在东北的大街小巷，有很多好吃的熏肉店，酱的、卤的、熏的口味不同，但是真材实料，味美且正。不同肉不同位置的熏酱口感不同，有肥有瘦有嚼劲，咸香好味。

熏酱猪蹄熏鸡是席间硬菜，肥瘦相间的红肠必须每餐有一碟，筋道的松仁小肚，美味的猪肝鸡肝羊肝，总是年夜饭上不可或缺的美味，直到今天，这种饮食文化习俗依然没有改变。

熏酱是以白胡椒、肉、盐为主料制作的菜品。熏制品的特点是口感醇厚，色泽红润，酥嫩适口，不易变质，满足了人们对烟熏口味的偏好。熏酱制作要点是先将原料加工成半熟或全熟，然后将熏制材料用旺火短时间内加热，使其具有一种特殊的烟香味。

熟食店在沈阳又被称为副食店或熏酱店，是从前那个贫困年代好味道的所在，无论是在都市还是在乡村小镇，本地人如数家珍的熟食店，在街头巷

熏鸡架

尾，在人们的心头如一抹亮色。

中国美食可谓五花八门，地方特色小吃更是数不胜数。与百味鸡、麻辣鸭等这些熟食小店相比，沈阳的熟食店涵盖范围更广，种类也极为丰富。除了一些经营熏酱的专门店之外，各大超市、便利店也有相当规模的熟食专柜，肉类占绝对主流，其中以猪羊鸡为主。先说猪，从猪肘、猪蹄、猪内脏到猪头、猪尾，甚至连猪骨髓都要彻底利用；而牛腱子、牛百叶、牛肚和牛蹄筋等部位也是适合熏酱的食材；鸡就更不用说了，从整只鸡到鸡心、鸡肝、鸡胗、鸡大腿、鸡脖子、鸡翅、鸡架，无不是熏酱的好材料。而且各家有各家的独门绝技。熏鸡架更是一大亮点，独特的秘制配方总能恰如其分地唤醒味蕾，让你尝一口就忘不掉。除了肉类，熟食店还有熏豆干、鸡汤豆腐串儿、老汤干豆腐。沈阳的好山、好水、好大豆，使这些平民食品更能抚慰人心。

说起沈阳熟食，头牌必是香肠和火腿。无论是春节，还是日常家宴，一盘切香肠都是不可或缺的餐桌配置。与江浙、广式和川味用生肉风干或是阴干的香肠、腊肠、火腿相比，沈阳的香肠火腿主要为即食，方便快捷，符合东北人口直心快、风风火火的性子。东北香肠在风格和工艺上深受欧洲影响，如大名鼎鼎的哈尔滨红肠，一直占据香肠市场的半壁江山。重工香肠是沈阳本地特产，肉厚且肉质细腻，经济实惠，深得老沈阳人的喜爱。遍布沈城街巷的一手店，粉肠五香味浓，可口不腻。八珍王的香肠香味浓郁，肉质紧密，瘦肉不老，肥肉不腻；包装更具特色，先用黄纸包好，然后放进写有“国民媳妇”的纸袋里。拎着这个古香古色的纸袋，穿行于灯火辉煌、人头攒动的商场，不仅得到了物质的满足，还有一种文化的气息在潜滋暗长。不禁感叹，吃何尝不是一种文化呢?

沟帮子熏鸡是一家百年老店，在沈阳有着很好的口碑。这是一个闯关东的舌尖故事，也是锦州人献给关内来客的礼物。

清光绪年间，安徽人刘世忠一路逃荒到锦州北镇沟帮子镇，以一只熏鸡立业，将沟帮子的大名沿铁路线传遍四海。将一年生的公鸡在老汤锅里煮两小时左右，抹上香油，热锅里用绵白糖熏两次，再涂上两次油。前后经过16道工序制作的熏鸡，色泽金黄，皮酥肉嫩，肉烂连丝，色香味美。20世纪八九十年代的绿皮火车上，一过山海关，就能看到邻座的东北人，原本是坐在一起的陌生人，但拿出一只烧鸡，打开一瓶白酒，边吃边喝边唠，瞬间就成了哥们儿。一边一路扯闲篇一边吃烧鸡，满嘴大糙子味儿的东北话，很快就到了云山雾罩的境界了，这一路的风尘和疲惫便在烧鸡和白酒的抚慰下烟消云散。

与烧鸡齐名的是锦州北镇五香熏猪蹄，早在清道光年间便已名声在外，远近皆知。熏是一道工序，也是一种手艺，在老汤锅里以花椒、豆蔻、茴香、肉桂等多种调料煮熟的猪蹄，放在熏锅的铁帘上，热锅底撒糖来熏烤，最后抹上香油。糖熏上色、提鲜、增味，让猪蹄香气袭人。如有客户来访、好友相聚，拎一个沟帮子烧鸡、北镇猪蹄的礼盒，那是相当有面了！

以上两种名品虽不产自沈阳，但在沈阳大有市场，街边的专卖店比比皆是。

肘花和熏猪蹄是沈阳男人的酒桌必备。一般情况下，一盘花生米、一盘拍黄瓜是下酒菜，但如果有朋自远方来，或逢年过节有个喜事，猪肘和猪蹄必须登场亮相，否则没有面子。大肘花胶质厚重，香滑可人，或卤或酱或熏，都是熟食谱上的一道亮丽的风景线。它也成为沈阳婚宴上的压桌菜。清凉的酱肘花，经过冷藏更好，改刀切片，用生抽、米醋、辣椒油、蒜蓉等调成料汁，蘸着吃，又香又有嚼头。

盘点一下沈城的熟食店，这些地方榜上有名。

老杨家熟食店，主打猪蹄、排骨肠、熏干豆腐、鸡骨棒。这家店啥时候开门啥时候都排队，就是这么火爆！所以他家的营业时间没有时限，每天所有商品售完即止，既美味又新鲜。最主要的是，仅此一家，没有分店！

高楼香鸡是一家老字号。一些儿时的记忆一直留存至今，唯有高楼香鸡、高楼香兔，那个味道一直没变，无论何时想起，在心头萦绕的总是那股浓浓的熏酱味。

李秀江猪头肉是大东人从小吃到大的美味，没有添加剂，吃着放心。从早年用小推车推着卖到后来有了小门市，全凭味道醇正，肉质新鲜，口感软糯，童叟无欺。他家的猪头肉最有特色，每年的二月二人们都要排队半天，才能吃上这一口。

极美熟食店是家小铺子，身在深巷，名不见经传，能够常开不衰，靠的就是味道，就是回头客的口口相传，这比任何广告都有效都可靠。经过几十年的坚持，这家店在熟食界站稳了脚跟。

芳香元熏味馆以熏猪蹄著称，用的是大盘子，量大，芳香味十足。猪蹄软烂即化，连牙口不好的老人也嚼得动。还有老汤干豆腐，有点麻麻的，却不辣，也深受人们喜爱。

杜家熏味熟食店的特色是熏鸡架，味道好，而猪蹄也是软烂香糯。静静的小门市店，像一个隐者，藏在菜市场的喧嚣中。

程家酱肉是一绝，忠诚的食客只用“味正”来评价。特别是他家的肉丸子，无论是干吃、烩着吃还是做汤，怎么吃都不够，堪称一绝。

熏酱之所以受到沈阳人的偏爱，跟地域、气候、习惯都有关。沈阳四季变换，人们的口味偏重。而熏酱正好符合沈阳人的偏好，凡是那些炖了又炖、熬了又熬、酱了又酱、熏了又熏的食物，都得到人们的认可。一样食物，从熏开始，要经过无数的工序、无数的时光磨合、无数的情感投入，就像一种沉浸式的体验，一点点地入味，一点点地浸润，一点点地陶醉……

五味杂陈 汤中味

有人说，读万卷书不如行万里路，熬万锅粥不如煲一锅汤。汤作为我国饮食的一个重要组成部分，具有非常重要的作用。据记载，饭前喝汤，可湿润口腔和食道，刺激胃口，增进食欲；饭后喝汤，可爽口润喉，有助于消化。当你下班归来，闻到从厨房里飘出的香味，是干辣椒、花椒、姜葱蒜煮在一起的味道，沁人心脾，让人的胃口立刻有了饱满的归宿，也让人卸去满身的疲惫，享受一碗靓汤的鲜美。

“自此长裙当垆笑，为君洗手作羹汤。”一位家庭主妇的厨艺如何，也许就看她是否已得汤中味。有人说，要想征服一个人就先征服他的胃，而要征服他的胃必从一道汤开始。

南方叫煲汤，北方叫炖汤，一字之差，足见南北的差异。煲显得文雅，而炖略显豪放。煲的或炖的不仅仅只是一份食材，更多的是一种心境。当手指轻柔地拂过清水，内心的浮躁和杂念随着水流缓缓释放并慢慢消散，沉浸在一箪食一瓢饮的简单从容之中。看看蓝色的火苗轻轻地跳动，微妙的香气随之袅袅升起，仿佛在一炉清香前静坐，满心的花好月圆。煲汤就是这样，需要有一种不事张扬的恬静，那是“人闲桂花落，月静春山空”的境界，只有这般全身心投入，才能得到汤的真味。

熬是需要时间的，更需要耐心。有时熬的不仅是一道汤那么简单，还是情感的浓度，一生的成色，美与感悟都在里面。将好的汤盛在精致的青花瓷小碗中，用同样精致的细瓷调羹拨开汤的纹理，浅尝一口，舌尖一颤，唇齿间有一种难以言喻的香味轻轻荡漾，回味悠长。晚餐的餐桌上，有很多汤为大家所共享。

沈阳老一辈人喜欢的汤，普遍来说是香浓的，比如鸡汤、牛肉汤、排骨汤、羊汤，都是带肉的。但年轻一代的口味渐渐变得清淡，少盐、健康成为新的流行菜式。菜与火的融合，要经过火的传递，将菜的精华释放出来，进而达到含蓄包容。汤要小火慢炖，就像婚姻，那种火爆热烈往往难以持久，要的其实是相互的理解、交融与回味。

炖鸡汤最好用老母鸡，而老母鸡又以野生散养为最佳。加入石上流的清泉，辅以糯米、人参、蒜、红枣、栗子、松仁、枸杞，小火慢炖一个小时，或者三四个小时，效果更佳。只见其汤色泽鲜明，鲜美甘醇，不油不腻，其味融入了糯米的香糯黏滑，笨鸡的醇香与鲜美，配以松仁的香酥甜嫩，板栗甘甜，红枣枸杞补血，轻轻地，一勺汤汁入口，唇齿留香，令人垂涎三尺，念念不忘。

牛腩炖西红柿是一道家常汤。将牛腩洗净切块，焯水后撇去上面的浮沫，配以八角、青椒、冰糖、葱等调料，放入高压锅，将西红柿用番茄酱炒碎，然后把炖好的牛腩倒入西红柿中，色香味形融为一体，清香四溢，收汁装盘，一款色泽鲜艳、甜酸咸口、肥烂不腻的靓汤让人垂涎欲滴。西红柿被称为神奇的菜中之果，有人把它当水果吃。西红柿中的番茄红素被称为“植物黄金”，具有很强的抗氧化功能，与富含氨基酸的牛肉搭在一起，简直是绝配。

至于羊汤，传统说法是冬至喝最好。但沈阳人普遍认为三伏天喝羊汤最补。在乡下喝羊汤成为一种仪式，屋子要密不透风，窗户门都要堵得严严实

牛腩炖西红柿

实。清一色的爷们儿，光着脊梁，甩开膀子，大呼小叫，出一场酣畅淋漓的汗，筋骨打开了，毒素排出了，保证这一年都不感冒不发烧。在城里喝羊汤，虽不会像在乡下那样放肆，但在大热天面对熬好的羊汤，奶白色的诱惑，再加几点翠绿的香菜末点缀，谁又能不放开了喝，来一场大汗淋漓呢？

宜和春羊汤馆是一家夫妻店，他家的汤原汁原味，汤底乳白，味道香浓，配上店里的千层饼，外加一碟免费的咸菜，清爽又解腻。尚品羊汤馆的羊汤香味浓郁，香而不膻。一碗香、辣、热、鲜的羊肉汤入口，简直是全身通透，百脉俱开，让人顿觉身心舒畅。

鱼豆腐汤的营养价值是最高的，也是最鲜美的，二者就是绝配。一道好鱼汤抵得上山珍海味，人生至味也许就这一口汤，足矣。炖汤的鱼只一个要求，那就是必须新鲜。鱼汤只需加点料酒和姜片去腥，几乎无须其他，否则就掩盖了鱼本来的味道。加进豆腐，一直熬到奶白色，豆腐变得蓬松起来，即好。再加上几粒枸杞、几叶香菜，红、白、绿颜色鲜灵，余味无穷。

猪蹄黄豆汤则是妇女生子坐月子的最好补品。将大猪蹄一劈两半，收拾干净，加上东北黄豆，炖个满锅的胶原蛋白，产妇喝下去，下奶最快。还有一道蛎黄萝卜丝汤，清淡鲜美，营养丰富，就着大饼子、大花卷喝下去，身心舒服。

甩袖汤。初听这个名字，会让人联想到京剧里的青衣，长长的衣袖甩出风情万种。从字面上理解，应该是薄薄的蛋片漂在汤里。甩袖汤是地道的家常汤菜，是把鸡蛋壳磕破一个小洞，用筷子搅一搅，然后把蛋液通过磕破的蛋壳的小洞甩到锅里。而现在叫蛋花汤，是把鸡蛋在碗里打成蛋液，然后淋入勾薄芡的汤汁里，使凝固的蛋液漂浮在汤里形成“蛋花”。蛋花汤有时会加入西红柿和黄瓜，红黄绿三色相间，颜色鲜明，又增加营养，喝起来味道更清香。

小时候喝过用大锅做的甩袖汤，通常是在村民办婚事的宴席上，大家都管这样的宴席叫作席。席面往往很有排场，要有“四蒸四炸”，熘炒凉拌样样俱全，最后一道是甩袖汤。只要看见这道汤，说明宴席就要结束了。做宴席的大厨手艺相当好，甩袖汤做得有滋有味，甩出来的蛋花很均匀很细小，看上去很有食欲，喝一碗还想再来一碗。

参鸡汤与脊骨汤，是朝鲜族的传统汤品，在沈阳继续发扬光大。人参是东北特产，以长白山产为佳。参鸡汤内敛而锋芒不露，在鸡腹中隐藏糯米、板栗、人参等食材，再配以简单的调料小火炖煮，经过几个小时的等待之后，从品味汤汁开始，到破开鸡肚，光芒毕露，惊喜接二连三，这或许就是以一道菜就能支撑起一家店的原因之一。滋补滋养，或许是参鸡汤成为食客选择的另一重要原因。这一点，从西塔街上各家参鸡汤专门店的名字便可窥探一二——万寿、长寿、长顺……

万寿参鸡汤很有名气，进了店要脱鞋上炕。冬天进入这家参鸡汤店，会感到浓浓的香味扑鼻，味醇正，汤很浓，有点淡淡的药材味道。店家有辣白菜和辣萝卜，吃完了还可以再加。

对于饮食而言，汤不仅是均衡营养的必需，也是人生境界的一种递进。熬是等待，虽是煎熬也是历练。

清泉之饮 少小之味

夏日里，在清水中拎起一瓶汽水，那细小的气泡密密麻麻的，直冲进嘴里，一股微辣又微甜的水流进身体，似乎所有细胞一下子打开了，接受那种冰爽的感觉。哦，实在是太惬意了！

这种少小时的记忆，可以说刻骨铭心，它叫八王寺汽水。沈阳的 50 后、60 后、70 后、80 后可谓无人不知无人不晓，或者说，没喝过这个牌子的汽水，算不上是真正的沈阳人。作为沈城当时唯一的汽水生产企业，八王寺就是个传奇。

好汽水一定是来自好水，那么八王寺的好水是从哪里来的呢？明朝时期，在奉天城大北关附近有一座庙宇，称“大法寺”，后来损毁。清顺治五年（1648），英亲王阿济格恰巧路经此地，见寺庙破败不堪，便施舍银两重修了寺庙。因阿济格被称为八王（在当时王爷中排行第八），此寺便被称为“八王寺”。

据《沈阳县志》记载，在沈阳八王寺院东南 50 米处有一眼清泉，井壁为青砖砌筑，圆井口为青石垒成，井台下有石阶，井水清冽甘甜，是当时盛京城里最好喝的泉水，号称“关东第一甘泉”。乾隆四十三年（1778），乾

清泉之饮：八王寺汽水

隆东巡盛京，拜谒福陵、昭陵，靠骆驼从北京运玉泉山泉水来饮用。因路途遥远，玉泉水到沈阳时已沉淀浑浊，难以饮用，因此，八王寺井水便被定为御用之水。

从此，八王寺附近的这眼清泉井一时声名在外，一些店铺干脆在门前挂上“八王寺清泉井水”的招牌，而北市场的茶馆每天都会来此汲水，一辆马车拉着 8 个大木桶，慢悠悠地穿过街市，载着的是一眼清泉带来的生意。那泉水变成了浓郁的饭香、白嫩细软的豆腐和清香四溢的茶，单单只喝一口，细细品味，也是清冽甘甜，甜到心里。所以百姓们纷纷来八王寺井里打水，它承载着人们对水的执念。今天，我们喝的纯净水需要经过十八层过滤，但还是喝不出当年八王寺的那个滋味。至今我依然记得第一次喝到八王寺汽水时的感受：我的筋骨好舒展哪！我深深地吸口气，甜滋滋的，一瞬间幸福感都有了纯度。

1925 年，商业奇才张志良创办了八王寺汽水厂，还为自己的企业写下了广告语，刊登在《盛京日报》和《东三省民报》上，广告是这样写的：“关外第一酒厂，东省无二甘泉”。运作资本，他在行；商业推广，他也在行。八王寺汽水的注册商标为“金铎”，寓意深远。金铎即是钟声，就是警钟长鸣，唤起民众抵抗外敌侵入，足见张志良的爱国情怀。事实证明，他也确实利用自己的实业，以薄利多销的方式，硬是把日本货挤出沈阳。

20 世纪 80 年代的八王寺汽水，再度让人们迷上了它。那是一种少小之味，单纯的甘甜，不掺一丝杂质，无须华丽的包装，就是简简单单的一只玻璃瓶，一瓶好水，就能带给我们最纯粹的快乐。那时，看到八王寺汽水在眼前闪过，心里便有了一种被甜蜜和清凉抚慰的熨帖感。及至启开瓶盖，那一丝丝甜蜜的清凉便从舌尖上蔓延，到达身体的每一个细胞，随着它的缓慢游走，身心也变得轻松和惬意。时不时地来上这一口，生活的美好尽显其中。

因为八王寺汽水供不应求，想买得用原厂空瓶换购。听着空瓶子乒乒乓乓的碰撞声，心里的期待也在这声音中变得圆满，一个小小的玻璃瓶装着的，是火热的夏天里最心仪的清凉。

除了小卖铺卖八王寺汽水外，街头巷尾的小摊儿也卖，那时因为冰箱还没有普及，为了制造冰爽的效果，人们自制土冰箱，即将汽水冰镇上。那些跑得满头是汗的少年气喘吁吁地来到小摊前，掏出皱皱巴巴的一毛钱，急急地说：“来瓶冰的！”小贩便掀开塑料布，再掀开大棉被，变戏法似的从里面掏出一瓶汽水。少年捧在手里，但见那墨绿色的瓶子外层已是一层透明的水雾，少年用牙打开瓶盖，猛地倒进嘴里一口，微闭着眼睛，享受着那一种透心的凉，又解渴又消暑……

每天早晨天还没亮，八王寺已是人声鼎沸。各个小卖铺上货的人堵在八王寺汽水厂门口准备上货，呼喊声、吆喝声、器物碰撞发出的咣咣声交织在一起，奏响了多少孩子童年的交响曲。对于这些噪声本地人从小便听习惯了，要是没有了还不适应呢！那时八王寺汽水供不应求，只能限售，每个摊主最多只能买3—4箱，再多就只能明天清早来上货了。

在那代人的记忆中，八王寺汽水最显著的特征就是“气足”，用手按住瓶口轻轻一摇，松开手指时汽水足足能滋出三四米远。那时的汽水很金贵，1毛钱不是个小数目，在那个年代，都可以买10多块水果糖了。对于在汽水厂周围长大的孩子来说，喝汽水倒成了偏得。当时玻璃瓶装水，难免碎裂，孩子们便常常跑到堆放破损汽水瓶的厂墙根底下。而那些破损瓶里通常都会残留下点儿汽水。这点残水便成了孩子们的心头念想，便天天去翻瓶喝水，每次都能喝个痛快，那是当时孩子们儿时最大的乐趣，也是值得他们炫耀的一件事。而“喝汽水”是个技术活，为了避免被碎掉的汽水瓶划破嘴唇，你得闭紧牙，瓶口贴着牙往嘴里嘬，把甜水嘬进去，将玻璃碴子都隔在牙外面。

如今，八王寺汽水厂的厂房已经改造成饭店，每个包房都以车间命名，其中还保留着原始的机器与样貌。将旧有建筑改成文创园，已有成功范例，比如1905文化创意园、红梅文创园、奉天工场等，但是改建成一家饭店，也算是另辟蹊径吧！现在的八王寺汽水更新换代，推出很多新口味，橘子味、菠萝味、白桃味、果子蜜味、荔枝味，均是塑料瓶装，包装也比老汽水精美，喝起来也很解渴，只是小时候的那种果子蜜味，似乎再也找不回来了。很多时候，我们喝的是一种情怀，一种对岁月的追忆和怀恋，合并为一种老味道，在舌尖缠绕，也在心头萦绕……

一切皆可糖葫芦

吃糖葫芦的记忆，可以追溯到小时候，每当听到冰糖葫芦的叫卖声，眼前就会闪现一串串儿小小的红灯笼，我就被它牵引着往外跑。那圆滚滚、红

| 冰糖葫芦 |

形形的山楂，外面裹着一层亮晶晶的糖衣，馋得我口水都快要流出来了。买到一根糖葫芦后，不舍得吃，先轻轻地舔着，那味道一下子渗透进整个口腔，啊，好甜！手里举着一串儿糖葫芦，走在雪地上，合着脚下发出吱吱嘎嘎的声音，再轻轻咬掉上面的糖衣，听着它在口腔里爆发出清脆的声响，像一个个快乐的浪花在心间奔涌，再吃一个山楂，酸甜软糯甜到心里，甭提多美了。就像歌中唱的那样："都说冰糖葫芦儿酸，酸里面它裹着甜；都说冰糖葫芦儿甜，可甜里面它透着那酸。糖葫芦好看它竹签儿串，象征幸福和团圆，把幸福和团圆连成串，没有愁来没有烦……"

卖糖葫芦的小贩，挑子一头木盘上支着竹片弯成的半圆形架子，上面有许多小孔，用来插糖葫芦，当挑着它们走路的时候，糖葫芦颤颤巍巍地在架子上舞蹈，让人看着心生欢喜。另一头是可当场制作用的火炉、铁锅、案板、刀铲等工具及糖、山楂、山药等原料。在糖葫芦供不应求的时候，小贩就会现做现卖。他麻利地把取出核的山楂一个个串在竹签上，在平底煎锅放入白砂糖和水，熬到有些黄色的黏稠状时就关火，然后用锅铲把山楂串儿迅速在锅里滚几圈，就能起锅了。最后用勺舀好糖浆后迅速横向在多排串儿之间移动，一排排晶亮的拉丝便出来了。

冰糖葫芦是中国传统小吃，起源于南宋，在宋朝年间便开始了古式的做法。《燕京岁时记》记载："冰糖葫芦，乃用竹签，贯以山里红、海棠果、葡萄、麻山药、核桃仁、豆沙等，蘸以冰糖，甜脆而凉。"它的身影经常出现在茶楼、戏院、大街小巷，尤其是正月十五闹花灯时，孩子们手里拿着串儿糖葫芦，一边走一边赏灯一边吃，冻得哆哆嗦嗦，咬一口糖葫芦，又酸又甜，有时还粘了牙，冰得嘴都麻了，呼出的热气凝结在帽子、围巾上，成为一层白霜，但那冰冷的欢乐，那白的、雪红的糖葫芦互相辉映，成为北方人心里永远抹不去的温馨记忆。

旧时的市面上，在影剧院门口，或食品店里，糖葫芦摆在白瓷盘里，用透明的玻璃罩着，没有一丝热乎气。还是喜欢大爷扛着秫秸扎的架子，上面插着串串儿的糖葫芦，粗声大嗓地叫卖："冰糖葫芦——新蘸的糖葫芦！"小孩子们纷纷围着看，眼巴巴地看大爷如何熬糖稀，熬到那金黄色的泡泡密密麻麻时，把山楂在糖稀里滚几圈，一串儿诱人的糖葫芦就递过来了。其实熬糖稀是个技术活儿，火候不到会粘牙，火候太大会发苦，稀了挂不上糖，稠了蘸不起。小时候的印象中，糖葫芦基本都是以山楂为主，20 世纪 80 年代以后，种类突然爆炸般地多起来，令人目不暇接。我第一次吃到带馅儿的糖葫芦应该是 90 年代，令我惊讶不已。

那是"老高太太"糖葫芦。

忘了从哪一年开始，老高太太糖葫芦似乎一夜之间便占领了沈阳的大街小巷，大人孩子人手一串儿，吃得不亦乐乎！以前的糖葫芦都是散卖的，突然间带了包装，而且还是双层的，挺精致，还带一层糯米纸，这纸其实也不是纸，是入口即化的。我至今还记得第一次打开包装，看到内里时的情景，红红的山楂里居然还夹着芝麻馅。原来糖葫芦也可以是这样的啊！

从前，糖葫芦只是个小打小闹小玩意儿，没想到让老高太太的创始人给搞成了大产业。以前都是小作坊，现在是现代化生产车间，当然采取的也是现代化管理模式。要有密封包装，有商标注册，有售后服务，用无切口法去核、去果头，并灌进了各种馅心。一时间，沈阳街头掀起了"老高太太糖葫芦热"，几乎把所有能串成串儿的东西，不管你能不能叫上名来，统统都在糖稀里滚了一遭，成为亮晶晶的、酸甜酸甜的、冰冰凉的糖葫芦了。大人孩子手里举着的，有红有绿、有黄有紫，花花绿绿地"招摇过市"，看着都喜兴。

接着，老高太太糖葫芦彻底刷新了人们的认知，也带动了糖葫芦市场的创新潮。据说山里红做的糖葫芦比山楂的好，口味不那么酸。还有山药的，口感软糯一些。可你见过蜜枣冰糖葫芦、腰果冰糖葫芦、绿豆沙冰糖葫芦、核桃冰糖葫芦、朱古力冰糖葫芦和钙奶味冰糖葫芦吗？尤其是那些水果糖葫芦，比如草莓的、橘子的、猕猴桃的、香蕉的，真的是只有你想不到的，没有人家做不到的。有的一串儿之中，就串起几种水果，那才真是过瘾呢！

而糖葫芦本是老北京人认为的自家特产，无数次地出现在歌曲、相声、戏剧中，却没想到突然有一天刮起了一股“老高太太”旋风，居然变成沈阳小吃，而且弄得花样翻新，以各种口味冲击着人们熟悉的味蕾。

近年来，还有德氏的大宋红系列产品，风靡沈城。每一款都能颠覆人们固有的认知和经验，来一场舌尖上的舞蹈。

沈阳糖葫芦，已经百花齐放，各种创新层出不穷。我们的想象有限，不知还能出现什么新款、掀起什么潮流。但我们相信，探索的脚步不会停下，创新永远在路上。

沈阳的冬天，银装素裹，冰天雪地。当一串串儿小小的“红灯笼”从洁白的雪地上飘浮起来，便给那沉寂静默的冬季带来了一抹热烈的红色、一种蓬勃的生机。这是古老的智慧与大自然给予我们的馈赠，这是独特的口感，走心的甜，龇牙的酸，酸酸甜甜就是生活的味道……

身边的花样美食

沈阳街头餐馆林立，八珍玉食让人垂涎欲滴。如果说那些富丽堂皇的餐厅是大家闺秀，那么隐藏在巷陌中的美食可谓是小家碧玉。细数这些熟悉的美食街，更是各具特色，独领风骚，充满了人间烟火气。

十一纬路距离中街商圈近在咫尺。这里的娱乐和餐饮别具特色，华灯初上，这里人头攒动，车位开始变得紧张，各家店里餐客觥筹交错，热闹非凡。这条路于南市场前贯通南北，也让这百年前建立的市井繁华之地，一直保持着人们心目中的美食地位，这种气质传承于当年南市场的烟火之气。

沈阳老牌炭火烤肉奉吉就是被这种烟火气所吸引，搬迁到此处。奉吉的待客之道在于它的真诚。食客上桌，便有几道开胃小菜被端上来。那几样地道的拿手菜，食客闭着眼都能点出来。烤肥牛或是瘦牛全凭你的喜好，调味牛五花、奉吉秘制肉等已经腌到了时候，只等你把它们放在炭火盘上，一顿滋滋啦啦，两面翻转，不软不硬时，包到生菜叶或苏子叶里，再加上蒜片、酱料，放入口中，尽情享受那肉与绿叶菜混合在一起的特殊香味。冷面、炸打糕或是海鲜饼等这些主食也不会缺席。秋葵火龙果沙拉、金枪鱼蔬菜沙拉、鲜果沙拉等新菜品，让那些正在做身材管理的年轻人打消了顾虑，可以放心吃。

巷子深处，小院清幽，适于微雨燕飞的时节，约一二知己清谈，因为美食与美酒正好相宜。这里就是“倾酒”，有斟酒的意思，也有为之倾倒的意思，把喧嚣的世界隔在了外面。趁着未醉先点几样菜，让一杯清酒阻隔外面的喧嚣，带来片刻的温馨与宁静。菜品突出“舒适”二字，一切都刚刚好，如紫苏牛肉卷，将紫苏包裹牛肉卷煎炸，形成一种崭新的口感；轻煎芦笋，芦笋清淡，与土豆泥相得益彰；慢炖味增牛舌，牛舌入口即化，里面的萝卜和青笋青翠欲滴；黑松露南瓜酱薄饼，饼上淋了芝麻酱；山葵牛肋肉，牛肋肉搭配口蘑，佐之少许山葵酱，让牛肋肉的鲜得以发挥；芒果咖喱鸡，水果与鸡肉搭配，可以想象所生产的奇妙效果。如果再来一份西式牛肝菌拌饭，这顿饭堪称完美。

十一纬路的美食花样繁多，各有特色。比如主打牛肉芝士汉堡、鸡肉塔可、牛肉塔可、烤鸡胸凯撒沙拉、牛肉芝士薄饼等美式西餐的麦奇餐厅，比如主打一品鲜虾砂锅粥、极品虾蟹粥、水晶虾饺、招牌流沙包、鲜虾肠粉的

芒果咖喱鸡

潮粥记海鲜砂锅粥，比如主打藤椒花蛤、喷醋鸡架和小肉串儿的十二峒。

十一纬路的烟火气，也延伸到相邻的十纬路。在那里，也有不俗的美食在世间超脱独立，让人即使七拐八弯地寻找也觉得值得。在野餐厅，一个“野”字尽显其不羁与闲适，小有小的妙处与精巧，随性与自在：大叶紫苏虾、脆海苔金枪鱼塔塔、牛筋煮烩饭、芝士鸡肉丸、帕玛森芝士薯条、果味烧汁鳗鱼、柚子凉面……

十一纬路美食街的饮食真是包罗万象，除了以上这些传统名店和特色餐饮，还有更特色的所在，那就是老奉天鲜啤酒。他家只提供酒水，菜品需要自己去外面单独采购，给消费者很多自主权。精酿鲜啤酒的特色在于酿前面有个“精”字，虽然酒精度会高一点儿，但是酒也更纯粹，喝上一口发现这才是啤酒，而不是那种所谓的工业啤酒。当小烧烤遇上各式精酿啤酒，酒保有原味，沁人心脾，可一醉方休。

在沈阳，火锅又是一道必吃的特色美食。菜品精致又可口的福禧肥牛火锅，原料进货端就非常讲究，口感更是一流，用餐环境也是相当不错，携上三五好友吃上一顿定会让你流连忘返。当然酒香不怕巷子深，这家店你得在这一片好好找一找。

来到这条街，你想要的餐饮业态都有。你想到的会有，没有想到的也会有，可以想见和平区的美食多么丰富！挨着十一纬路，便是十二纬路，接着是十三纬路，而十三纬路也有惊艳的美食在等着你。

彤德莱与红菇坊火锅都开在十三纬路，彤德莱在喧闹处，红菇房在安静地。前者有着红红火火的喜庆之气，后者有着气定神闲之态。彤德莱的特色虾仁滑、秘制嫩牛肉、精品肥牛、大刀手切羊肉、油炸豆皮都一如既往的好；而红菇坊的养生金汤小米鸳鸯锅、坊间秘制滑牛、坊间秘制虾滑、牛魔王过火焰山、奥尔良风味鸡肉等菜品也与锅底相得益彰。它们都保持着一贯的实在与朴素，性价比之高是他们在市井繁华中立于不败之地的秘诀。

明记大潮汕，往往在夜深人静之时方显温暖本色，尤其是寒夜风雪中，老板的一杯酸梅汤、几句问候足以打动人心。滑鸡、牛肉或是鲜虾砂锅粥，有肉有蔬菜，喝下去顿感胃肠舒服，身心顺畅。潮汕猪脚饭也是食客首选，多味秘制中药成就了其独家特色。此外，肥肠饭、鲜虾鸡蛋肠粉、牛肉丸汤、虾饺皇等多种潮汕简餐小食样样好吃。

两家老四季店，一如既往地守望着沈阳人的胃口，一碗面、一盘鸡架、一瓶老雪，已让人心满意足。

十一纬路，十三纬路，一个在南市场，一个在彩电塔，都是沈阳最热闹的市井繁华地。老式的街道与绚烂的霓虹灯、旧式的建筑与新派的店铺，形成了鲜明的反差。这里有历史的留痕，更有现代的风尚。而美味就沉淀在这一街一景、一灯一盏、一杯一饮中，触手可及，唤起的是那温暖的感受，抚慰的是疲惫的心灵……

初见·遇约

如果你是第一次来到重型文化广场，你会被那高大的工人塑像而惊艳到。这里是著名的重型机械厂旧址，曾经炼出了新中国的第一炉钢，如今改造成1905文化创意园，漫步其中，依然会为那些钢铁所震撼。以广场为中心，从1905文化创意园延伸到北一路万达周边，如今各种特色美食店铺展开来，老店与新店同在，传统与创意共存，散发着沈阳厚重的工业遗风。

夜晚初见，站在那塑像之下，各个店铺的灯光亮起，人流如织，却莫名地感受到一种坚硬的气质，弥漫在那一片灯红酒绿之上。恍惚之间，想走进某个小店，听一位老者讲述一下这里的故事……

也许，各式烤肉比较符合这里曾经的粗犷与豪放。在钢花飞溅的地方，让火与肉结合，燃烧出激情的味道。南九里肉铺，韩式风情，主打的却是简约的轻工业风。招牌菜是山蒜叶猪五花，精准地把控火候，让山蒜叶包裹的肉有植物清香，涂山葵酱，或是蘸水料，完全颠覆你对五花肉的认识。以生菜或者苏子叶包裹的烤肉，适于大快朵颐，使得肉与叶子的味道完全释放。

北一路的韩式烤肉，老牌子韩盛古法烤肉店，古法肥牛、调味牛肉、果味猪五花、手切瘦牛，都在时间的流逝中依然鲜美。这里可以单点，也可以选择同在北一路万达商场里的韩盛·盛江山自助料理。

除此，北一路周围的马漂亮烤肉、烧匠炭火烤肉以及金丽烤肉·鳗鱼等各种烤肉烧烤店，也保持着一贯的品质，值得品尝。

1905 文化创意园对面小巷子里的川奈寿司（日料）或者奇妙汉·炒码先生口碑均好，保证你吃了一回还想下一回。川奈寿司（日料）主打寿司，黑鱼籽蟹肉卷也不错，黑鱼籽下面一层包裹着蟹肉，夹着芒果，肉与水果的奇妙旅程，将在口腔与感官中完美体验。三文鱼、鲷鱼等各类刺身齐全新鲜，寿喜锅中料足味鲜，而如明太子烤土豆抑或手持鹅肝、天妇罗等小食也足够令人惊喜。

另一家奇妙汉·炒码先生，菜品以韩式炸酱面、海鲜炒码面为主打，炸酱面料足、面筋道，而炒码面辣中透出鲜味，让人通体舒透。其他菜品如酱

| 川奈寿司 |

汁炸鸡、辣味糖醋肉、金枪鱼沙拉、炸鸡沙拉，也都会让你余味绵绵。

九九蚬面专门店、华阳串根香、申记串道、三块六重庆火锅、小碗家炭烧都在这条街上。还有六婆串串香、多嘴肉蟹煲等，每家店都有自己的特色，令人吃过不忘。

以铁西广场为中心，兴华南街、兴华北街与建设东路纵横相交，周边聚集了铁西百货、第一商城、鲁尔大厦等，人气很旺。这一带商业气息浓重，这种商业繁华的地方，能够吸引着人们不断地从地铁1号线涌出，相约于此。除了逛逛大型商场，免不了要美餐一顿。兴华南街上的西贝莜面村带着一种散漫与放松的味道。毫无疑问，铁西广场是绝对的铁西中心地带。铁西广场附近的美食店铺实在是不胜枚举，大致可分为几个区域：万象汇商场内、万象汇后身小北四路一带、应昌街一带、万科金域国际周边一带、铁西百货周边、兴华街维康医院一带，甚至可延伸到新玛特商场后身一带。

吃烤鸭可以去吃遇约，这个名字不错，所以我拿来作为小标题。相聚有两种，一种是遇见，另一种是约见。遇见带一种惊喜，约见带一种期待。在这里，我吃到了石锅海胆豆腐、自贡大麻鱼、老北京爆肚，还有琉璃茄合、酸汤肚包鱼等各式融合菜品，等着下次再遇或约。

吃火锅，既可以选择万象汇里的海底捞火锅，也可以选择云峰街上的焯牛潮汕牛肉火锅或者北四路上的额尔敦传统涮火锅，兴华街上的阳坊涮肉以及东巴人鱼豆花火锅。各种不同的火锅，各种不同的体验。

“涮”比较符合我对这个街区的想象，意味着那种热烈、交融的情感，当然，也可以借着酒力，说一点大话，吹一点小牛……

烧烤店有维康医院旁的撸客烧烤，他们家的招牌有红柳羊肉大串儿、烤榴梿和黑椒雪花牛排串等。有以创意闻名的乐屋烧烤·废墟版，铁西百货这家店的主题是废墟，整体装饰风格即依此展开，除了装饰上的创意，菜品上更是如此，除了有烤鳗鱼串儿、小鸡蘑菇串儿、凉串儿生虾等，还有跳跳糖沙拉以及麻酱焖子、校门口沙肝等小吃。也有一顿烧烤、拾友捌酒·东北烤肉馆、野人串吧、申记串道等品牌连锁店，品控把握极佳。吃烤肉的话，安三胖韩国烤肉、积木特味炭火烤肉，以及啊美丽炭火烤肉、阿里郎原始泥炉烤肉、三千里原始泥炉烤肉、千里马烧烤等，都值得一去。

建设东路胡同里的巷里味道私房餐厅有些高大上，菜品有佛跳墙、松茸竹笋汤、金汤薏米海参盅、巷里牛肉、芥子虾、云丝锅包肉等，这里宜于商务人士交流，容易成就一桩生意。

麦香铁锅焖面、龙虾匠私房龙虾馆、春艳砂锅居、侯府黑鱼馆·酸菜鱼、易丰酒店等都深藏着美味。北一中路的万达广场里也有不少餐馆，以异域风情为主。铁西广场周边的美食分散在云峰北街、爱工北街、保工北街、兴工北街、兴工南街、建设东路、南六中路等地，火锅、面馆、点心、清真馆等，遍布街区，就在你走过的地方，等着与你相遇。

这一带的美食足够丰富，足够到令人眼花缭乱。不知道从这里黯然退出历史的那一代人，站在灯火辉煌的街头，是如何缓慢地转过身去，心头飘浮的是烤肉的香气还是当初的钢铁气息？你好，铁西广场和重型广场；你好，1905；你好，遇见的或约见的每个人、每盏灯火、每段回忆……

胡同里深藏的文艺范儿

这条街深藏于彩电塔附近的小巷子里，聚集了各种文艺气质的小店，满满的青春气息。所以逛这条街的年轻人比较多，闲来吃一顿，喝杯茶，等到傍晚再到彩电塔夜市走一遭，美哉快哉！

喜记牛腩或许能够满足食客对牛肉炖萝卜的口腹之欲。店虽小，肉却是上好牛腩，块大，熟烂，火候正好。白萝卜细嫩，尽浸了牛肉滋味，属滋补上品。尤其是天凉之时，一口牛肉、一口萝卜，再来一口汤，浑身暖融融的，配上白灼的翠绿油菜，清爽解腻。店中一道甜品——

| 牛肉炖萝卜 |

苕汤圆制作独特，属贵州小吃。还有一道菜，是将红薯与猪肉、豆腐融合在一起，组合奇妙，可以一尝。

壹酒贰肉 1926·深夜食堂，酒肉不歇，直到深夜。招牌菜是香叶鸡脖、鸡爪子、麻辣龙虾尾、椒盐龙利鱼，或是各式烤串儿、麻辣烫。店内烤制的面包片蘸过蛋液，口味独特。这是可以一个人坐到天亮的地方。如果能有人陪伴，那么整个夜晚将更加精彩。

比较有私密感的泊月私房菜强调的是诗意与创意。潮汕原汁焖牛肉，牛肉下面有一层南瓜，十分解腻；椒盐藕片，外脆里嫩，微甜；百香芒果浆宝鸡，酸甜酥脆；麻汁油麦菜，有酱汁浸润，浓郁麻香；脆皮炙大肠，微微麻辣，蒜片起画龙点睛的作用；红油雁唇，搭配翠绿香菜，赏心悦目。

会武街里，人情味满满。还有渝宗巷子重庆市井火锅、杨师傅过桥米线、名之家紫菜包饭等。各家小店都是深藏不露的功夫高手，齐齐会聚于此，不露声色地展示出各自的看家本领。

文安路是一个小胡同，是集繁华与市井于一体的街道，这里既有个性十足的文艺小店，也有规规矩矩的老店，美食小吃扎堆在一起，比较著名的有勺园饭店、小背篓、奉天小馆、八八八日本拉面、大阪府日本料理，还有不少咖啡、茶馆，主打清新小资范儿。

万福记，主打粤式晚茶，以粤式小点和海鲜粥为特色。菠萝包是一道家喻户晓的粤式小点，菠萝奶酥和果粒香甜可口、果香馥郁。万福四季虾饺皇成为本店粤式晚茶最受欢迎的一道菜。荔湾海鲜艇仔粥会集了鱼片、虾仁、花甲、鱿鱼等，用料满满。鲍鱼滑鸡粥，配一碟小菜，或是酸甜爽脆的龙腾泰椒脆萝卜，或是菌香四宝有机蔬菜等应季时蔬，万福记把这碗粥做到了极致。

汤城茉里，主打粤菜招牌，最好吃的粤菜让人尽享美食的魅力。茉里牛肉、玻璃乳鸽、老火靓汤、法式虾球、黑金流沙包，光听着这餐名，就有一种精致动人之感，每道菜都饱含着一种浓郁的蛋与芝士的混合香气。

粤菜是融合菜系的代名词。请欣赏一下鹿桃·粤小馆里的这些菜名，诗意满满。脆竹笋拌兰花蚌、香煎芦竹笋楠肉卷、玻璃皮润烧乳鸽皇、雪花和牛挞，让人联想到中华饮食文化的博大精深，每一道菜品从形式到内容均透出粤菜的文化内涵。

谭海烧腊坊，门庭小，菜品样式少，却十分地道。深井烧鹅、脆皮烧鸭、蜜汁叉烧肉、烧腩肉；谭海家的白切鸡、白灼各类时蔬，基本是不加调料保持原味，成为经典粤菜。

具有本土特色的奉天小馆，安静地身居文安路，默默地改变着人们对东北菜的固有印象，使人重新认识到，东北菜也一样可以做到精致。老豆腐、奉天老式锅包肉、雪绵豆沙、小馆过年菜、大黄黏米饼、豆角烀饼、麻酱手工拉皮等，耳熟能详，样样都能做到令人耳目一新，属实难得。如果有外地朋友来沈，想吃东北菜，那么奉天小馆值得一去。

蜀锦华堂·古法川菜既有麻婆豆腐、蒜泥白肉、毛血旺等川菜中的传统名菜，也有灯影牛肉、椒盐牛肉饼、糖油果子等地方小吃，还有清炒鸡头米芦笋、牛骨髓烧手工豆腐等创意菜品。

那九月·川味小馆则主打盐帮菜。盐帮菜起于自贡，因明清时期已有的盐都之称而得名。那九月的自贡大麻鱼、盐菜回锅肉、沸腾水煮鱼、辣子鸡、豆汤豌豆尖等菜品，都能让人体味盐帮菜与川菜的同与不同。

文安路上有两家海鲜小馆，非常好吃。以帝王蟹九吃、雪蟹六吃为主打的“蟹道”，以海胆六吃、海胆三拼、海胆火锅、海胆蒸蛋、海胆刺身、海胆天妇罗、精品海胆饭、海胆煎饺等多种形式演绎海胆味道的“胆道”，比较高端，散发着热辣的海洋气息。

文安路与会武街，一文一武，交相辉映。“武”藏起了锋芒，“文”更加优雅，像深藏不露的高手，早已经是风轻云淡，明月窗前。

道是寻常小确幸

提起鸭绿江街，也许有些人感到陌生，它确实没有那些著名的街区有名，二十年前，它还是一片菜地，到处弥漫着蔬菜的气息。而今形成了一条霓虹闪烁的美食街，让人感慨今非昔比，沧海桑田。以前的北塔汽车站已经搬迁，而皇姑万象汇已经入驻，足见它现在的繁华程度。

遇约烤鸭国民小炒，是遇约的旗下品牌，近年兴起。烤鸭外酥里嫩，全靠火候的把握与经验的诠释。那鸭子切片也显刀工的厉害，码得整齐有序。这可称得上是一道大餐，可卷着薄饼吃，鸭架可炒可熬汤，全由吃家自选。甜的面酱、细的葱丝、绿的黄瓜丝、红的山楂条等小料，颜色鲜明，卷进薄饼，满口余香。再喝上点缀着香菜末的鸭架汤，令人身心舒畅。国民小炒，名字来得亲切贴心，与你没有一点距离，有剁椒有机鱼头、小炒黄牛肉、剁椒猪油拌粉等湘菜，也有雪绵豆沙、锅包肉这样的地道东北菜，还有老北京爆肚、炙子烤羊肉等京菜，以及粤菜、川菜等各式融合菜品、小吃。可以说，菜品丰富，涵盖天南地北，一家赴约，超级值得。

另一家餐饮品牌的旗舰店是悦荟牛排·NEO。招牌的低温慢烤安格斯牛肋排、皇家惠灵顿牛排、菲力牛排配法式黑松露汁等，对肉质口感的持久追求，是对肉品火候掌握的终极考验。再来上几份创意菜品，如芝士焗蘑菇配法式金枪鱼，口蘑的汁水饱满，与金枪鱼搭配堪称完美。芝士瀑布安格斯牛肉手工全麦汉堡、意式四国奶酪那不勒斯手工比萨，都是芝士爱好者的最爱。香浓芝士焗薯泥、云朵芝士舒芙蕾玉米粒、法式巴斯克芝士蛋糕、玫瑰蜜桃奶冻，这些饭后甜点值得慢慢享用，借此度过浪漫的午后时光。

小隐人家，这是一家创新融合的湘菜馆。小隐，低调的奢华；湘菜，浓郁地绽放。茶油现炒黄牛肉，爆炒后的肉与辣椒完美结合。擂辣椒皮蛋茄子、小米油渣土豆丝，是两道素菜中的经典。而主食则是肉汤泡饭——以汤汁浸过的每一粒米都汁液饱满，吃上一口，满足感爆棚。

小四川水煮鱼可以说是鸭绿江街上十分美味的水煮鱼。在新鲜的草鱼、

| 芝士焗薯泥 |

豆芽、辣椒等食材组合下，完美呈现出“油而不腻、麻而不苦、辣而不燥、肉质滑嫩”的川菜特色，闻着心动，吃着过瘾。当然，川味小吃也不可或缺。天府“小四喜”齐齐亮相——锅巴土豆、憨憨豆腐、小酥肉、椰汁冰粉等品尝过后，得到就两个字的评价：正宗！

笑隐疆·新派新疆菜，仿佛能呈现出这样的美景：天空辽阔，大地无边，而它的美食也带着大西北的风情和多民族的色彩而令人神往。秘制经典大盘鸡，鸡肉与土豆完美融合；塔城酥皮烤羊腿，将羊腿肉切成小块包裹在酥皮里面，锁住了羊肉的汁水与香气，同时完成了主食与菜的旅程。馕包肉则是更为醇正的中式表达。羊肉串儿、新疆奶茶、椒盐脆皮小豆腐、秘制米肠面肺子、羊排手抓饭、天山下的手工酸奶等各式小吃，极大地打开了我们的胃口，进一步刺激了我们的味蕾……

八经街也是一条老街，凡是经过了岁月风霜浸染的街巷，都有一种熟悉的、家的味道。家厨小馆，一家你来了还不一定能吃上的店，但让你还惦记着找时间再来，它就是这么牛。菜品样式不多，更新也慢，全都出自一人之手，还不能喝酒，也不能多点菜，没有预约基本上没有位置。那它到底有何魅力呢？当然有它的看家本事。特色红烧肉，软烂入味，肥肉不腻，瘦肉不柴；手撕包菜，火候恰好，爆炒过后还留住菜的本香与养分，焦香与清香交织；牛肉炖山药，仿佛肉与山药味道相同；二锅酸菜更是味道醇厚，酸菜汤鲜味四溢，小块的柴骨肉上好；炒笨鸡蛋，虽然太过家常，几乎每天都做、顿顿都吃，但你还是忍不住要点一份这道招牌菜，说明它的好吃众所公认；还有豇豆炒茄子、干煸四季豆、双椒鸡、干煸牛杂、农家炒肉、肉段蚕蛹子……没有什么特殊的食材或是特别的技艺，就是一种家常味道，令人熟悉无比，但又极不一般，对于食客来说，“下饭”就是最好的证明。

九小巷·了啵了酒馆，是一家内涵丰富的店，极具文艺范儿。这家店以各种炸制小串儿为主打，牛小嫩、鸡小排、铁丝小串儿、小腊肠，请注意每个名字前面都加上一个“小”字，给人一种可爱、俏皮之感，还有麻辣烫、蟹钳、浇汁豆皮、珍珠皮蛋等各类小吃、凉菜、下酒菜，以及炒方便面、黑胡椒牛肉饭、咖喱鸡肉饭、香菇滑鸡饭等几种简单的主食。食不厌精，也许并不需要复杂，我们最终想要的就是“简”，极简最好。

说起小，八经街还有另外一家“小”店铺——小乾杯串店。你瞧，小里有乾坤，这胸怀该有多大？这家主营的是各类炭火烤串儿，还有烤鸡架、麻辣烫、马勺心管。当然，小有小的创意。如瀑布土豆丝，味道酸甜可口，土豆丝切得很长很细，组成一种瀑布造型，很有气势；千岛酱鳕鱼，煎制的鳕鱼搭配上千岛酱，是一种奇妙的组合；大蒜炒饭，乍一看有些粗野，但只要肯尝试一下，你真的无法相信原来大蒜还能有如此美味。

三月家庭料理，是一家连锁日料店，菜品的品质决定质量。三文鱼刺身、日式牛肉豆腐煮、蟹肉宝、紫海胆，以及各类寿司、烧鸟……样样可谓精致。

汕潮是一家面馆，经营沙茶面，沙茶源自东南亚，是马来语的音译。沙茶是用虾、花生油、芝麻、香草、葱蒜、辣椒等制成。沙茶面汤汁最有讲究，用料也丰富，有大虾、青菜、豆腐皮、鱼丸等，入口咸鲜。虾仔捞面也是特色面，是广东小吃，将面煮好后下冷水，再盖满一层大虾及白芝麻，鲜香惊艳，再搭配上一碗清汤，堪称美味。此外，店内还有竹升面、古法醋嘐面、螺肉拌面等，这些古怪的名字，对沈阳人来说有些陌生，却是根据沈阳地域特色加以改进的，可以不妨一试。还可以点上一丁香肠、葱油蛾螺、脆拌鸡胗、清水牛肉、海胆秋葵，配上一碗面和一杯七味糖水，定能从味蕾到内心都感到新意。

鸭绿江街和八经街，一新一旧，新有新的风采，旧有旧的风度。它们看起来都是寻常，没有太多的惊艳、过分的奢华，却有着我们的生活日常、人情的冷暖，和我们能够触摸到的小确幸……

市井·清流

从宜家、星摩尔、红星美凯龙和北二路上集聚的各种汽车品牌4S店开始，一路走下来，会感到这条街与其他街拥有的不同气质。北二路上最有名的大商场都与家具有关，就像有些人到宜家的大床上放心地睡上一觉一样，有些慵懒之气。逛完了也睡醒了，该去各路品牌汽车的4S店狂想一把远方。如果这时恰巧肚子直叫，北二路上随处可见的美食定不辜负你的期望。

星摩尔购物广场的门外，是二丁目食堂，一看这名字就是日式料理，充满异域风情。他们家主打招牌是豪华五层牛肉饭，三层牛肉饭已够霸气，五层牛肉饭足见其配料丰富。日式蒜香鸡块外酥里嫩，汁水盈盈，搭配土豆泥酱汁，十分美味。其他菜品如寿喜锅、刺身、火枪现烤的澳洲顶级铺天盖地火牛寿司以及覆盖满满沙拉酱、搭配薯片碎的和风土豆泥，都会给你惊喜。除了星摩尔，这家店还开到了铁西广场万象汇楼下以及五里河的K11等地。

日式简餐当属金多咖喱。它小而精致，符合小资的审美趣味。人们吃的是套餐，省去了点单时的犹豫。每份套餐中包含咖喱饭+三种自制小菜+沙拉+味噌汤，炸猪排咖喱、牛肉咖喱、欧姆蛋芝士咖喱样样出彩。另有土豆沙拉、培根芝士可乐饼等可自行搭配。

| 拔丝红薯 |

星摩尔商场里的美味也值得品尝。乐鳞鲽鱼记·东北家常菜，是一家东北融合菜，鲽鱼头是食客首选，还有符合沈阳人心意的乱炖——炖豆角、土豆、青椒、西红柿等，都是家常菜。熘肝尖、百香锅包肉、黑椒鲍菇鸡架、熘肉段、滋味杭茄、山楂之恋红烧肉、烤花卷等，做得用心又用情，令人回味无穷。

还有一家主营新东北菜的饭店——鑫奉天·新东北菜，主打一个“新”字。菜都是贴心的，锅包肉、雪绵豆沙、小青菜拌毛蚬、烤鸭、小鸡炖蘑菇、盐浴黄花鱼、拔丝红薯等，样样都好吃。鑫奉天从菜品创新到口味融合，再到环境体验，都让人有耳目一新的感受。

小娘惹·马来西亚·新加坡风味，一看就来自异域，主营东南亚菜。菜品有小娘惹豆腐、任当咖喱牛肉、娘惹大虾、马来巴生肉骨茶、咖喱蟹、甲必丹咖喱鸡、马来西亚网饼、手拉奶茶等，皆为东南亚风味，有股热辣风情，不容错过。

韩都烧烤·烤鳗鱼和一顿烧烤都落户在北二路上，韩都主打韩风，“一顿”主打创意，多少有点“尽情、过瘾”的意思。韩都家的蒜香肥牛、调味小牛排、三味肋条、烤肥牛、调味牛五花、拌墨斗、拌花菜，一顿家的烤鸡架、辣炒杂贝、烤羊肉串儿、烤熟筋、招牌海螺串、招牌麻辣烫、藤椒海苔黄花鱼、香菜拌牛肉、生卤虾等，都能够吃出惊喜、吃出回忆。

如果喜欢清淡之味的江浙菜系，北二路上的店家也为你备好。在沈阳扎根多年的富雅菜馆，菜品有安徽臭鱼、东坡酒香肉、杭州酱鸭、江南小炒菜花、筒骨萝卜煲等，让你吃出一番雅意。而江南小厨，似乎有着微雨扑面之感，菜品有浇汁小炒肉（现炒小梅肉，肉炸得很嫩，口味微甜）、白灼西生菜、江南臭鱼、小厨凉皮、绍兴白切鸡、葱油墨斗、生卤虾、本帮红烧肉、杭茄鲜贝等，个个眉目清新。

南十西路上，是一片老式居民区，虽没有那些高楼大厦带来的迷幻感，也没有洋气十足的店铺招摇于市，但这里的美食偏向于传统口味，个个都实实在在，伴你走过多年，让你感到亲切朴实，市井气十足。

伟记四川水煮鱼，清一色的四川人做出地道的川味。水煮鱼深受沈阳人喜爱，但每家店的味道各不相同，只有努力做出属于自己的特色，才能立于不败之地。伟记就是做得特别用心的店。从鱼片的厚度、入口后的焦香、辣与麻的感受、肉质的鲜嫩等方方面面都下足了功夫。这里有对食材的选择，有对技法的不倦追求，有服务意识的不断改进，使得伟记成为沈阳不可多得的水煮鱼招牌店。其他菜品如炝莲白、凉粉、口水鸡、夫妻肺片、凉面等也都是地道的川味儿，饱含着浓浓的家乡情结。

董记老味道灌汤包是沈阳人舌尖上的重要记忆，灌汤包皮薄馅香，汁液饱满，先咬个小口，再一点点地啜吸汤汁，一点点体会那种鲜香。如果再从口子里倒点香醋，味道会瞬间鲜美。其他东北菜如锅包肉、五彩大拉皮、腊八蒜炒肝、酥淋黄花鱼等，都是沈阳食客的贴心菜，价格也很亲民。

张记海鲜酒楼，是老铁西人家庭聚会或朋友聚餐的场所。海鲜加上酒楼，挺拉风，挺有面子。他家做的老式锅包肉、清烹大虾段、毛血旺、张记麻辣香锅、石板煎酿茄合等，都是老沈阳人念念不忘的老味道。在沈阳有点门脸的饭店，老板一般会来敬酒，再加盘水果，话说得热乎乎的，好像早就熟识了一样，一下子拉近了彼此的感情。这是沈阳老板的人情世故，也让就餐者倍儿有面子，那么下次还来。还有玖儿小桃红春饼烤、忘不了泥炉吧、老北京饺子馆也都是沈阳人喜欢的去处。

南十西路，是老街区，有着人们熟悉的街景和熟悉的美食。从早到晚，人声嘈杂，那是满满的“生活流”。市井烟火赋予了它别样的美，这里有妈妈的味道，有家的味道。而北二路却与之不同，自带清新之风。日系、东南亚菜系、韩系、江浙系在这里汇聚，就像那些4S店一样充满着勃勃生机。同时，它们努力展示各自风格，面目清晰，不失为一股股清流般的存在。

中街往东 北行往北

中街是沈阳最早形成的商业中心，是中国第一条步行街，有 400 多年的历史，令沈阳人骄傲。这里各式美食云集，人气爆棚。而北行处于沈阳的文化街区，连接着著名的辽宁大学校园，使其更具有文化气息。

中街是沈阳最繁华的地带之一，各种小吃“神铺”，店面虽小，却个个做得风生水起。中街附近的恒隆广场（楼顶及 B1 楼均为美食区）、大悦城等大型购物商场内汇聚了各类特色餐饮店，西餐、中式、韩式餐饮等应有尽有。近千家餐饮店齐聚中街，且离沈阳故宫、张学良旧居等景点很近，更是吸引了八方来客。

这里有老字号小吃郭家汤圆、老边饺子、李连贵熏肉大饼以及各种中街大串儿、麻辣串儿、炸排骨、烤猪蹄、鸡柳等各种特色美食，让你一饱口福。此外，中街冰点城也是很多沈阳人的童年执念，天越冷，越是得来碗带冰碴儿的冰粥，吃得浑身直打哆嗦才过瘾。而中街以东，从大什字街、小什字街延伸出去，其间市井繁华之气、美食的南北各式香气汇聚于此，弥漫于空中，值得一吃的美食标志性店铺数不胜数。

若是初到沈阳，逛完了沈阳故宫和张学良旧居，想就近感受一下沈阳美

| 锅包肉 |

食，那么最近的去处就是中街。那里有老边饺子、宝发园名菜馆，可以品鉴特色饺子、四绝菜的独特风味。八大碗、百富源·海鲜辽菜、好妈王饺子酒楼、奉天小馆等，这些店发源于本地并得到进一步传承，代表着这片土地上的风味。无论是家庭团聚，还是朋友小聚，这些既传统又创新的融合菜都不掉份儿，而且是地地道道的“沈阳制造”。

大家公认的“东北口味”，也许首选就是锅包肉。这道菜始创于东北，凭借猪里脊与糖醋汁的完美结合，成为南来北往的人们挥之不去的念想。而大什字街上的私房锅包肉定然会让你吃一回就念念不忘。一份普普通通的锅包肉，传承着一种情怀，选用同样的肉同样的料，但每一家店都有所不同，突显的就是“私房”二字。私定锅包肉，不足 70 平方米的空间有些逼仄，几张桌子挤挤挨挨，但人气十足。从传统的老式锅包肉到番茄口锅包肉，再到各式创新的黄桃口味、柠檬口味、蔓越莓口味等共9种口味的锅包肉，甚至还推出了一款锅包肉九宫格——直接将9种口味一次性呈现。店内还有一道招牌菜雪绵豆沙，同样是在原有口味上推陈出新，选用多种馅料，有雪绵榴梿、雪绵冰激凌等，怎能不招人爱呢。

这条街上东北口味的烧烤也毫不逊色。有30年味道不变的经典菜品，老式肥牛、老式拌饭、拌花菜、烤酸菜、拌墨斗……将这一道道菜报出名来，大都加上一个“老”字，意思就是与过去一样，滋味如旧，品质如一，老味道吃的就是怀旧感。

若想热闹一些，找一处能够说话的地方与朋友小聚，或是情侣约会，那便可来番茄的社团，这里适合闲坐畅谈。菜品可选择番茄锅、椒麻锅、红油锅等不同口味，饮品方面可选择双桶饮料冰冰凉。还可去巴彼客蒸汽海鲜烤肉自助餐厅，可以选择烤肉自助或海鲜自助，还有应季水果可以品尝。

各地美食也汇聚在东中街，吃湘菜有菜小湘辣椒炒肉，感受湘江北去，辣意洋溢；吃江浙菜可去味堂融合菜馆，感受江南水乡的如诗如画，纸伞微雨般的美食意境；川菜的选择更多，有椒爱水煮鱼、太二酸菜鱼等；粤菜有潮州小厨的潮州味道。

随着沈阳中街的中央里“大世面”盛大开业，浓缩了中街15条具有代表性的老胡同文化，植入美食、非遗、城市书房等丰富业态，为沈城百姓带来了全新的沉浸式体验。沈阳的“大世面”原为大十面，学名石经幢，俗称十面石，因其幢身八面，外加天盖、幢座各一面而得名，谐音“大世面”。而大世面所在的头条胡同则以网红吃货打卡地而成为沈城青年的心头爱，古香古色的建筑，脚下的青石方砖，空气中弥漫着氤氲的烟火气，年代感十足，原始的砖墙水泥、古朴的铁窗木门、老物件的气息、各种美食的香气，无一不透着400多年历史烟火的变迁。挤在人山人海之中，蓦然回首，见一身古装的小姐姐嫣然一笑，你会疑心时间是否已经倒流，一种穿越感油然而生。头条胡同曾叫贾记头条，始建于清雍正八年（1730），随着关内大批移民的到来，这里形成了从事交易丝绸的市场，成为丝纺一条街，现在演变为美食云集的小吃街，灯火阑珊，人流如织，小摊前排着长队，就算是冬天，被冻得不停地跺脚哈气，也不愿放弃这口好吃的。这里的五味子汁、鲜卤肥肠、大连焖子、脆骨杯、老北京爆肚、手打虾滑、正新鸡排、小酥肉、臭豆腐、鸭血粉丝汤、章鱼烧等，应有尽有。时下热门的网红打卡美食更是各式各样，如苕皮豆干焦脆、脆皮五花肉香脆、金丝牛肉饼酥香。在体验一座城市的美食时，不被安排不随大流，随着心意看看，走走停停，会有意外之喜，才会觉得不虚此行。在头条胡同，如果赶上嘎嘎冷的冬天，手捧一桶热乎乎的小吃，就着漫天飞雪边走边吃，便有了独特的惊艳之感、市井气息的浸润之美。走着走着，你便走进了满族大院，那将是另一番美食天地……

还值得一提的是官局子胡同，当年那些地道的小吃，如老边饺子、马家烧卖、李连贵熏肉大饼都是从这里靠着小本生意慢慢起家的，可谓是福地。这里的各种小串儿配老雪、铁板大鱿鱼、东北烤冷面自带东北风。茶吧里的特色油切奶茶是地道的台湾风味，鲜榨红心柚子有原肉，水泥森林奶昔是分层的。韩国热狗芝士酥脆，鱼大叔的水煮鱼、酸菜鱼绝对正宗，高级版的四川冒菜堪称一个人的火锅，冰桶冷面冰冰凉酸甜可口，砂锅米线吃到浑身透汗，吃炸鸡喝啤酒依然是绝配，羊杂面不仅吃面还要把汤喝完，尽享美味的同时还可预防感冒，老鸭粉丝汤里鸭肝、鸭血、鸭杂全都有，麻辣烫、麻辣拌、麻辣香锅三兄弟主打麻辣加中草药秘制配方……

如果时间允许，吃饱了喝得了，还可以去刘老根大舞台看看二人转，都是赵本山的亲传弟子们登台表演。或者去附近盛京龙城的鼎泰相声茶社，一边喝茶水、嗑瓜子，一边看看戏、听听相声，欣赏一下沈阳的非物质文化遗产。中街是老祖宗给沈阳人留下的宝贵财富，传统与现代融合，文化创意十足，单就那红砖涂鸦就引来无数少男少女来打卡拍照或拍抖音。

北行位于皇姑区，通常除了中街外（是该区的中心地带），也是连接区域经济文化的纽带，其繁华程度可见一斑。土生土长的沈阳人对北行的印象极其深刻，当年与中街商圈、太原街商圈齐名，那种人山人海的景象深深印在记忆中，成为沈阳北部的商业中心。行（háng），从传统意义上解读，与商业有关。沈阳以方位命名的“行”一共有三处。其中，“南行”位于著名的五爱街北面，主要集中于文化用品的批发；“东行”则是在中街附近、小东门一带，是一个小商品、小食品批发集散地；而“北行”显然是“三行”中最为繁华的，既有各种综合性商场、各种品类的店铺以及娱乐文化消费场所，毗邻西塔与太原街，还有辽宁大学、辽宁中医药大学等高校为其注入了青春活力。如此的繁华之中，美食自然是必不可少的一环。

辽宁大学毕业生一生都会怀念几家店，最常去的一家是位于东南门旁边的西花园餐厅，因为离得近，不管是同学来了还是家人来了，都会去尝尝这个升级版“食堂”。其中必点的大菜是德莫利炖活鱼，是真正的东北菜，所谓的盘子比脸大，两人要一份根本吃不完。那浓郁的汤汁，鱼肉加上纯香的盘锦大米饭，好吃到停不下来。其他菜品如锅包肉、肉末茄子、皮蛋豆腐、椒盐土豆片等，家常味，都下饭，关键是价格便宜，让那些手头拮据的学子们也能消费得起。

满庭芳，苏浙菜馆，风雅清新。每逢傍晚，黄酒酥鱼、西湖莼菜汤、梅菜扣肉、荷叶叫花鸡、笋干烧肉、桂花糯米藕、松鼠鱼等各式菜品，点上几种，足够人们在杯酒交错中想象一下江南水乡的美感……

红樱桃，主营的是东北菜，有老式锅包肉、北京烤鸭、樱桃肉、飘香土豆泥、雪绵豆沙、老式炸茄合、大拉皮、韭菜合子……要多实惠就有多实惠，要多地道就有多地道。来自五湖四海的大学生们，不管以前是否吃过东北菜，是否对东北菜抱有成见，只要在红樱桃吃过了，就会迅速爱上东北菜。这里的每道菜都体现出沈阳人炽热的情感、豪放的性格和敞开的胸怀，你的心会有被融合之感。

品尝川菜当属巴山路上的椒味太古里。招牌的椒盐水煮鱼、炝莲白、北川凉粉、玉林小酥肉、干锅土豆片、冰粉、馋嘴牛蛙、水煮肉片、盆盆虾等各种川味菜品，满足了人们的多元需求。

青春与市井的相遇，必是一场冰与火般的旅行。北行一带的口碑火锅店，坐在其中的人大部分是青年学子，活力爆棚。这里既有憨憨的重庆老火锅、老灶台这样的红油热辣，也有伊斯美、崇德源涮羊肉火锅这一类手切肉的鲜美醇正。一到冬季，在大雪纷飞之际，三五成群的青年躲在火锅店里，围着炉火喝着冰啤，冷与热激烈碰撞，青春与严寒对抗，把瑟瑟冬日也搅得激情四射、温暖洋溢。

市井繁华之中，各种小吃也从边缘走出来，成为青年学子们的心头之爱。主顾桂林米粉，煮粉或炒粉，皆酸辣爽滑；北京麻辣煮串儿，摆在长桌中间，各式各样的串串儿阵，热势不小；郝家三姐妹麻辣串儿就在校门口，人们进进出出，总是边走边吃，豆皮、土豆片、蘑菇、沙肝、豆泡、鸡骨棒等加上特制酱汁，简单味正，日后成为无数大学生对于母校回忆中最温馨的部分。还有柳城印象螺蛳粉、闫家炸鸡架、姥家戴记麻辣烫以及北行夜市里的各种小吃，吃不尽吃不够，就算离开这里，心心念念的都是北行的各式小吃。

北行，北面连着辽宁大学南校区，往南连着商圈，是学府重地，洋溢着文化气息，也是饕餮寻味之处。围绕在校园周围的中小型餐厅、街边味、校门口的小摊贩，让人们记住了各式美味，辽大的学子们一拨拨地离开，而这永恒的味道却依然如旧。

也许，某一段感情就是在这里开始，就是在这里结束；也许，人生的某一阶段曾在这里驻足，享受过美食，最终成为珍藏于内心的抹不去的色彩……

北市场：隐入烟云还看霞

对于沈阳人来说，北市场绝对是城市味道的地理标签，是市井民俗的特色代表。发祥于清崇德元年（1636）、开市于1921年、重启于2020年的老北市，是沈阳最接地气、最有烟火气的地方。当我们穿过老的街巷，偶尔看到老的招牌，仿佛漫步在时光长廊，扑面而来的便是那烟火味道。我们的嗅觉最能识别的，便是存留在记忆深处、最能打开味蕾的气息，它来自少小时的一种食物，或者是家的味道。而在北市场，可以体验这座城市的呼吸节奏、美食源流与时光流逝……

与上海城隍庙、南京夫子庙一样，沈阳北市场最初兴旺，也与一座庙有关，这就是实胜寺，全称为莲花净土实胜寺，沈阳人称为皇寺。这是座喇嘛庙，始建于清初。蒙古族信奉藏传佛教的首领元裔丹大汗战死沙场，他的母亲和妻子为表归顺之诚意，从遥远的察哈尔出发，以白骆驼载玛哈喇金佛、金字喇嘛经和传国玉玺来到盛京，皇太极厚祀相迎，在盛京城西三里赐建这座庙宇。百姓逢双逢节前来庙里上香祭祀，人们聚集在一起，便有了交易的需求，就在附近形成了集市，这就是北市场的雏形。1918年，日俄战争之后，奉系下令开辟了两个市场，南市与北市。到20世纪20年代至30年代，这两大市场快速发展，达到鼎盛时期，与北京天桥、上海城隍庙、天津劝业场齐名，成为一个热闹的杂巴地，一时风光无两。

值得一提的是，老北市还有一座庙——锡伯族家庙，也称太平寺。一个民族悲壮的西迁史就是从这里开始。清乾隆二十九年（1764）农历四月十八日，为了屯垦戍边，锡伯族在这里拜祭神祖，同饮离别酒，同立报国志，挥泪告别家乡，踏上西去两万里的征程，经过一年零三个月的艰苦跋涉，抵达新疆伊犁察布查尔。这座庙是锡伯族人的精神家园，每年西迁节时，都会有两地的锡伯族同胞来此祭奠，共同追忆祖先那气壮山河的英雄壮举。

回想那个年代的北市场，店铺林立，灯红酒绿，拥有娱乐场所 150 多家、饭店 120 余家，电影院 6 家，当铺、中药店、烟馆、妓院、摔跤场、刻字铺、茶社、当铺、金店、丝房、赌局、镖局等林林总总。还有那路边算命的、掌鞋的、唱曲的、卖棉花糖的、耍猴的、点痣的、变戏法的、唱驴皮影的、打把式卖艺的，不计其数。在这里，一场又一场戏剧在上演，上流社会在这里极度地奢华，穷人在最底层挣扎着生存，三教九流会聚，各路神仙大显神通，商业与文化的无缝连接演绎着独特的生机与活力，是具有浓郁关东风情的代表性地域，成为东北民俗的缩影。

北市场的繁华是全方位的。这里商号云集，富有浓郁的商业气息，那种世俗层面的杂乱和热闹、平民气息的烟火气最勾人心魂。20 世纪二三十年代有一首流行于当时的歌谣这样唱道：“一根文明棍提着，两撇洋胡抿着，三炮台烟抽着，四季衣服换着，五族共和语说着，六亲不认的眼镜戴着，七天放假歇着，八圈麻将打着，九门平康逛着，实在没钱憋着。”从一数到十，包罗了北市场上的人间百态，形形色色，那种做派和心态，可谓表现得淋漓尽致……

北市场的美食值得大书一笔，一些老字号真正地走进民间，并发扬光大，与当年北市场的环境密切相关。不要说在街头巷尾那多如牛毛的各种小摊小吃，从这头吃到那头，可能只吃不到一半就得撑个半死。单说那红红火火的饭店，个个红绸飘动，香气弥漫，可谓高端大气，如雷贯耳，都是响当当的字号。

1933 年，从天津来的谭师傅在北市场开了个全味居饭店，专营天津包子。后来，谭师傅将手艺传给了曹印，于是曹印开了三和盛包子铺。曹印改进了手艺，采用煨馅的办法拌馅，这样的馅又软又嫩又鲜，吃起来回味绵长。他还在每个包子上捏出 16 个褶，简直是捏出了花来，光看着那朵花就够大饱眼福的了，别说吃到嘴里，满嘴生香。三和盛包子铺成为北市场上的知名小吃。

1937 年，北市场的一场饺子大战打得风起云涌。这场大战缘于小东门外的老边饺子馆搬进了北市场，原来的饺子馆被拆迁，老边饺子传人相中了人气超旺的北市场，因为只有在美食扎堆的北市场站稳了脚跟，才可以在沈阳的餐饮业打下一片天。老边饺子租了三间房重新创业，等于闯进了饺子江湖，一场腥风血雨的明争暗战拉开帷幕。参战的饺子馆均在百米之内，共有 7 家。老边饺子打出煸馅的招牌，其他 7 家也纷纷挂出煸馅招牌；老边饺子为竞争而降价，其他 7 家也跟着打折。老边饺子店里的食客，经常是混进来“卧底”，暗中品尝老边饺子的味道，试图找出其中的秘方。但他们始终都无法学到老边饺子的精髓，模仿永远只能跟在别人身后，而创新才是正途。随着大战的落幕，老边饺子笑到了最后，7 家店先后歇业，只有老边饺子凭着自己的独家绝技成为赢家，经过百年的淘洗依然名声响亮。

普云楼是北京幡号在沈阳开的第一家饭店，主营八锅酱肉，辅以茶烧肉、酱小肚、烤鸭等，开业时排面很大，后来张学良、梅兰芳等名流都是座上宾。“食客们刚吃完马家烧卖，心头又开始惦记着隔壁的明湖春烧鸡，还有于家饭店那鲜美的鱼、春发祥吃了就忘不掉的小肚、公乐饭店香滑的扒海参、普云楼酱香味十足的八锅酱肉和酱肉大饼、三盛轩独具风味的坛肉、三和盛又软又鲜的包子、顺发园清爽不腻的锅烙……”从网上流传的段子里，可以窥见北市场的美食是怎样受人青睐并深入人心。

北市场的那些老字号，随着岁月的沉浮，有的慢慢地销声匿迹，就像当年繁华凋零一样，隐没于历史深处。每每打捞那些精彩，都令人感慨万分：是什么让它们辉煌无比，又是什么让它们陨落无声？好在，经过重新改造之后，北市场又恢复了生机。站在那高大的牌坊底下，看着“北市场”三个遒劲有力的大字时，已然找不到丝毫时光浸润的痕迹，就像那些老字号隐没的部分只能存活于记忆中一样。

小吃街似乎又重现烟火气，各地特色都云集于此，吆喝声、叫卖声，烟熏火燎的味道、热气腾腾的氛围，使得这里成为网红打卡地，人流量几近爆棚，再现当年摩肩接踵的景象。一些老字号，也许当年的店铺已经消失，但那味道已经深深地浸润进人们的记忆中，经过一代代的传承，依然还保留着当年的味道。曾唱红过无数名伶的大观茶园，如今又可以在这里嗑着瓜子，喝着茶水，听着相声；那高高搭起来的擂台旌旗招展，战鼓咚咚，一场摔跤比赛就要开始；在这个大舞台上，那地方戏曲唱得余音绕梁……

那些曾经的繁华已经隐没于烟云之中，那些舌尖上的老味道有的已烟消云散，那些勾人魂儿的唱腔已随风飘远。但也无妨，世事万物，此消彼长本是常态。正因为有不断的隐没，才有不断的新生。而一只金色凤凰火出圈，绝对是北市场的一个吉兆。当那只凤凰横空出世，似穿越时空，从天边飞来，瞬间便点亮了夜色。凤凰拖着长长的凤尾，阵阵凤鸣回荡在空中，羽毛闪闪发光，它红得像一团火，也似一个精灵，飘飘然带来一片云霞，红红火火地飞过人们头顶，带来吉祥、平安、好运。

西门脸的面子和里子

活色生香的生活，是经过岁月淘洗依然鲜活的部分。而口碑是几代人慢慢建立起来的，需要的是耐力、品质、诚信。而那挑动着味蕾的，便是乡愁的味道。西关，沈阳人喜欢称为西门脸，与北市场一样，曾经盛极一时，如今这些老店部分消失于历史烟云之中，但那个中滋味依然是我们的口福所在。

如果想在沈城找一处清真小吃最全的地方，非西关美食一条街莫属，这里是现在沈城唯一保留下来的传统美食街，是沈阳人舌尖上的乐园。它位于现今大西城门到太清宫一带，曾经建有沈阳第一商场兴游园。西关也叫回回营，是沈阳市回族最大的一处聚居区，正式建于后金天命十年（1625），元朝时就有人居住，历史记载沈阳回族是在元末明初时期，也就是 14 世纪五六十年代陆续从各地迁来，至少已有六七百年历史。

西关餐饮有两大特色：一是保留波斯蓝，挂蓝幌是回族饭店的显著标志；二是清真小吃绝对好吃，既继承西域美食香味浓烈的特点，又有东北的咸口、重油腻的特点。回民有经营小买卖的传统，店铺较小，不擅长做大摊位，但小而干净、牛羊肉质嫩且新鲜，以味美取胜。整个西关一带弥漫着牛

西门脸开口馅饼

羊肉的气味，承载了无数沈阳人香甜的记忆。这份记忆属于牛肉回头、羊汤，属于爆肚、烧卖、烧烤，属于馅饼、锅烙、酥饼、炖肉，更属于一块块甜糯的年糕。西关的美食，好到数不过来。

西关对面子一般都不太看重，很少有店铺看起来豪华高端、金碧辉煌。但里子绝对有面儿。所谓里子就是菜品的味道绝佳、价格实惠、环境干净，主打的就是两个字：亲民。那些隐在街巷的小店并不起眼，也许就几张桌子，挂个幌子，老板与跑堂的就一个人。但无论多小，它必是整洁干净，不染纤尘。如果你只讲究实惠，而不是排场，要的是贴心的舒服感，那么你就坐下来，只需点一个大花卷或馅饼，加上一碗羊汤，就会吃到浑身微汗。

西关的小吃独具特色，要的就是舌尖上的鲜香。这里的馆子基本上是开放的，如何完成一道菜全都让你看在眼里。馆子里的牛肉有红有白，就摆在街头，那案头擦得锃亮，没有派头，却有传承，一种味道一代代地传下来，经久不变。这些小店亲和力很强，讲究的也是和气生财，味道至尊，童叟无欺，吃的是放心与舒心。虽然利润微薄，但口口相传的口碑积攒起来，源于日积月累的坚持，回头客就是一种见证。所谓的生意经其实最简单直接，规规矩矩，口味与服务是最灵的广告，店家靠的是诚恳，腿快嘴勤，味道正宗。在西关，店的规模都不算大，门脸也普普通通，更没有什么霓虹闪烁，但每家店都各有特色，每簇烟火都自带流量，有着自己固定的食客群，西关的魅力也许就在于此。

比如开口馅饼是烫面的，皮薄馅大，烙时两面刷香油，讲究的是现吃现烙，火候正好，嚼起来恰到好处。饼烙出来是橙黄色的，看着就香，像葵花一样漂亮。开口馅饼是圆圆的，看似无从下口，但其实很简单，将上边带褶的皮吃掉，就可以连皮带馅一起吃了。别看它外面香脆，但开口馅饼中的汤汁也不少，皮一点都不软塌。鲜嫩牛肉和着圆葱做成馅，里面的肉馅就像是汉堡中的那一块肉饼，咬一口脆脆的，满满的都是肉，肉汁四溅，鲜香味美，真是过瘾！总结起来，最贴心的就是馅饼中间有一个小开口，目的是方便灌进调料，更加方便味道的吸收。就是这个小小的创新之举，便让开口馅饼名声大振。

西关炖菜馆的清炖牛肉是一绝，同样的牛肉，同样的水，炖出来的牛肉却有着天壤之别。西关的炖肉与众不同之处在于，汤鲜味浓，酥烂醇香。汤头浓郁但绝不油腻，肉更是肥瘦搭配、软而烂、极入味，再以几片香菜点缀，汤清肉软，翠绿宜人，配上米饭或者花卷，舌尖被惊爆的瞬间，禁不住惊叹西关美食的魅力。

西关有句民谚是这样说的："回回两把刀，一把卖羊肉，一把卖切糕。"

在西关，李杨五花糕是老字号，甚至在全沈阳也是赫赫有名，五花糕、卷糕、凉糕，就没有不好吃的。五花糕就像它的名字一样，五花三层的，一层红豆一层糕，红豆很多，但是不甜，有蜂蜜桂花酱的清香，味道好得无法形容。年糕只有甜味少许，口感筋道，豆馅量大，甜而不腻。店主会按你要的分量切糕，那手法绝对准，不多不少，正正好好，将切好之后的五花糕，用糖桂花汁浇上，那桂花的清香和豆馅混在一起的味道，使五花糕的口感更有层次。

这里的驴打滚也是传统小吃。薄薄的糯米皮，在豆面里打着滚儿，放肆、任性，那一层甜甜的豆面卷着红豆馅，里一层外一层，刚好和糯米皮融合在一起。和驴打滚的造型同属一个系列的还有豆面卷糕、桂花卷糕和椰蓉卷糕。它们薄薄的外皮加上超大的红豆馅，看起来就有食欲，吃起来更过瘾。

其他还有凉糕，分别是桂花小豆凉糕、白糖核桃仁凉糕、白糖巧克力凉糕、豆面花生凉糕、白糖黑芝麻凉糕、豆面大杏仁凉糕。咸口的凉糕，吃起来不会觉得腻，里面带有4—5颗杏仁和一整颗核桃。最受欢迎的是草莓大福，馅料饱满，果肉又大又新鲜。

林家包子铺已有百年历史，以物美价廉著称，很多人慕名而来。包子一共有7种馅，牛肉大葱馅和茴香鸡蛋馅是经典。现包现吃，面皮松软，有淡淡的咸香味。食客们恰如其分地点评，难以掩饰对包子的喜爱："一个足足有拳头大小，皮薄厚适中，软香，馅大，最让人惊喜的是里面是一整粒牛肉丸，而且都是瘦肉，这就是沈阳人嘴里的一兜儿肉啊！加上一点点葱花调味，就着芥末和大蒜一口气吃不停，满嘴流油的感觉，那叫一个美啊！吃包子必配的是羊汤，里面羊肉量大，还能免费加汤，吃一口肉包子，喝一口奶白奶白的羊汤，人生至味就不过如此了！"

这家店是百年老字号，从一家小门脸发展到现在，从一个包子铺到如今菜品齐全。不少老沈阳人都爱吃这口，他们从小吃到大，哪怕现在离这里很远，也愿意专门跑来吃，同时打包买回家给家人享用。即便蒸一下再吃，也完全不失口感。

回头是一道独特的清真小吃，历史悠久，其做法是将面粉揉成面团，用手将剂子按扁、擀平、抽薄、上馅，折叠成长方形，再把两头包紧制成，用油煎至两面金黄，外焦里嫩，满口鲜香。

关于回头的由来，还有一个民间传说。相传在清朝光绪年间，有个姓金的一家人，在沈阳北门里开了一家烧饼铺谋生。一日，正值中秋佳节，店里没有生意，店主于是买回牛肉、剁馅，用薄面皮把牛肉一折一叠地包拢起来。这时，一位差人进店，见锅中所烙食品造型新奇，一经品尝，味道甚佳。这位差人就带回一盒送往馆驿，众人食后齐声叫绝。此后，这种食品一时名声大振，官民争相购买，生意日趋兴隆，故而取名“回头”。

麻酱烧饼吃的就是那个麻酱味道，当麻酱与面融合在一起时，连面都浸润了浓郁的麻酱味，要的就是那个嚼头儿。白家的抻面吃的是那口清爽，铁家的煎饼果子散发着日常的香气，王记的片粉晶莹剔透，八面城的饸饹味道超好，马家馆的羊汤花卷绝配。而牛肉酥饼的关键是个“酥”字，酥到什么程度呢？咬一口，能听到声音，直掉渣，饼皮一层叠一层，层层酥脆，牛肉馅汁多，满口余香又不腻人。老沈阳人吃得舒心，几日不吃顿觉生活无味，心里惦着嘴里念着，只要看见那风中蓝幌儿，闻到那牛羊肉的味道，安心地坐下来，一口一口地吃下去，便觉心平气和，浑身舒坦。

西关的这些小馆子，就安安静静地深居一隅，既不张扬也不显眼，更不在乎门脸的大小，而真正在乎的是里子，是口碑，是那勾魂儿的香气，吸引你不由自主地走进去，吃饱了喝得了，那眼神变得迷离起来，那脚步也变得飘浮起来，要的就是那个“得劲儿”……

灯里回眸 品味西塔

沈阳市内有两处比较大的朝鲜族聚居地：一处是皇姑区的明廉地区，另一处即是和平区西塔地区。比起明廉的安静，西塔热闹非凡，夜晚的灯火流淌成沈阳辉煌的夜景。人们描述西塔的三个关键词是："美食""夜生活""鲜族风情"。

西塔街与太原街齐名。古朴的牌坊、身穿朝鲜族服装的女性、熟悉的朝鲜族音乐、经营朝鲜美食的菜馆，都彰显出这条街上朝鲜族人民独有的风情。从你踏进这条街道的那一刻开始，映入眼帘的便是独具特色的朝鲜族风格建筑，传统与现代相结合，格外醒目，檐角、黛瓦、松石、龟鹤等朝鲜族传统元素的现代化运用令人眼前一亮。周围店铺林立，招牌上的中文和朝鲜文双语标识鲜明。各种美食小吃、各种民俗文化、各种特色店铺让人目不暇接，堪称沈阳的"不夜城"。2020年，西塔街经过升级改造，打造具有朝鲜民族特色的夜经济区，成为全国50条小吃必吃街之一。

美食与文化息息相关，西塔美食街是美食与文化相融的完美体现。

沈阳西塔商业街有着120多年的悠久历史，在它的西侧不远处，有一座护国延寿寺，当地人都叫它西塔。沈阳当地有四塔，当年清军入关，清太宗皇太极在崇德八年（1643），以沈阳古城为中心，从东西南北四个方向，以2.5公里左右的间距，修建了四塔四寺。东塔慧灯普照永光寺，南塔普安众庶广慈寺，还有北塔流通正法法轮寺和西塔虔祝圣寿延寿寺，而西塔街就是因为紧挨着西塔而得名。

据沈阳市旅游局刊文称，沈阳西塔之所以成为朝鲜族聚集区，要从日俄战争时期说起。清光绪三十年（1904），日俄战争爆发，日本在取得胜利后，为了在沈阳侵吞土地而大肆兴修巩固势力的设施。

这条街的形成源于日本侵略者从朝鲜半岛强行征召了大量的廉价劳动力。这些劳动力的居住场所一部分被安置在西塔附近。后来日本战败，朝鲜也最终摆脱了日本的统治，但是这些人依然选择留在这方水土上，因为他们已经习惯了这里的生活，把这里当成自己的家，并开始繁衍生息。随着大量的朝鲜族同胞聚居于西塔，西塔街融合了朝鲜族的民族文化精华，这条商业街变得越发红火，形成了集住宿餐饮、文化艺术、休闲娱乐等多种形态于一体的风情街。

如今，西塔是沈阳夜晚最亮的区域之一，每到华灯初上，林立的店铺霓虹闪烁，真有繁华如梦的感觉。各种风格的烤肉，尽情挑逗舌尖味蕾；各类特色小吃，尽情燃烧口腹之欲。而最有代表性的菜品就是朝鲜族炭火烤肉。

朝鲜族研究烤肉就像四川人研究火锅一样，真正是烤出了个性，烤出了风采。只见那迎风招展的幌子映衬着各色灯光，每个店都使出浑身解数，烤出自己的特色，才能在激烈的竞争中争得一席之地。韩鲜族烤肉的秘密在于蘸料，与东北烤肉的麻酱、葱花香菜、白糖和醋不同，它以蘸水为主。韩鲜族烤肉的肉品从传统的牛肉、猪梅肉等拓展到和牛西冷、雪花肉以及各种特色腌制牛排、肋条等，再拓展到鳗鱼、明太鱼等，令人眼花缭乱。还有滋补活鳗鱼和蒜香排骨肉、扇贝饭和老式肥牛、涮烤两吃牛肋条和巨人鱿鱼、秘制肥牛和香翁牛排、老板肉等，将烤肉烤得花样翻新。也有的店在烤具上大做文章，把大片厚切五花肉放在石板上烤，产生完全不同的感官效果，再搭配上各种小菜、蒜片等，味蕾的满足往往是写在脸上的。

沈阳的花盆式炭烤，懂行的人会搜寻“泥炉烧烤”，据说这样的炉子烤出来的肉有种返璞归真之感。炉子是个泥盆，十分原始自然，上面架了个铁丝网，烤牛肉、烤鱿鱼、烤墨斗，丝网一会儿就发黑了，食客边烤边大声招呼服务员换个新的丝网继续烤。有人就偏爱这烟火气，对于肉，无论煎还是电炉烤，都不如直接架在火上烤来得更有味道。而且他们不会过度地使用香料、调味料，使肉的本味被掩盖，这是朝鲜族烤肉最有特色之处。

朝鲜族人熟练地使用各种微生物发酵技术，源源不断地把各种蛋白质变成人间美味，泡菜便是明证。可以说，西塔的各家饭店里，无论大小，辣白菜都是终极配菜，不可或缺。

朝鲜泡菜种类多样，主要原因是在漫长的冬天蔬菜不易储藏，将青菜腌制发酵，便延长了青菜的储存时间，可随吃随取，常吃常新，久而久之便成了朝鲜族人民最喜爱的传统食物。集辣、脆、酸、甜于一身的泡菜，与各种食材完美搭配，能让原本平凡的食材大放异彩。

如果说烤肉是朝鲜族的最爱，那么辣白菜就是灵魂。无论如何盛大的筵席，无论鱼肉如何诱人，最硬核的一定是辣白菜，若缺少了这道小菜，那么对于朝鲜族人来说，多少豪华大餐都会索然无味。将一棵普通的大白菜，做出“旷世美味”的模样，这也是一个传奇。大白菜经过食盐腌制后，要放入辣椒面、白糖、蒜蓉、葱、姜进行调味。为了增添口感，还要放入虾酱、苹果、梨，或者是橘子皮等一起腌制。如果喜欢吃酸口的，可以使腌制的时间久一点，让大白菜充分地发酵。

西塔各家店里的米酒也是一绝。它似乎与浓烈的烤肉、热辣的辣白菜形成了鲜明的对比，那就是风轻云淡。当你一晚上都与火、与辣正面交锋，辣炒鸡爪、辣炒芝士年糕、辣炒五花肉、牛肉辣汤等，连下饭神器海灵菇（章

石锅拌饭

鱼足部的吸盘），也是甜辣脆鲜，更别提各种石锅拌饭，而一杯米酒入口，一阵清凉袭来，让你的嘴不再麻了，浑身不再冒火了，舒爽自如。

朝鲜菜中经常出现明太鱼，有多种吃法。新鲜的“生太”用来做鱼汤，味道鲜美又开胃。而“黄太，也就是明太鱼半干”适合红烧，吃起来肉质松软且韧性十足。又或者将其完全晒干制成“干太”，搭配泡菜制，如桔梗明太鱼，口味非常独特。

朝鲜族人的其中一种主食是打糕。将蒸熟的糯米放在石槽子里，然后用木槌反复地捶打，就有了打糕。它与年糕、桂花糕同为糯米做出来的食物，却有着本质的不同。一个是“打”，一个是“蒸”。另一种主食是石锅拌饭。它是在碗底放上一点米饭，然后铺上角瓜丝、胡萝卜丝、包菜、紫菜、黄豆芽等蔬菜，中间放上一个颤颤巍巍的溏心儿煎蛋，撒上一大勺辣酱，再撒上芝麻和葱花，搅拌均匀后开吃，越嚼越香，满口喷香。这款主食还搭配一碗大酱汤、一份桔梗。大酱汤里面有小蚬子，很鲜，辣度适中。而紫菜包饭虽起源于日本寿司，却有所不同，它是用紫菜将煮熟的米饭与蔬菜、肉类等包卷起来，称为朝鲜紫菜包饭。

金家烤鳗鱼一定要现捞现吃才好，一条鲜活的鳗鱼从捞出来到摆盘，一般就几分钟时间。而烤鳗鱼酱汁十分地道，将四面烤好的鳗鱼，蘸着烤鳗鱼酱汁吃，鱼肉变得特别细腻，鱼皮却分外的脆，让食客的体验顿时升级。如果用翠绿的苏子叶将其包裹，送进嘴里，苏子叶的清香与鳗鱼的鲜香混合在一起，别有一番滋味。一道鳗头汤也是必不可少的，它是用鳗鱼头和骨头熬制而成，汤里加入少许麻油，味道更佳。

大块的脊骨软烂入味，再加上配菜——土豆、茼蒿、苏子叶、南瓜、金针菇、干白菜等，与汤汁完全融合，这便是脊骨土豆锅。枣玛露、金一家、胡成、真利味、子莲等店，都值得一去。部队火锅，越来越受年轻人追捧，除了可到店里品尝以外，有时也可点一份外卖，甚至亲手准备食材，周末在家中端上一锅。在西塔，能吃到部队火锅的店有很多，从汤汤部队火锅专门店，到步乐满、新草原亭、新浦洞、喜来苑这样的综合餐馆，都可以满足人们对部队火锅的需求。汤汤部队火锅，除了青菜、金针菇、年糕、拉面、芝士等食材的传统组合外，还有八爪鱼锅、章鱼脚部队火锅、章鱼牛肉汤、韩式肥牛锅等新形式的延伸。

每当夜幕降临，劳累了一天的人们追随沈城流光溢彩的美丽夜景，纷纷云集西塔——美食家的天堂。这里有他们心心念念的烤肉、烤串儿、脊骨汤、牛肚锅、打糕、冷面、辣白菜。随便走进一家街边的小店，都有一种“众里寻他千百度，蓦然回首，那人却在灯火阑珊处”的惊喜。

舌尖上的回忆
——沈阳雪糕的时代版图

东北人迷恋雪糕，就像四川人钟情于火锅。沈阳人吃雪糕，不仅是为了消暑降温，而且有一种情怀蕴含其中。沈阳人冬天也照样吃雪糕，刚刚从冰天雪地里回到家，先来根雪糕定定神。如果困顿了，来根雪糕提提神。如果遇到了喜事，再来根雪糕庆祝一下。站在窗边，看着窗外大雪纷飞，吃着雪糕，那才叫爽！走在清冷的雪地上，用冻僵的手拿着雪糕，一边哈着气一边吃着雪糕。这也许令许多南方人不解，但在沈阳人看来，要的就是这个劲儿，稀松平常。

“雪糕，雪糕，皇姑雪糕，奶油味儿的皇姑雪糕”，一声声叫卖，瞬间唤醒老沈阳人的童年记忆。那个年代的孩子，眼巴巴地看着冰果车，掏出攒了多日的皱巴巴的钱，买一根雪糕，舔一舔，凉凉的，冰冰的，一股凉气从舌尖一直蹿到全身。再小小地咬一口，浓浓的，黏黏的，满口都是奶油味。就算再热，有了这根雪糕，这个夏天就算没有被辜负。也许新一代是在冰激凌中长大的，无法理解一根奶油冰棍带给一个孩子的快乐。

皇姑雪糕诞生于 20 世纪 80 年代初，生产厂家最初叫皇姑冰果店，后更名为皇姑雪糕厂。卖雪糕的人一般都背着个白箱子，箱子用棉被盖住，他们喜欢戴个白套袖，走街串巷，一声“皇姑雪糕”给炎热的夏天带来了无限清凉。这吆喝声拉得很长，引得许多孩子默默地咽口水。

不知不觉间，雪糕市场悄悄易主了。当年“打遍天下无敌手”的皇姑奶油雪糕不再是唯一的选择，有一款新出来的小人儿雪糕让人眼前一亮。雪糕上面是褐色，下面是白色，形状像个可爱的小人儿头像。在街头经常可以看到一对情侣，一人拿着一支小人儿雪糕，碰在一起，就像两个小人儿的头亲密地挨在一起，有点相互依存的意思。

沈阳冰点有着悠久的历史，中街冰点可以追溯到民国时期，已经有70多年的历史，其中口味繁多的中街大果已成为沈阳家喻户晓的品牌。中街大果细高细高，什么颜色都有，跟众多冰点摆在一起，总给人眼前一亮的感觉。最原始的品种是小长白雪糕，纯白的白，等到稍稍有点融化时口感最佳，奶油浓得快要滴下来，赶紧用舌头接住，那种丝滑的感觉丝丝抚慰心扉，让人情有独钟。还有麻酱大果雪糕，吃进嘴里全是芝麻的醇香，加上奶香与糖的甜蜜，味道令人叫绝。还有各种水果味的大果，哈密瓜、草莓、香芋、榴梿、芒果，

| 老中街冰棍 |

每一种都让人深陷其中，难以自拔。

中街老冰棍最早是在 1946 年开始生产的。当时的老冰棍是给达官贵人们吃的，普通百姓根本吃不到。到了 20 世纪 80 年代，中街老冰棍开始在民间流行，一直到现在，经久不衰。如果你去逛中街，就去中街冰点城坐坐，尝尝中街老冰棍，这里蕴含着老一辈生活的轨迹与回忆，在时光漫溯中承载着不可替代的希冀和期待。光看商标，就能把每一位沈阳老百姓的记忆带回那个老冰棍的年代。

中街糯米糍白白胖胖，看着就令人喜兴。它的外皮是糯米粉，冰皮里夹着香草冰激凌，软糯无比，让人恨不得一口吃一个，一次吃一盒也不在话下。现在这个品种已经开发出芝麻味、可可味、抹茶味、酱香味等口味，包装也越来越高档，但我还是喜欢这种小纸盒子包装的，最古老的香草味，这是很多人童年的美味回忆。

经过多年经营，中街大果由正阳街铺延伸到南站、北站、东塔、西塔。从三分钱一根冰棍开始，现在已经开发出各个系列的产品，作为中国最早的冷饮品牌，已经成为网红产品，添加了时代元素，满足了沈城人的味蕾。渐渐地，雪糕像柴米油盐一样进入人们的日常生活，它不仅是夏天的专属，也成为一年四季离不开的零食，即便在零下二十多度的冬天，人们依然在屋子里烤着暖气，吃着雪糕，这貌似违和的画面成为东北一道独特的景观。

很快就到了脆皮巧克力雪糕强势崛起的年代。人们第一次吃到了脆皮巧克力雪糕，一下子改变了对雪糕的认识，脆皮的巧克力下面还包裹着一颗奶油的心，简直太奇妙了，这两样东西混合在一起，居然是那样的芳香浓郁！

碰碰凉是那个年代的传奇，似乎一夜之间，沈城到处都冒出碰碰凉冷饮店。那时，大人带着孩子走进店里，去吃奶味十足的冰激凌。碰碰凉将那些街头的流动冰激凌提高了档次，使得孩子坐在装修精致的店里，喝一碗带着冰碴儿的冰粥，爽到心里。有时也要一份冰沙，嚼得嘎吱嘎吱响，享受那种惬意，是 20 世纪 90 年代出生的孩子的童年记忆。

沈阳人的冰箱里，无论春夏秋冬，都有雪糕的一席之地。即便是冬天，也有人直接批来一箱雪糕，就放在北阳台上，每天要是不吃上两根雪糕，就跟少了点精气神似的。而沈阳人做雪糕，真的是做出了“东北乱炖”的气势，万物皆可雪糕，掌握了“炖”的精髓，在创意上可以说是脑洞大开。看似不可能的搭配，硬让沈阳人给搭出了新高度；别管它是红的、绿的、黑的，不讲道理地混在一起，结果混出了意想不到的精彩。

“雪糕雪糕——皇姑雪糕——”不知从何时开始，消失了多年的皇姑雪糕又出现在公园、街头、夜市，而当年买雪糕的孩子如今已长大成人，手里牵着自己的孩子。他们迫不及待地买上一根，不仅再品味一回少年滋味，也让自己的孩子吃上一口，尝一尝，还是不是那个味儿，或者说，味道已经不重要，重要的是那分记忆、那分情怀。

漫步咖啡小巷

八经街咖啡小巷，在错落着的民国老建筑之间，有一家家精致惬意的咖啡店和特色美食店铺，历史的厚重感与生活的闲适感完美融合，相得益彰。

有人说，读万卷书发现自己，行万里路发现远方。远方是什么，每个人的心中都有属于他自己的答案。或许是一首诗，或许是一幅画，抑或是一间咖啡屋。在沈阳八经街，云集了 100 多家特色咖啡店，带着一点复古，带着一点新潮，还有一点小资。如果你一路走下来，看看每家咖啡店的不同特色、

| 咖啡师的日常 |

不同风格，尤其是在夜晚，霓虹初绽，你的身心被灯火抚慰着，有点不太真实，让人有了恍如隔世之感。

春天一来，那小店的门口，一把遮阳伞支起来了，一张小桌和几把户外椅摆出来了，春风吹开了窗台上的小花，背后那玻璃窗上流光溢彩。5月的槐花开了又落了，空气里弥漫着花香。小巷两侧的矮墙上，画满了咖啡主题的壁画——心形奶泡的卡布奇诺，形状好似阿拉丁神灯的土耳其咖啡壶，还有咖啡小巷各家咖啡店各具特色的Logo，都给小巷增添了浓郁的异域风情和艺术气息。

夏天来时，天气再热，只要有阴凉的地方就会有莫名的清凉感。到处都弥漫着慵懒的气息，时间在此好像凝固了，连行人的脚步都变慢了。没有那些喧哗与急躁，一只老猫蜷缩在你的身边，音乐舒缓，你可以躺在遮阳伞下的椅子上打个幸福的小盹儿……如果一场小雨叫醒了你，那种舒适感会瞬间消除了燥热；如果是一场暴雨，那请你进屋躲会儿，很快就会雨过天晴。

当天空高远起来，云朵飘得缓慢时，叶子开始变了颜色。秋风一起，天便凉起来，这时喝杯咖啡，看着树叶飘落，人生况味就全在里面了。等到大雪飘飞，若还能坐在温暖的屋里，手捧着一杯热饮，望着窗外匆匆走过的行人，都把自己包裹得严严实实，那头发上、眉毛上还起了一层白白的霜，你会觉得幸福也许很容易。

十三纬路，一条小巷，当那些新潮时尚的招牌又打出来，青春的气息又洋溢起来，又一年的熟客就会准时报到，轻车熟路地坐在去年的椅子上，与老板或者相熟之人寒暄一番，点一杯咖啡，慢悠悠地坐一个下午。那是惬意的时光，难得有空慢下来，不必在意谁的脸色，不再想任何的烦心事，翻翻书、刷刷手机，或者干脆就呆坐着，真好。

这条街上，老建筑别有风格，众多民国时期的重要人物都在这里留下了生活痕迹，他们的音容笑貌凝结在历史的烟云中，也许就在不经意地转身、

| 山茶甜铺 |

回头间闪现。这里是风云际会地，多少英雄豪杰、多少才子佳人的戏剧都在这里上演过。如今，当一切都烟消云散，这里成为慢生活爱好者的后花园。沿街数过去，其中有和风舒缓的清吧，有炫酷的潮吧，有别具风情的小资咖啡馆，有绿茵环绕的露天小馆子。

穿越感，怀旧感，古老的歌谣与现代的摇滚碰撞，新与旧，过去与未来，成为历届文艺青年钟爱的打卡地、白领小资们休闲的桃花源。

你坐在 LENORE'S 丽纳尔斯咖啡馆里，在大大的窗户前坐下，享受着阳光，暖暖的色调、复古的设计，在每个细节里慢慢地陶醉。醇翠咖啡馆是一家小咖啡店，虽然店面不大，但后面有个小院子，你可以坐在那里翻翻书或听听音乐，感受春夏秋冬的变幻。主打英伦范儿的遇咖啡馆，你一直心仪的电影都能在这儿看到，一架钢琴流淌着岁月之河。红墙黑瓦的铁制玻璃门窗显得很绅士。光和盐咖啡馆的拿铁咖啡好喝，有点桂花香味，小甜点也细腻，适于下午茶。而Song Coffee松咖啡有些梦幻感，暖色调显得清新宜人，白色外墙与原木色窗很搭，可以抚慰你疲惫的心。Dirty、手冲咖啡、可露丽、手工巧克力曲奇、非堂食美式咖啡、凤梨先生、橙子香气2.0版、无花果奶油戚风、澳白2.0、肉拿铁都有特色。山茶甜铺隐在街角，店里装修温馨，手调咖啡和甜品都棒。有书可读，有鲜花可嗅。拿铁咖啡、焦糖拿铁咖啡、抹茶蛋糕和草莓巴菲克，苦咖啡配甜蛋糕，令人难以忘怀。

从2020年开始，和平区着手打造“858”休闲文化街区，都是些老街巷，都是些老房子，容易让人忆起曾经的往事，也容易让人产生亲近、熟悉的感觉。八经街咖啡小巷，茶、咖啡、清吧等，展示的是一种慢生活的节奏，是对另类生活品质的追求。以慢生活、新生活为主题的休闲文化领地应运而生，“咖啡产业汇集地”成为沈城特色旅游打卡地。

除了十三纬路，彩塔街附近也散落着大大小小的咖啡店，是闹市中的一处清幽之地，散发着无限的闲情逸致。

漫步咖啡小巷，既能触摸历史，又可以抚慰内心，与旧日好友相约，听一曲《光阴的故事》，会让人泪目。不知不觉间，时光已逝，有的换了人间，有的依然还在……

后记

提起沈阳，便给人一种远在边缘、风硬天冷苦寒之感。而提起美食，想起的便是八大菜系的丰富多彩，而对八大菜系之外的辽菜知之甚少。曾经，淄博烧烤突然间就火出了圈，殊不知一天三顿小烧烤的沈阳，早就将烧烤融进了自己的灵魂。在人们固有的印象中，一座重工业城市，她的气质自然是粗糙、豪放、不拘细节，而那种温婉、优雅与浪漫则是南方城市专属，饮食文化也是如此。然而，一座城的美食是地域特色的一部分，是城市品格的象征，更是一方风味滋养出来的血脉传承。粗中有细、冰火交织、四季浪漫更是一座东北重镇与核心城市的气息、风情、性格的写照。

辽菜相对于粤菜的讲究、苏菜的精致、鲁菜的香醇、闽菜的鲜美、川菜的麻辣、徽菜的醇厚、浙菜的清淡、湘菜的香辣，也许我愿意用融合来形容它。虽然，它还没有被广大食客所广泛接纳，但它拥有满汉全席的底蕴，拥有这一方水土开放、包容的心态滋养的胸怀，拥有不断融合带来的创新口味，并以其独树一帜的风味成为地方菜的代表菜系，可谓是当之无愧！沈阳烤串儿也作撸串儿，一个“撸”字活灵活现，把吃串儿时的火热场景和酣畅状态展露无遗；而“翠花，上酸菜”，把沈阳那种乡土气息展示得生动形象；凡人烟火中，总会有鸡架的身影出没于街头巷尾，被沈城人吃得风生水起。

随着社会的发展、气候条件的改善和地域之间的交流融合，沈阳的美食结构也在悄然发生着改变，虽然跟精致细腻相差甚远，但也糅进了去粗取精的技法，材质和口味多样化，让传统美食得以继承和发扬，新潮美味进入寻常百姓家。坛肉米饭、老四季、吊炉饼鸡蛋糕、馅饼羊汤、火勺馄饨、筋饼豆腐脑……和饺子、鸡架、烤串儿一样成为百姓餐桌上的标配，为大众所喜爱，成为一代又一代人味蕾上的记忆和乡愁。

沈阳饮食文化有着极其鲜明的特征，尝一口鲜，品一域文化。简单粗糙早已不是辽菜的标签，经过多年的浸润发展，它不仅粗犷与野性，还透出温婉与细腻。当各种菜系汇聚于沈阳，南北东西加快融合，鹿鸣春、老边饺子、马家烧卖、李连贵熏肉大饼等诸多老字号愈加突显风格，而遍布城区的12个美食街区的大餐小吃更如雨后春笋般茁壮生长，沈阳人眼里的硬菜与老字号已深深烙印在这座城市的骨骼深处。从东北家常菜到爆火的鸡架烧烤，东北菜已在全国遍地开花，其中沈阳的美食风味自带节奏，把这一方水土的乐观、坚强、幽默的气质表达得淋漓尽致，那从骨子里散发出来的精气神感染着八方的食客，更以寻常巷陌的烟火味道浸润了这座城市的肌理。

我们品尝一道美食，大到宫廷盛筵，小到百姓家常菜，体会的不仅是食物本身的美，更是它所带来的关于乡土、文化、心灵上的记忆。所以美食不仅是色香味，更是那积聚在内心的前世般的乡愁；也不仅是口福，更是身心的抚慰、精神的满足。这本书的重点还在于挖掘那些陌生街巷、深藏于城市皱褶的烟火气息，那是每个游子珍藏于心的回忆，是成长的点点滴滴，是人情味和生活气缭绕的人间至情。这时，一个够得着摸得到、接地气寻常味的沈阳，便烟熏火燎地来到了眼前……

写这样一本书，是一次特殊的经历。走遍大街小巷，吃遍路边小摊儿，像发现宝藏一样地惊喜与感叹，可谓是品尝到了人间至味。它不仅让我们了解到身居的这座城市如此灿烂的饮食文化，也是一次探寻、追忆、体验之旅，随着尝遍世间滋味，人生的境界也随之得到开阔与提升。感谢沈阳市政协领导和相关人员、沈阳出版社编辑付出的心血与努力，感谢沈阳市群众艺术馆张斌主任为本书拍摄部分美食图片，使之成为了解沈阳、热爱沈阳的一个窗口，而美食，永远是最直接、最生动、最勾人魂魄的沉浸式体验。希望陌生人从一道菜的味道开始，体会那看得见摸得着的人间百味，进而喜欢这座城的历史与现代气韵，喜欢这里的人们……